NAOMI MUHN

ÉRASE UNA VEZ

YOUNG KIWI, 2023
Publicado por Ediciones Kiwi S.L.

Primera edición, mayo 2023
IMPRESO EN LA UE
ISBN: 978-84-19147-62-2
Depósito Legal: CS 266-2023

Código THEMA: YF

Para mi pequeño ángel.

«Todo se puede lograr siempre que se pueda soñar».

PRÓLOGO

—¿Es ella? —preguntó, señalando la imagen que había sobre la mesa.

Estaban en una habitación oscura, fría y húmeda. La escasa luz que había en la estancia provenía de la lumbre y de las velas que había sobre la superficie de madera. No había candelabros ni nada que impidiera que la cera derretida cayera sobre el mueble. Su superficie, lejos de ser lisa, estaba descascarillada; como si los filos de cuchillos o espadas se hubieran afilado en ella.

No había más muebles, salvo una enorme silla que esperaba cerca del hueco de la chimenea. Con respaldo grande, cuadrado e imponente; reposabrazos a juego y las patas robustas, de gran altura. Parecía incómoda, pero eso no debía molestarle mucho a la persona que se sentaba en ella, porque llevaba años utilizándola.

—Sin ninguna duda —afirmó el otro hombre que había en la sala. Era algo más bajo y menos imponente que el primero. Su postura, acobardada, reflejaba quién era el que mandaba.

El alto tomó el retrato y se lo acercó para poder apreciar mejor el rostro de la chica. Aunque se había realizado a cierta distancia, pudo comprobar que se trataba de una joven de unos veinte años. Llevaba una mochila a la espalda y cruzaba la calle en dirección a la biblioteca. El cabello lo tenía recogido en una trenza y su sonrisa...

«Esa sonrisa».

—¿Seguro? —insistió, e, involuntariamente, arrugó un poco el papel.

El subalterno asintió mientras tomaba la otra foto que había en la mesa de una familia que sonreía a cámara. Eran tres. Un hombre y una mujer, con un bebé feliz y risueño que posaba en el centro.

—Es su viva imagen.

Agarró las dos fotografías y analizó las caras de los retratados. Pasó sus ojos, insensibles y llenos de odio de una a otra imagen hasta que apareció en su cara una sonrisa que ponía la piel de gallina.

—¿Y el poder?

—Los que han estado cerca de ella dicen que sigue dormido… —Dudó si seguir hablando, y el otro lo notó.

—¿Qué ocurre?

—Nada…, señor… —Un nuevo titubeo, que se desvaneció en cuanto observó como la mandíbula de su jefe se tensaba—. Es solo que…

El hombre rechinó los dientes, lo que, en el silencio de la estancia, se escuchó sin problemas.

—¿Qué ocurre? —Comenzaba a enfadarse, y eso no era bueno. Nada bueno.

—La están vigilando —soltó con rapidez, y retuvo la respiración, a la espera de ver su reacción.

—¿Quién? —Negó con la cabeza—. ¿Los habéis visto?

—Sí, pero no han sabido identificarlos…

El hombre gruñó, se movió hacia la chimenea y dejó que su mirada se perdiera entre las llamas.

—Señor… —lo llamó pasados unos segundos.

Este golpeó con el puño el ladrillo que enmarcaba la chimenea y ordenó:

—Traedla.

—No sé si eso será posible.

El hombre lo miró, acortó la distancia que los separaba, pero no llegó a tocarlo. Su sola presencia ya era suficiente para que sus enemigos se encogieran por temor a sus represalias.

Aproximó su cara a la del otro, dejándola a escasos centímetros, y siseó:

—Traedla ante mí.

No gritó. No hizo falta que subiera el tono de voz. Su rostro, su determinación y la amenaza que sobrevolara el ambiente, fue suficiente para que su subalterno saliera de la sala con rapidez.

El hombre, que se había quedado en la habitación, se giró hacia la mesa, tomó las dos fotografías y las arrugó entre los dedos. Cuando acabaron siendo una pelota inservible, las lanzó a la chimenea y vio cómo las llamas las devoraban.

—Érase una vez...

CAPÍTULO 1

Hacía no mucho que había salido de la biblioteca y, si no hubiera perdido el autobús —el conductor cerró la puerta en mis mismas narices—, podría haber estado ya en mi casa. Seca, relajada y sin zapatillas. En cambio, y para rematar el día, en apenas unos minutos, las nubes habían descargado toda el agua que transportaban, empapando a todo bicho viviente, y no tenía pinta de parar en un corto espacio de tiempo.

Yo tampoco me había salvado de mojarme, y eso que había decidido no acudir a la piscina para nadar. Estaba tan cansada de las horas que invertía estudiando que hoy había preferido irme directamente a casa, pero las calles habían terminado por transformarse en ríos con un gran caudal, por los que se podría navegar sin problemas, mientras la gente andaba desesperada a la caza y captura de algún sitio donde refugiarse. Bueno, más bien, corrían.

Parecía que se habían proclamado los septuagésimo cuartos Juegos del Hambre de «mójate tú, que yo no quiero». No había ni un espacio libre donde resguardarse, y, encima, tenía empapados los bajos de los pantalones vaqueros y los calcetines, que, escondidos dentro de mis Reebok blancas, hacía tiempo que eran muy conscientes de la temperatura del agua.

Fría. Helada. Por lo menos, en la piscina climatizada habría estado más calentita.

Los dientes ya me castañeaban, y las gotas de lluvia se deslizaban con libertad por mi pálida cara. Mi piel ya era de por sí blanca, pero, aunque no tenía ningún espejo donde mirarme, podría jurar sin equivocarme que, debido al frío que comenzaba a calarme los huesos, tendría una tonalidad que podría pasar por la de un fantasma.

Un escalofrío me recorrió de arriba abajo y comprobé que los escasos, y pequeños, techados de la calle principal estaban ocupados por demasiadas personas que trataban de no mojarse.

Observé a ambos lados de la calle, e incluso valoré si merecía la pena atravesar la inundada calzada para llegar al otro lado, donde, tal vez, podría entrar en el pequeño hueco que había bajo el soportal de esa pastelería de fachada multicolor, y que debía estar haciendo una gran caja por la cantidad de personas que había en el interior del local. Pero, cuando di el primer paso, vi cómo un hombre caía al suelo y acababa más empapado de lo que ya lo estaba, por lo que desistí.

Miré el callejón de mi derecha, por si encontraba algún tipo de resalto o tejadillo, sin preocuparme de lo que siempre me aconsejaba mi abuela sobre lo de evitar lugares solitarios y desconocidos. La calle estaba oscura y sucia. El único toque de color se lo proporcionaba un grafiti en la pared horizontal de lo más confuso, con tonos verdes y azules, y tengo que reconocer que hasta acabó pareciéndome de lo más atractivo cuando me pareció vislumbrar a lo lejos un pequeño techado, que había cerca de una puerta algo cochambrosa.

Tiré de las cinchas de mi mochila, miré entre los mechones húmedos que caían sobre mis ojos color caramelo y visualicé los tres grandes charcos que se encontraban en mitad de mi camino. Aunque mis deportivas blancas estaban empapadas, tomé carrerilla y fui dando grandes zancadas, tratando de saltar sobre ellos, hasta llegar a mi destino.

En cuanto alcancé mi objetivo, me apoyé sobre la superficie lisa de madera con un gran suspiro y pegué los talones a la puerta lo máximo posible. Me aparté de la cara el cabello castaño, oteé el oscuro cielo y comprobé que tenía para rato.

Las nubes estaban negras y el agua caía con saña.

De nuevo, solté el aire que retenía con resignación y busqué mi móvil en los bolsillos del pantalón negro. Nada más desbloquearlo, revisé las notificaciones que había recibido y comprobé que tenía un mensaje de audio de mi abuela.

—Ariel, cariño, ten cuidado porque parece que va a llover. —Escuché y negué con la cabeza al mismo tiempo, sin evitar que una sonrisa asomara por mi cara.

—Sí, abuela. Parece que va a llover —dije en voz alta, y no dudé en enviarle un mensaje de vuelta, donde le informaba de que me iba a retrasar, debido a la tormenta, para que no se preocupara.

Cuando me llegó un emoticono con una cara guiñándome un ojo, que me confirmaba que me había escuchado, guardé el teléfono. Quería evitar que se mojara, aunque el vaquero estuviera más empapado que seco, y pensé que me iba a costar mucho quitármelo cuando llegara a casa. Si no me hubiera retrasado estudiando en la biblioteca... una vez más.

Los exámenes estaban cerca y no podía desperdiciar ni un segundo de mi tiempo, estrujando el máximo tiempo posible, hasta que la hora de cierre me obligaba a ir a casa. O, si no me hubiera quedado embobada observando el edificio, no habría perdido el único medio de transporte que tenía y, por ende, no estaría mojada. Pero, en mi defensa, reconocía que estaba obsesionada con ese edificio. Con la biblioteca. Con sus grandes ventanales, que permitían ver desde la calle las salas de estudio, llenos de estudiantes y empleados en la hora punta, sobre todo en esa época del año, o vacías cuando lograban echarnos. Una cristalera que ofrecía una luz natural perfecta para no dejarte los ojos entre su increíble fondo bibliográfico, uno de los más importantes de la ciudad, e incluso del país. Muchos investigadores acudían hasta él para analizar algunas de las obras que guardaban en su interior.

Era un edificio emblemático, con una fachada de piedra gris que destacaba sobre el resto de las construcciones que tenía alrededor. Con un brillo propio, los enormes ventanales y las florituras que rodeaban los vanos a modo de decoración, atraía la atención de muchos arquitectos de todo el mundo. El uso de contrafuertes y elementos de descarga, que no se generalizaron hasta ya entrada la Edad Media, hacía que fuera un edificio excepcional. Una *rara avis* dentro de los entendidos, ya que no terminaban de ponerse de acuerdo para decidir cómo y quiénes habían logrado levantar esa estructura, cuando las herramientas eran tan arcaicas en su tiempo.

No solo su exterior llamaba la atención, sino que el interior —donde se había levantado la biblioteca, formada por multitud de salas en todas sus plantas, y un sótano inmenso, por el que algunos decían que se debía caminar con cuidado, ya que podrías perderte por sus entrañas y jamás encontrar la salida— seguía atrayendo el interés del público. Lo que les había obligado a instalar en la recepción un control de acceso, desde donde se vigilaba que, solamente en los días y horas acordadas con el Ayuntamiento, accedieran los turistas.

Era un gran pico de recaudación el que se recogía cada año, pero un incordio para los estudiantes que deseábamos utilizar las instalaciones para los fines que se habían construido... Por lo menos, en la actualidad.

Tirité sin darme cuenta y me apoyé de nuevo sobre la puerta para observar lo que me rodeaba: un contenedor, que en una época mejor debió ser verde; un sofá viejo y raído, sobre el que reposaban algunas bolsas de basura; varios grafitis de diferente índole, que adornaban las paredes de ladrillo de los bloques de viviendas; y ropa tendida, que de seguro iba a necesitar más tiempo para secarse después de la que estaba cayendo.

Desvié la vista hacia el cielo tormentoso y escondí las manos en los bolsillos de la cazadora. A continuación, dejé los ojos anclados en el agua que caía sobre el charco que tenía enfrente, y que amenazaba con alcanzarme.

Estornudé una vez y me encogí de hombros, buscando el calor de la bufanda de lana multicolor que se enrollaba alrededor de mi cuello y que me había hecho mi abuela hacía ya unos años. Era muy larga, por lo que tenía que darle más de dos vueltas para no arrastrarla, y, aun así, había veces que debía de tener cuidado de no pisarla.

Estornudé una segunda vez y, a la tercera, la puerta que sostenía todo mi peso se movió, haciéndome trastabillar hacia atrás mientras intentaba no terminar en el suelo.

Fue imposible.

Mi culo acabó aterrizando sobre las baldosas blancas y azules, y, aunque agradecí que estuvieran secas, el dolor que sentí al recibir el golpe casi me hizo ver las estrellas.

—Me cago en la... caca de la vaca —solté con rapidez, corrigiéndome en el acto, como si estuviera mi abuela presente y pudiera regañarme.

Me incorporé con lentitud mientras acariciaba la zona dañada y observaba dónde me encontraba.

Parecía ser el interior de un viejo almacén. Las estanterías de metal cubrían las paredes, con cajas de cartón, junto a botellas de todo tipo, asomando por sus estantes.

Necesitaba un poco de limpieza, sobre todo en la parte de arriba, donde se podían apreciar algunas telarañas, pero, por lo demás, no podía tener más suerte: me encontraba en un lugar seco y sola...

Retuve la respiración unos segundos para poder confirmar eso último y, salvo el ruido de la lluvia, que llegaba amortiguado, y los golpes de la puerta contra la pared, movida por el viento, no parecía haber nadie.

—Sola y seca. Bueno, medio seca, Ariel —me corregí.

Sonreí, feliz de que por fin algo saliera bien, y decidí apoyarme en la pared mientras esperaba a que cesara la tormenta.

Saqué el móvil, buscando distraerme revisando las redes sociales, pero el internet iba muy lento, por lo que estaba más pendiente del exterior y de la araña que cruzaba la habitación de lado a lado que de lo que podía cotillear.

De pronto, un ruido extraño me hizo saltar en mi sitio, y el móvil acabó en el suelo.

Miré hacia atrás, donde un pasillo oscuro se adentraba hacia el interior del almacén, y esperé por si escuchaba de nuevo el sonido, pero no se repitió. Llegué a la conclusión de que quizás se trataba de algún ratoncillo que se había colado buscando refugio, al igual que yo, y que había tirado alguna cosa.

—O rata... —hablé en voz alta, mientras recogía el teléfono, por si al escuchar mi voz el animalillo decidía esconderse y así dejarme tranquila, hasta que me di cuenta de mis actos y negué con la cabeza con fuerza, recriminándome mentalmente por dejar que mi cabeza se pusiera en lo peor—. Para una vez que te van bien las cosas, Ariel... —me dije, mientras relajaba las manos con las que sostenía el móvil y que se habían afianzado como garfios a él.

Me obligué a centrarme en el sonido de la lluvia y en los memes que ya se habían publicado sobre la tormenta, y que comenzaban a aparecer con lentitud en mi pantalla, y que me provocaron más de una carcajada por la creatividad de la gente.

No sabía de dónde sacaban esa imaginación... y tan rápida, porque habían pasado solo unos minutos desde que había estallado...

—¡Media hora! —grité alarmada, cuando me di cuenta del tiempo transcurrido—. ¡Joder! Al final, voy a llegar tardísimo. —Asomé la cabeza por el hueco de la puerta y observé que seguía lloviendo—. Quizás podría intentar pillar el autobús...

Un nuevo ruido en el fondo del local, y muy diferente al anterior, me enmudeció.

Me volví con curiosidad hacia esa zona y busqué la linterna del teléfono para enfocar el pasillo oscuro, pero no encontré nada cuando la encendí.

—Hola... ¿Hay alguien ahí? —pregunté, mientras me adentraba de forma casi involuntaria, con pequeños pasos, hacia esa dirección, sin perder de vista la luz—. Está lloviendo... No quise molestar. La puerta se abrió y acabé dentro. Hace frío...

Nada. No recibí ninguna respuesta ni sonido alguno.

Miré a mi espalda, donde la puerta ya quedaba muy lejos, y pensé que tal vez podría andar un poco más. Quizás el establecimiento ocupaba todo el edificio y la parte delantera daba a la calle principal, o a otra vía que me pillara cerca de la parada del autobús.

Tiré de una de las cinchas de la mochila, me aparté el flequillo de la cara y, tras tomar aire, avancé con una falsa seguridad.

Dejé atrás el almacén sin dejar de mirar a mi alrededor constantemente, con miedo a que de pronto alguien apareciera, y llegué a una zona más amplia donde había mesas y sillas dispuestas, por lo que parecía el salón de un restaurante. En uno de los laterales de la habitación había una gran barra de bar, y algunos taburetes altos estaban colocados cerca de esta. Las lámparas ornamentadas, con un cristal fino, colgaban del techo, aunque no iluminaban la estancia, y, al fondo, había dos puertas cerradas.

Giré sobre mis pasos por si podía localizar alguna ventana, pero no tuve esa suerte. La sala era ciega en vanos, y, por el polvo que me llevé al posar uno de mis dedos sobre la barra, hacía tiempo que nadie pasaba por allí.

Suspiré resignada y me apoyé en uno de los taburetes. Dejé la mochila en el suelo, ya que mis hombros comenzaban a resentirse por el peso, y observé con tranquilidad la estancia. Parecía que había retrocedido unas cuantas décadas hacia atrás, a la época en la que Al Capone campaba a sus anchas y la Ley Seca era ignorada por muchos locales como este.

Caminé entre las mesas con manteles de cuadros rojos y blancos, con algún que otro remiendo y llenos de suciedad, y terminé enfrente de las dos puertas. Estaban separadas por un muro de ladrillos, donde colgaban tres fotografías en blanco y negro, y un grupo de jóvenes sonreía a la cámara.

Parecía que estaban hechas en diferentes épocas, por la variedad de ropajes que llevaban, y porque me pareció identificar a alguno de los que en ellas aparecían, más mayores.

Pasé los dedos sobre los rostros de los retratados y hubo uno que captó mi atención. Una sonrisa que se repetía en dos de las tres fotografías, muy diferentes entre sí por la edad que debía tener, pero que emitía felicidad.

—Me parece conocido... —murmuré justo cuando escuché unas voces que se acercaban adonde me encontraba.

Me volví entre nerviosa y excitada, ya que quizás podrían ayudarme a salir de allí por la calle principal, o también se podrían enfadar por entrar sin invitación en su establecimiento, pero no me dio tiempo a descubrirlo. De golpe, sentí que una de las puertas que tenía a mi espalda se abría y una mano tiraba de mí hacia atrás.

CAPÍTULO 2

El grito que emití se quedó atascado entre mi garganta y mi boca cuando una fuerte mano se posó sobre ella.

—Silencio… —siseó una voz masculina muy cerca de mi oído, y un escalofrío de pánico me recorrió entera.

Sentí la presión de un cuerpo pegado a mi espalda y escuché el movimiento de lo que me parecieron otros dos, no muy lejos de mí. Susurros y movimientos se repetían muy cerca, pero no me aclaraban nada de lo que sucedía mientras estaba presa.

—Riku, ¿te haces cargo de ella? —La pregunta sobrevoló la habitación en la que estaba y el brazo que me sujetaba por la cintura me apretó con fuerza.

Pude entender que ese «ella» iba por mí cuando sentí un leve movimiento de cabeza de la persona que me tenía agarrada, al mismo tiempo que dábamos varios pasos hacia atrás y en mi estómago crecía una bola enorme de nerviosismo.

Tenía miedo.

No, estaba aterrada.

Nos sumergimos en la oscuridad del cuarto mientras el tal Riku siseaba de nuevo en mi oído, y yo no sabía si trataba de tranquilizarme con ese sonido, porque en realidad me acojonaba todavía más. Sentía cómo los pelos de la nuca se me erizaban y el corazón comenzaba a latir a una velocidad de vértigo. Hasta podría jurar que el sonido de mi miedo hacía eco entre esas cuatro paredes.

Nos quedamos en silencio, rodeados de una negrura solo rota por el hilo de luz que se colaba por debajo de la puerta cerrada y de las respiraciones de los que allí estábamos escondidos.

Las voces que me habían sorprendido en el salón, mientras observaba las fotografías, se escuchaban amortiguadas, pero más cercanas. Mantenían una conversación alterada, y, aunque no podía distinguir bien lo que se decían —tal vez ni ellos pudieran oírme—, pensé que quizás... No tenía nada que perder...

Tomé una decisión.

Sorprendiendo a la persona que me tenía apresada, me elevé en el aire, usando de apoyo su cuerpo, y mordí la mano que había sobre mi boca con saña mientras daba patadas al aire. Quizás alguna le daba y podría librarme, y escapar.

—¡Joder! Estate quieta, niñata. —Escuché la voz grave de mi captor, pero, para mi desgracia, no me soltó. Su brazo apretó todavía con más fuerza mi cintura, y sentí su respiración pesada pegada a mi cuello. La mano se alejó de mi boca un segundo, en el que no me dio tiempo a emitir ningún sonido, para volver de inmediato a su lugar.

Volvía a estar en la misma situación, pero, al contrario que antes, noté un sabor metálico en mis labios en cuanto su mano estuvo en mis labios, e inconscientemente sonreí cuando adiviné a qué se debía. Era sangre. Le había hecho daño, y, aunque estaba todavía en peligro, sentí cierta satisfacción porque así sabría que la niñata sabía defenderse, si le daban la posibilidad.

—¡Riku! —Su nombre volvió a oírse en el cuarto, y este gruñó al escucharlo.

Estaba enfadado, y yo estaba feliz, pese a mi estado.

—Ya está. No se moverá —indicó en un susurro letal, y mi sonrisa se evaporó en un parpadeo.

El silencio volvió a anclarse entre nosotros, y el tal Riku me llevó todavía más atrás, alejándome de la puerta y del resto de sus compañeros.

—Quieta o lo lamentarás...

No quise descubrir qué significaba ese «lamentarás». Preferí quedarme quieta, como él me había ordenado, y esperé a ver de qué iba todo eso. A oscuras, en silencio y cagada de miedo, mientras la conversación del exterior continuaba, aunque cada vez se escuchaba más baja. Era como si estuvieran decidiendo que la reunión había terminado y que ya no les quedaba más por añadir.

Ellos se irían y yo... Yo... ¿Qué sería de mí?

Sentí que el brazo que había en mi cintura apretaba de nuevo, como si Riku sintiera que mi desasosiego regresaba, y escuché cómo el resto comenzaban a moverse.

Fruncí confusa el ceño, ya que habían estado quietos y callados todo el rato, como si esperaran que los del otro lado se marcharan, y ahora, cuando parecía que eso sucedía, iban... ¡¿Qué coño iban a hacer?!

Vi cómo la puerta se abría con sigilo, lo que permitió que la luz entrara en el cuarto poco a poco, y observé que no andaba muy desencaminada con mis suposiciones. Se trataba de un grupo de dos personas, además de quien me tenía sujeta, e iban vestidos de negro.

No pude vislumbrar más.

Observé cómo uno de ellos se volvía hacia nosotros y llevaba uno de sus dedos hasta los labios, pidiéndonos silencio.

—Quietecita, niña —me ordenó de nuevo Riku, y asentí con la cabeza. Quería dejarle claro que no pensaba moverme. De momento.

Me fijé en que los otros dos intercambiaban miradas y gestos mientras la puerta se abría cada vez más.

Uno de ellos sacó de su espalda una especie de cuchillo y el otro, un poco más delgado, agarró un arco, que había apoyado en la pared y colocó una flecha negra sobre él.

«¿De dónde ha salido esta gente?», me pregunté, frunciendo el ceño, muy atenta a lo que acontecía.

El de los cuchillos —en plural, porque ya llevaba dos en ambas manos— salió de la habitación, seguido por su compañero, de forma sigilosa. Parecía que flotaban sobre el suelo, ya que sus pisadas no hacían ningún ruido.

Fueron unos minutos en los que los perdí de vista. Un tiempo en que gritos e insultos se escucharon en la otra habitación, y podía deducir que no estaban manteniendo una conversación nada agradable. Se estaban peleando, y eso no pintaba nada bien... para mí. Ya podía buscar una nueva oportunidad para escaparme, porque corría peligro.

Miré a ambos lados tratando de encontrar algo que pudiera ayudarme, pero, si no me soltaba el tío que estaba detrás de mí, mal lo llevaba. Ni aunque hubiera una pistola a mi alcance, porque Riku se había anclado, y estaba segura de que esta vez no lo pillaría desprevenido.

Un golpe seco, un grito quedo y el silencio regresó.

Me estaba poniendo muy nerviosa. Mucho.

Mi respiración comenzó a acelerarse de nuevo y sentí que me faltaba el aire. Necesitaba escapar, huir de allí.

La puerta se abrió y ante nosotros apareció una chica vestida de negro, algo más joven que yo, que nos sonrió tras encender la luz del cuarto. Tenía el pelo corto, rubio, pero de un color demasiado llamativo que contrastaba con el tono oscuro de su piel. Era bajita, muy delgada. Demasiado, opinarían algunos médicos. Y la sonrisa que mostraba resaltaba en su fino rostro. Parecía que trataba de ser agradable, aunque no podía llevarme a engaño, ya que seguía cautiva.

«¡Qué coño ocurre!», solté mentalmente, mientras parpadeaba, tratando de acostumbrarme a la claridad.

—Riku, ya está. Suéltala —le indicó la chica a quien me tenía agarrada.

—¿Seguro? —preguntó el mencionado, al mismo tiempo que yo temblaba de los nervios.

«¿Para qué? ¿Por qué? ¿Qué van a hacer conmigo?».

—Sí, Axel ya se ha encargado de todo —explicó—. Déjala libre.

Riku dudó. Sentí que por unos segundos estuvo a punto de no hacer caso a su compañera, pero al final me soltó.

—Ya me estaba cansando de esta situación... —rumió entre dientes, pasando por mi lado sin dirigirme ni una sola mirada.

No pude verle la cara, pero no me hacía falta. Era libre. Libre... Moví los hombros, el cuello, desentumeciendo todos los músculos. Fui a caminar, pero en el último momento me quedé en el mismo sitio donde me había dejado Riku. No sabía qué hacer. No sabía si podía fiarme.

—Anda, no te quejes —le dijo la chica a su compañero, golpeándole la espalda, y luego me miró—. ¿Estás bien?

—¿Quién? ¿Yo?

La sonrisa de esta se amplió y asintió.

—Sí, tú. —Avanzó unos pasos hacia mí, pero, cuando vio que yo retrocedía, pegando mi espalda contra la pared, se detuvo—. No tienes por qué preocuparte. No te vamos a hacer nada. —Arqueé mis cejas castañas con incredulidad y ella me respondió con una sonora carcajada—. Seguro. Confía en mí —me indicó, y elevó su mano derecha, donde destellaban varios anillos, para que la agarrara—. Me llamo Vega, ¿y tú?

Miré su mano, los anillos, y luego me fijé en su sonrisa, que pretendía ser amistosa, y en sus ojos azules. Eran de un azul celeste precioso. Jamás había visto un tono así en los iris de una persona.

—Ariel... —dije a media voz, sin atreverme todavía a dar un paso.

—Anda, como la Sirenita —comentó ella, y acortó la distancia que nos separaba. Pasó su brazo por mis hombros con excesiva camarería y me animó a caminar—. Venga, que te voy a presentar al resto.

—¿Al resto?

Vega me miró divertida.

—A los chicos. Pueden parecer un poco antipáticos, e incluso bruscos, pero en el fondo son buenos tipos.

Fruncí el ceño, todavía más confusa de lo que estaba al principio. No entendía nada de nada.

—Pero... ¿puedo marcharme? —pregunté dudosa, y ella me apretó el hombro y asintió con la cabeza sin perder la sonrisa.

—Claro. No pensarías que te íbamos a hacer algo malo, ¿verdad?

Agrandé los ojos en cuanto la escuché, negando con rotundidad. No quería que Vega cambiara de idea ahora que parecía que podría irme a mi casa sin problemas, a pesar de que ese grupo tan raro me había retenido contra mi voluntad y había luchado con unos extraños. ¡Luchado! ¡Con puñales y hasta un arco!

La chica se rio por mi actitud, pero no añadió nada más.

Me condujo hasta la mitad del salón, sorteando las mesas y sillas que antes habían estado bien colocadas, y me detuvo cuando un chico que me sacaba un par de cabezas me ofrecía mi mochila que había abandonado cuando llegué allí. Parecía que había pasado un siglo desde eso.

—¿Es tuya?

Me fijé en la cartera y asentí muda, sin apartar los ojos de las pupilas negras que me miraban. Sentí cómo mis mejillas enrojecían de golpe mientras analizaba cada uno de los rasgos de ese joven.

No podía creer que alguien así estuviera delante de mí. Alto, de anchos hombros, delgado, pero con músculos marcados y una sonrisa que robaba el aliento. Tenía el cabello castaño recortado a la perfección, y resaltaban algunos mechones rubios. Era la viva imagen de ese príncipe que aparecía en cualquier historia salvando a la damisela en apuros, si esa figura de los cuentos de hadas pudiera existir. Si no fuera porque iba vestido de oscuro —que, por otra parte, era un tono que no le quedaba nada mal— y que le faltaban los ojos azules, podía ser una copia calcada. Aunque, con el brillo misterioso que destacaba sobre el color negro de sus iris, podían pasar por ser perfectos. Era... Estaba...

La risa de Vega rompió mis pensamientos y me empujó al mismo tiempo, desestabilizándome.

—Ariel, este es Axel. —Movió la mano hacia el chico y enrojecí todavía más al darme cuenta de mi comportamiento. Me había quedado embobada, y en mitad de una situación algo peliaguda.

Atrapé la mochila que Axel me ofrecía sin dilación y le agradecí entre titubeos el gesto.

—Conque Ariel... —comentó este, y tengo que reconocer que su voz consiguió ponerme la piel de gallina—. ¿Te han dicho ya que te llamas como la...?

—La Sirenita —terminé por él, y asentí.

Vega elevó el dedo índice y movió la cabeza de arriba abajo.

—Yo misma —señaló, como si mereciera una medalla por ese comentario.

No entendía por qué esa similitud era relevante. Ya había tenido suficiente con las risas y burlas en la escuela, y en el instituto, por el nombre que habían escogido mis padres; y, por suerte, en la universidad todavía no me había cruzado con nadie que quisiera hacer el chiste. Pero esos dos... ¿de qué iban? Parecían dos niños que compartían una broma privada donde la protagonista era yo, y no me gustaba nada.

—Bueno... —solté de forma brusca, atrayendo su atención, mientras me colocaba la mochila a la espalda— y, ya que hemos terminado con las presentaciones, ¿puedo irme?

—Todavía no —indicó Vega, e hizo que mi corazón se paralizara de golpe.

Quizás había cambiado de opinión y ahora iban a deshacerse de mí tras hacerme ilusiones. Quizás me esperaba el mismo destino que a las personas que habían estado allí segundos antes, a las que se habían enfrentado y de las que no había ni rastro.

Quizás ese era su juego, uno en el que acabar con mi vida les hacía felices.

Miré la sala con curiosidad mientras tiraba de las cinchas de mi mochila buscando algo. No sabía bien el qué, pero tal vez, cuando lo viera, lo sabría. Solo tenía que mantenerme firme y aprovechar el momento perfecto para salir corriendo de allí. Huir de esos dos locos.

Observé el desorden que imperaba por la estancia —que, cuando había llegado, no existía— y me fijé en los cristales que había esparcidos por el suelo.

«Me podrían servir de arma...», pensé mientras seguía con mi escrutinio, y comprobé que se habían caído algunos de los taburetes que había cerca de la barra del bar. Todas las mesas y las sillas también estaban en el suelo, salvo una, que estaba ocupada por un chico que no paraba de mirarme con cara de enfado.

Sus ojos verdes, un poco rasgados, estaban fijos en mí, dejando claro con su mandíbula tensa y su escrutinio que no le agradaba mi presencia. Tenía el pelo tan negro como las plumas de un cuervo, e iba peinado con las puntas hacia arriba por un lado, creando ondas ensortijadas que, tenía que reconocer, no le quedaban nada mal. Había una ligera sombra oscura por sus mejillas, que llegaba hasta su mandíbula puntiaguda, lo que indicaba que necesitaba un buen afeitado, pero estaba lejos de mostrar una imagen desaseada. También iba vestido de negro, como el resto de sus compañeros, y por su cuello asomaba un tatuaje, que a primera vista parecía tribal, y que llamó mi atención, a mi pesar. Era descuidado, serio y un... gilipollas. Lo había identificado. Ese era Riku. No podía ser otro.

Él sonrió. Fue breve, pequeña, un simple amago, pero podría jurar que a eso lo llamaba sonrisa, y pensé que, aunque lo había insultado mentalmente, no sabría asegurar si Riku lo había adivinado.

—No puedes irte porque todavía queda que conozcas a Riku —indicó Vega a mi lado, como si necesitara que me lo presentara.

La miré pensando que estaba de broma, pero agarró mi mano y tiró de mí hacia la persona que me había retenido en el cuarto.

—A Riku ya lo conozco —rumié entre dientes lo evidente.

—Nada de eso —me contradijo la chica—. Tenéis que limar vuestras asperezas...

—¡¿Asperezas?! —pregunté incrédula. No podía estar hablando en serio—. Vega, a Riku ya lo conozco —repetí con firmeza, y ella amplió todavía más la sonrisa, que parecía no desaparecer nunca de su cara.

—Riku, esta es Ariel —dijo en cuanto llegamos a su altura, ignorando mi comentario.

Bufé y elevé mi mentón con dignidad, sin hacer amago de ningún tipo de saludo.

El chico se incorporó todo lo largo que era. Aunque era un poco más bajo que Axel, su presencia imponía más. Se pasó una mano vendada por su descuidado cabello. Era justo donde lo había mordido y no pude más que felicitarme por haber sido la culpable de su estado. Se lo tenía merecido.

Los dos nos miramos a los ojos sin decir nada. Midiéndonos, sin hacer ningún gesto, mientras Vega nos observaba no muy lejos de nosotros.

No sé lo que esperaba, pero por mi parte no iba a regalarle ni agua.

Riku dio un paso más hacia mí. Yo me tensé, pero no hice ningún movimiento. Quería demostrarle que no me amilanaba ante nadie, y menos ante él.

Escuché cómo le chirriaron los dientes y, después de gruñir algo incomprensible, pasó por mi lado sin rozarme.

La carcajada de Vega rompió lo que fuera que acababa de suceder. Me golpeó la espalda, con más fuerza de la necesaria, y me soltó:

—Bueno, pues ya está. Ya conoces al equipo.

—¿Quieres agua? —me preguntó Axel, y me volví hacia él arrastrando los pies.

Tuve que obligarme a dar los pasos y no salir corriendo.

—Perdona...

Axel estaba detrás de la barra del bar y me ofrecía un vaso con un líquido transparente.

—¿Tienes sed?

Negué con la cabeza, pero Vega me empujó en su dirección.

—Venga, no seas tímida... —Escuché un bufido desde la dirección de Riku, como si se riera de esa afirmación—. Seguro que tienes la garganta seca después de lo que has presenciado —continuó Vega, ignorando a su compañero.

Llegamos al borde de la barra y miré incrédula al chico que parecía un príncipe de cuento y a la joven de piel oscura.

—No me apetece mucho...

Vega tomó el vaso que Axel tenía y me lo ofreció.

—Solo es agua. No tendrás alergia, ¿no, Ariel?

Fruncí el ceño y pasé la mirada del recipiente de cristal a ella, y viceversa. Esto era una locura.

—No... Es solo que querría irme...

La chica sonrió y movió el vaso en mi dirección.

—Claro. Por supuesto, pero antes bebe.

La arruga de mi ceño se hizo más pronunciada. Estiré el brazo y agarré el vaso, pero no me lo llevé a los labios.

Axel y Vega me observaban esperando algo, pero ¿el qué?

—No... No... —titubeé—. ¿No me haréis nada?

El chico alto apoyó los codos en la barra y dejó caer su perfecta cara sobre las manos.

—Eso depende de ti, Ariel —me indicó con una sonrisa cordial que me hizo dudar de si era una amenaza o un simple comentario.

Me fijé en sus ojos negros y luego pasé a los azules de Vega.

—Ella dijo que me podría ir...

—Claro que te vas a ir —afirmó Vega, colocando un taburete en su posición original para sentarse en él—. Axel solo está bromeando.

—¡Ja! —soltó Riku, y me volví hacia él, pero no pude verle la cara. Estaba de espaldas a nosotros, acuclillado, guardando lo que me parecía una planta con un par de flores amarillas y naranjas, que tenían un brillo peculiar, en una especie de urna de cristal. No sabía de dónde había salido.

—No les hagas caso —insistió Vega con su talante conciliador, captando de nuevo mi atención. Creo que trataba de tranquilizarme, pero ni la situación ni sus compañeros ayudaba para ello.

—Yo solo quiero irme a casa —comenté a media voz, perdiendo la escasa fuerza que tenía y que buscaba aparentar que nada de eso me alteraba.

—Y te irás —indicó Axel, me guiñó un ojo y se agachó unos segundos para recoger... ¡Un puñal!

Agarré el vaso con más fuerza instintivamente, como si fuera a servirme de algo si decidían usar esa arma contra mí, y no me relajé —en cierta forma— hasta que vi que la guardaba a su espalda. En el mismo lugar del que había visto, cuando estábamos encerrados en el cuarto oscuro, que la había sacado.

—Bebe el agua —insistió Vega—. Después te acompañaremos a tu casa...

—¡No! —grité sin darme cuenta, y los dos chicos me miraron asombrados.

Observé por el rabillo del ojo que Riku ni se alteró. Siguió con su tarea, guardando la urna en una bolsa de lona negra.

—Ariel..., tranquila —me indicó Vega, posando su mano sobre la mía. Me quitó el vaso que agarraba, y que peligraba por la tensión que reflejaban mis dedos, y lo dejó sobre la barra sin que hubiera tocado su interior—. Si no quieres que vayamos contigo...

—negué con la cabeza de inmediato—, no pasa nada. La tormenta ha cesado y seguro que llegarás enseguida.

—¿Ya ha dejado de llover? —pregunté, como si esa conversación sobre algo cotidiano pudiera alejarme de lo vivido.

Vega sonrió y asintió.

—Sí, hace un rato. ¿Supongo que por eso fue por lo que acabaste aquí dentro?

Moví la cabeza de arriba abajo con lentitud.

—La puerta del almacén cedió sola...

—Seguro —afirmó Riku en apenas un susurro, pero llegó hasta mis oídos, aunque no quise hacerle caso.

—Acabé aquí, por si encontraba otra salida que estuviera más cerca a la parada del autobús —proseguí con mi explicación.

—Podemos llevarte en nuestro coche —sugirió Axel con voz cordial.

—Sí, el autobús suele retrasarse —intervino Vega, insistiendo con su ofrecimiento.

Yo negué una vez más.

—Gracias, pero no hace falta. Me gusta ir en transporte público —mentí, y ellos lo adivinaron de inmediato, pero no añadieron nada más.

Vi cómo Axel vaciaba el vaso en el fregadero que había cerca de él y abría el grifo, por donde corría el agua. Lo llenó de nuevo y lo dejó sobre la barra como si tal cosa.

—Tenemos que irnos —indicó Riku, y observé que cargaba con la bolsa de lona.

Axel asintió y salió de detrás de la barra.

Vega se bajó del taburete y se acercó a mí.

—¿Nos vamos? —me preguntó, al mismo tiempo que me golpeaba, otra vez, la espalda.

Yo asentí justo cuando comenzaba a toser de forma descontrolada. Si es que, con tanto golpe como daba esa mujer, y que todavía tenía la garganta seca por el miedo vivido —y que aún sentía—, era raro que no me diera la tos.

—Ariel, ¿estás bien? —se preocupó, y yo afirmé de inmediato.

—Solo necesito salir y que me dé el aire.

—Bebe un poco de agua. Seguro que te encontrarás enseguida mejor —me aconsejó Axel, que, de pronto, lo tenía muy cerca de mí.

La tos iba a más y ni con mover las manos abanicándome me tranquilizaba. No sé por qué tenía esa manía desde siempre, pero creía que, cuando me llegaba el aire a la cara, dejaba de toser.

Esta vez no fue así y acabé tomando el vaso de agua que Vega ya tenía en una de sus manos.

Pensé que nada podía pasarme si bebía un poco, ya que había visto cómo Axel lo llenaba directamente del grifo.

Me lo llevé a los labios, tragué al final bastante del líquido y, tras respirar con profundidad, dejé de toser.

Miré a Axel, que afirmaba con la cabeza, y a Vega, que ampliaba su sonrisa todavía más, si eso era posible.

—¿Mejor?

Fui admitir que sí, que estaba mucho mejor, pero, de pronto, todo se volvió negro a mi alrededor y sentí que mis piernas fallaban. Si no hubiera sido porque Axel me sujetó con rapidez —creo que fue él quien lo hizo—, habría acabado en el suelo.

CAPÍTULO 3

La alarma del móvil se repetía incesantemente en mi cabeza, como si fuera un martillo de esos eléctricos que usan los obreros en las calles y que no cesa de golpear la calzada hasta hacer un inmenso agujero.

Tanteé la mesilla en busca de la herramienta de tortura que no paraba de sonar, pero no conseguía alcanzarla. De pronto, silencio, y emití un suspiro de satisfacción.

—Por fin…

Me duró poco.

A los diez minutos comenzó de nuevo a sonar el pitido y tuve que incorporarme para localizar el teléfono, que no estaba donde habitualmente lo dejaba todas las noches antes de acostarme.

Por alguna extraña razón, lo había abandonado encima del escritorio, al lado del portátil, lo que me obligó a levantarme de la cama con muy pocas ganas.

—Una mierda… —refunfuñé en voz alta en cuanto la apagué de malos modos, y me dejé caer sobre la silla de ruedas, que chirrió un poco por mi peso.

Me restregué los ojos con la mano, tratando de alejar el sueño y las legañas que se asentaban en mis párpados, y pasé los dedos por mi enredado cabello castaño. Anoche debí acostarme sin molestarme en secarlo, y hoy me iba a acordar de ello. Tiré de la parte de arriba del pijama, que me quedaba algo corta, y, de pronto, caí en algo.

—¿Y esta camiseta? —Me incorporé y estiré la ropa para verla bien, acabando delante del espejo de cuerpo entero que tenía en el armario.

La puerta de mi dormitorio se abrió al poco y la cabeza de mi abuela asomó por ella. Llevaba su media melena de pelo blanco muy arreglada. Era como si acabara de venir de la peluquería de hacerse uno de esos tratamientos que tanto le gustaban realizarse en el cabello, pero eso era imposible, porque todavía era muy temprano. El vestido amplio, rojo y con salpicaduras de tono rosa resaltaba su figura regordeta. Algo que no le importaba, ya que, según ella, si a alguien le molestaba su cuerpo, que no mirara.

Mi abuela era feliz con sus ropas llamativas y la comodidad que implicaban, y que iban a juego con sus deportivas blancas, que se había obligado a comprarse cuando decidió que ya estaba bien de hacer sufrir a sus delicados pies.

Las arrugas de su rostro evidenciaban la edad que tenía o, como ella decía, la experiencia de lo vivido durante ese tiempo, que también se reflejaba en la sabiduría que mostraba en sus ojos, de un castaño especial, algo más oscuro que los míos.

—Bien, ya estás despierta —indicó a modo de saludo, y entró en mi habitación de inmediato—. No sabía si terminaría apagando yo misma la alarma, porque lleva sonando desde hace mucho tiempo, y eso que pensé que hoy entrabas más tarde a clase.

La miré confundida. Si hoy era viernes, como pensaba, no debería haber puesto ninguna alarma. En realidad, no solía hacerlo, porque, por mi horario de clase, no entraba hasta el mediodía a la facultad y prefería despertarme con tranquilidad.

—¿Es viernes? —pregunté solo para confirmar, ya que todavía estaba algo desorientada.

—Exacto. Viernes —afirmó, mientras recogía la ropa que había llevado el día anterior y que me pareció ver que todavía estaba húmeda.

—¿Y qué hora es?

—Solo las ocho —me indicó, y, de pronto, me observó con extrañeza—. ¿Qué llevas puesto? Creo no te he visto con eso desde hace mucho.

—Desde que era una cría —señalé—. No sé por qué me lo puse anoche. —Me miré de nuevo en el espejo y vi cómo la Ariel pelirroja y con cola verde en vez de piernas me sonreía desde la tela rosa del pijama.

Lo había guardado en el fondo del armario hacía ya unos años, porque, aunque todavía me valía —a pesar de las tiranteces y que le faltaba algo de tela—, le tenía mucho cariño. Fue una de las últimas cosas que me compraron mis padres, y no quería que se estropeara más de lo necesario. Y eso que ya había perdido algo de color y había alguna que otra pelotilla.

—¿A qué hora llegaste anoche? —se interesó mi abuela, mientras colocaba la chaqueta y la bufanda sobre la silla.

Di la espalda a mi reflejo y me rasqué la cabeza, tratando de recordar cuándo y cómo había llegado a casa.

—No sé...

Ella se giró alarmada al escucharme.

—¿No sabes? ¿Seguro? —Acortó la distancia que nos separaba y posó la mano sobre mi frente y por el resto de mi cara—. ¿Estás bien? ¿Te fuiste con alguien después de la biblioteca? ¿Bebiste algo? ¿Te drogaron?

—Abuela, abuela... Tranquila. Estoy bien. —Atrapé sus manos y sonreí—. No me ha pasado nada. Me vine de la biblioteca directa a casa cuando paró la tormenta. No me encontré con nadie ni bebí nada sospechoso —respondí a sus preocupaciones, pero había algo que no me cuadraba.

Había un vacío en mi memoria sobre el día anterior que no lograba rellenar.

Ella suspiró y se dejó caer más tranquila sobre la cama deshecha.

—Ay…, cariño. Menos mal. Se oye cada cosa que me esperaba lo peor.

Yo reí y me acomodé a su lado, atrapando sus arrugadas manos con las mías.

—Estoy bien. No pasó nada —repetí, aunque sabía que era más para que yo me autoconvenciera de ello—. Me mojé mucho con la tormenta y he debido tener algo de fiebre esta noche. Seguro que, en cuanto pasen las horas, todo vuelve a su ser.

—Menos mal —insistió, aunque pasó de nuevo la mano por mi cara para cerciorarse de que ya no tenía fiebre—. Ya me había preocupado.

—Te he dicho mil veces que debes dejar de ver los telediarios.

Mi abuela palmeó mis manos con cariño.

—Si yo dejo de ver las noticias, en esta casa nadie estará informado de lo que sucede por el mundo.

La besé en la mejilla y me levanté de la cama.

—No sé si es mejor no saber de eso —moví la mano en el aire— que vivir conociendo la maldad que hay por ahí fuera.

—No todo es malo, Ariel —afirmó, y se incorporó con cierta lentitud, ya que el dolor de sus rodillas le hacía recordar los años que tenía en realidad—. ¿Quieres desayunar?

Tomé el móvil y comprobé la hora que era. Las ocho pasadas, como ya me había dicho mi abuela.

—No sé… Estoy pensando que quizás podría acostarme de nuevo…

Esta tiró con fuerza de la cuerda de la persiana, de la única ventana que había en el dormitorio, y la luz del sol entró con libertad.

—De eso nada. Ya estás despierta, pues a vestirse y a desayunar que, si has tenido fiebre, es porque estás baja de defensas.

Vi cómo recogía las sábanas y la funda del nórdico, dejando la cama solo con el colchón.

—¿Dónde vas con eso? —Señalé toda la ropa.

—A poner una lavadora.

—¿Ahora? —Ella asintió feliz—. Pero no tengo clase hasta el mediodía.

—Pues no haber puesto la alarma tan pronto —atajó con rapidez, y se dirigió a la puerta—. Ahora, mientras te das una ducha, que te va a sentar de maravilla y conseguirá que esa melena que tienes se adecente —movió la cabeza hacia mi cabello—, yo preparo un desayuno con su zumo de naranja recién exprimido, y así lo de anoche no se repetirá. ¿De acuerdo?

Moví la cabeza de arriba abajo porque tampoco es que me diera más opciones.

Ella sonrió complacida, y la vi salir de mi habitación sin más.

—¿Qué acaba de ocurrir? —me pregunté, y caí otra vez sobre el colchón, confusa.

Observé mi dormitorio, con los pósteres antiguos que había en las paredes, donde los miembros de los grupos de música que me habían gustado cuando iba al instituto me sonreían. Las dos estanterías repletas de libros de fantasía, los cubiletes llenos de bolígrafos de multitud de colores, además de los subrayadores que utilizaba para los apuntes, y me detuve en el tablón de corcho que había colgado en la pared de enfrente, encima del escritorio donde estudiaba y en el que descansaba mi viejo portátil.

Allí estaban las fotos de mis padres y mi abuela; la última que nos habíamos hecho antes del accidente de tráfico que les había arrebatado la vida. Un par de instantáneas más con los escasos amigos que aún mantenía y que había hecho en mi época más joven. La carta de admisión a la universidad, junto a la beca que me otorgaron por mi expediente académico para cursar Psicología, y la ilustración de Totoro, el protector del bosque de la película del Studio Ghibli, que tanto había visto de pequeña con mi madre y que ella misma me había dibujado hacía años.

Había cintas y pendientes desparejos colgados de chinchetas de colores, algunas frases o palabras de mi época de querer practicar *lettering,* y pósits amarillos y rosas, recordando algo importante que ahora mismo ni me acordaba.

Me acerqué hasta él, atraída por algo que asomaba por debajo de ese maremágnum que para cualquiera no significaría nada, pero para mí era un reflejo de mi vida, y moví algunas de las cartas y recuerdos, hasta dar con ello.

Quité la chincheta que sujetaba la carta del rector de la universidad agradeciendo que hubiera elegido realizar mis estudios en ella y la atrapé antes de que acabara sobre la mesa junto lo que había captado mi atención.

Era una foto en blanco y negro muy antigua. Mostraba a un grupo de chicos, de diferentes edades, pero no muy lejanos a la mía, y, salvo excepciones, la mayoría miraban sonrientes a la cámara.

Me fijé en cada rostro por si conocía alguno de los que habían sido inmortalizados y explicara el porqué de que estuviera allí, en mi dormitorio, pero no identificaba a nadie. No entendía la razón que me había llevado a colgarla en el corcho, entre mis más preciados recuerdos, escapando a mi comprensión.

Pasé los dedos por cada uno de los rostros hasta que me detuve en uno que mostraba una sonrisa radiante.

—Me suena familiar… —musité, al mismo tiempo que la puerta de mi dormitorio se abría y aparecía mi abuela de nuevo.

—¿Todavía sigues así? —me recriminó—. Mira que al final ni zumo recién hecho ni café ni nada. Te quedas sin desayunar.

—Pero si eras tú la que quería que comiera algo —le recordé.

Negó con la cabeza y agarró la bufanda y la chaqueta que, con anterioridad, había dejado en la silla.

—Me olvidaba de esto.

—¿Para lavar? —Mi abuela asintió y, con rapidez, atrapé la bufanda—. Esto no hace falta.

Ella me miró y luego observó la prenda que ella misma había hecho hacía años.

—Está algo sucia.

Yo la miré al trasluz y negué con la cabeza.

—No tanto. Todavía podría aguantar unos días más.

Mi abuela chascó la lengua contra el paladar y negó con la cabeza.

—El domingo sin falta. —Me apuntó con el dedo—. Si lo sé, te habría hecho otra bufanda...

Le di un beso en la mejilla y sonreí.

—Pues ya sabes: cuando tengas tiempo entre la peluquería, las tardes de merienda con tus amigas y ese club de lectura que organizas, me la haces.

Ella se carcajeó.

—Cuando tenga un hueco, cuenta con ella —afirmó, y se fue hacia la puerta.

—Abuela... —se detuvo y me miró—, ¿te suena esto?

Se acercó de nuevo a mí y tomó la foto para verla mejor. Achicó los ojos, ya que no llevaba puestas las gafas que necesitaba para ver, aunque ella decía que solo le eran útiles para leer, y analizó la instantánea con curiosidad.

—No. ¿Debería? —preguntó con interés, sin dejar de mirarla.

—No, es solo que estaba allí —señaló el tablón—, y no me acuerdo de por qué la colgué o cuándo lo hice.

Me devolvió la imagen y negó de nuevo con la cabeza.

—No puedo ayudarte. —Recogió unos guantes que había dejado en la mesa y se encaminó hacia la puerta. Si la dejara, ponía a lavar toda mi ropa—. ¿No puede ser que sea algo relacionado con tus estudios? —comentó de pronto, antes de salir de mi habitación.

Miré la foto y, luego, a ella.

—Quizás...

Mi abuela asintió complacida.

—Pues ya está. Misterio resuelto —afirmó—. ¿Vas a quedarte esta tarde en la biblioteca?

—Tengo que estudiar...

—¿Más? Hija, a este paso, te vas a saber de memoria todas las materias.

—Esa es mi intención, abuela. —Sonreí divertida.

—Pero es viernes, y deberías salir de fiesta con tus amigos para airearte un poco.

—Tengo que estudiar.

Escuché cómo suspiraba con resignación.

—Está bien, pero tanto estudio no puede ser sano. —Me reí sin poder evitarlo—. Anda, vete a la ducha y, después, a desayunar, que necesitas coger fuerzas. No quiero que termines mala, y, por lo de esa fiebre nocturna, parece que no te falta nada —me ordenó, y desapareció de mi vista.

La fiebre... Eché una última mirada a la fotografía antes de dejarla sobre la mesa y pensé que las dos cosas eran un sinsentido.

CAPÍTULO 4

Si alguien se hubiera interesado en descubrir lo que estaba estudiando, seguro que le diría que Psicología, pero, si hubiera profundizado más en el tema, no podría responderle con claridad. Llevaba delante de la misma página del libro que había retirado de la estantería de la biblioteca desde hacía horas, y lo peor es que yo misma era muy consciente de ello.

Había ido a clase, a las dos únicas horas que me tocaban esa mañana de viernes, y, como siempre, habíamos acudido unos pocos estudiantes. Ese día era complicado que las aulas estuvieran llenas, porque casi siempre se celebraba algún tipo de fiesta, a la que acudía la mayoría de la gente. Era el previo al fin de semana.

Después de almorzar un bocadillo y un refresco, que me había pillado en la cafetería de la facultad, me había dirigido a la biblioteca, donde sabía que podría estudiar sin ninguna intromisión. Más cuando sabía que tampoco habría apenas estudiantes en su interior, y eso que los exámenes no estaban muy lejos.

Ocupé mi asiento favorito, cerca de una de las grandes ventanas y amparada por la última estantería que había al final de la sala, en la segunda planta. Saqué todo el material que cargaba en la mochila para dejarlo sobre la mesa.

Por suerte, estaba sola, por lo que ocupé más espacio del que me pertenecía.

Me quité el abrigo negro, que me llegaba hasta la mitad del muslo, y me deshice de la bufanda. Hoy no hacía tanto frío como el día anterior, pero había decidido ponerme un jersey —dos tallas más grande de la que me correspondía— de color gris que abrigaba lo suficiente, ya que la chaqueta era algo fina.

Todo iba conjuntado con mis vaqueros azules, que tenían los bajos algo descosidos, y mis Reebok blancas.

El cabello lo tenía recogido en un moño algo desaliñado, sujeto por un lápiz que había tomado prestado a mi compañera de clase con la promesa de que se lo devolvería el próximo lunes. Según ella, le tenía mucho cariño, porque era su amuleto de buena suerte para los exámenes.

Me senté en la silla, busqué los apuntes de Psicología Evolutiva y abrí el manual de consulta que el profesor nos había recomendado.

Todavía seguía por la misma página desde que me había colocado.

Desde hacía... ¿cuánto? Localicé mi móvil, que estaba silenciado y había dejado cerca de mí, y confirmé que, como yo pensaba, llevaba una hora larga, casi dos, sin hacer nada.

Mi error había sido llevarme la fotografía que había encontrado en mi dormitorio esa mañana. La misma que no conseguía alejar de mi mente y que en ese momento descansaba entre mis dedos.

Me la sabía de memoria. Cada rostro, cada gesto, cada rincón en el que el grupo había posado, y que no identificaba. Pero no conseguía llegar a ninguna conclusión.

Definitivamente, no me sonaba de nada, y eso era lo más confuso de todo, ya que no entendía por qué estaba en mi habitación.

Si a eso le añadía que seguía sin recordar lo que había hecho tras salir de la biblioteca ayer jueves y cómo había llegado a mi casa, sentía que mi cabeza iba a explotar.

Me dolía demasiado, y no llegaba a nada concreto.

Tiré la fotografía encima de los apuntes, cerré los ojos y presioné el puente de mi nariz para ver si así lograba evitar la migraña que se anunciaba. Quizás lo mejor que podía hacer era irme a casa y descansar. Tal vez mañana conseguiría recordar algo.

—Hola, Ariel.

Abrí los ojos de golpe en cuanto escuché mi nombre.

Una chica de piel oscura, con el rubio cabello corto y unos ojos azules increíbles se había sentado en la silla que tenía enfrente. Era muy delgada, pero lo que más llamó mi atención no fue su delgadez extrema, acentuada por sus ropas llamativas, ni los anillos que llevaba en casi todos sus dedos, ni esos iris tan especiales. Fue la sonrisa tan radiante que mostraba.

Había algo en ella que me era familiar, y no sabía de qué podía tratarse.

—Perdona, ¿nos conocemos?

La chica se rio, y escuchamos de inmediato cómo chistaban, no muy lejos de nosotras, para que se callara.

—Ay…, Ariel, pues claro que nos conocemos —indicó, sin preocuparse de si hablaba en un tono más alto del conveniente al encontrarnos en una biblioteca.

Miré su rostro, esa sonrisa blanca que resaltaba en su cara, y negué.

—Lo siento, pero ahora mismo no caigo… —Me levanté y comencé a recoger mis pertenencias. Quizás sí que había llegado la hora de marcharme a casa, pero no por un dolor de cabeza, sino por la desconocida que tenía delante.

Era demasiado rara y yo no estaba para tonterías. Hoy no.

Ella observó uno a uno mis movimientos, sin decir nada, hasta que algo llamó su atención.

Atrapó la fotografía con la que llevaba obsesionada todo el día antes de que pudiera guardarla y me la mostró.

—Ya veo que la encontraste…

Arrugué el ceño instintivamente y enfrenté su mirada.

—Perdona... Creo que no te he entendido. —Me senté de nuevo y aparté la mochila a un lado—. ¿Qué has dicho?

—La foto. —Me la devolvió—. La has encontrado.

Miré la imagen y, luego, a ella.

—Claro, estaba en...

—Tu habitación —terminó por mí—. Tengo que decir que pensaba que tardarías algo más. En ese tablón tienes demasiadas cosas. No sé cómo te aclaras.

—Porque siguen un orden perfecto: el mío —respondí mecánicamente, cuando me di cuenta de lo que había dicho—. ¡Has estado en mi casa!

—Señoritas, por favor —nos llamó la atención una bibliotecaria que no andaba muy lejos.

La chica me señaló con la mano, chivándose de que había sido yo, en esta ocasión, la que había roto el silencio de las instalaciones, y sentí cómo mi cara enrojecía de vergüenza.

—Perdón... —musité, y me hundí en el asiento.

La mujer negó con la cabeza y se marchó empujando un carrito donde llevaba multitud de libros para devolver a su lugar de origen.

Miré a la desconocida que tenía enfrente y esperé un tiempo prudencial, el suficiente hasta que la bibliotecaria no nos pudiera escuchar y reprender de nuevo, y repetí las mismas palabras, pero esta vez en modo de pregunta y en un tono muy bajo:

—¿Has estado en mi casa?

Ella asintió con alegría, como si no fuera algo extraño.

—Ayer.

—¡Ayer! —Chistó para callarme, y me llevé la mano a la boca de inmediato—. ¿Ayer? —Asintió—. Pero... —me doblé sobre la mesa, acercando mi cara a ella—, no te conozco.

—Eso no es exactamente así.

Fruncí el ceño, intentando situar su cara en algún momento que hubiéramos compartido, pero nada. No había solución. No la recordaba.

—No logro...

Atrapó mis manos y buscó mi mirada.

—Es normal. Es debido al conjuro de Axel.

—¿Conjuro? ¿Axel? —La chica sonrió—. No sé lo que me quieres decir. No conozco a nadie que se llame así y... ¿un conjuro?

Ella soltó mis manos y se sentó más recta.

—Es complicado, pero creo que lo entenderás enseguida. En cuanto Merlín te lo explique. A él se le dan mejor estas cosas. Por eso es el mandamás —indicó, y creo que mi cabeza acababa de estallar.

Abrí la boca y la cerré varias veces sin saber qué decir. Solo lograba pensar que esta chica se había escapado de un psiquiátrico y que ahora mismo la debía de estar buscando la policía. O quizás todo esto era una broma de mal gusto y me había tocado el premio gordo.

«¿Conjuros? ¿Merlín? ¿No era así como se llamaba el mago del rey Arturo?», pensé, mientras miraba a ambos lados por si encontraba las cámaras o el grupo de amigos de esa chica, que se lo estaban pasando muy bien a mi costa, pero no hallé nada extraño.

La poca gente que había en la biblioteca estaba más pendiente de sus apuntes y libros que de la conversación que manteníamos.

De nuevo, centré mi atención sobre ella, que seguía sonriendo.

—Perdona...

—Vega —dijo su nombre.

—Perdona, Vega —continué con rapidez, y agarré mi móvil, junto con la fotografía—, me parece muy interesante todo lo que me estás contando... —me levanté, sin preocuparme en arrastrar la silla, y di gracias a la moqueta gris, que amortiguó un poco el sonido. Aunque no lo suficiente para evitar recibir un mal gesto de una pareja que había no muy lejos de nosotras—, pero tengo que irme. Es tarde y mi abuela me espera.

Ella se levantó, imitándome.

—Creí que Magda tenía hoy su club de lectura.

La miré sorprendida.

—¿Conoces a mi abuela? —Vega movió la cabeza de lado a lado, pero no llegó a aclararme nada, por lo que añadí—: Voy a buscarla y, luego, para casa. Hoy estoy muy cansada. —No quería continuar con esta conversación.

Me puse el abrigo, la bufanda, y comencé a caminar mientras me colocaba la mochila a mi espalda.

No tardé en sentir que Vega me seguía.

Miré por encima de mi hombro para corroborarlo, y ella me regaló una de sus dichosas sonrisas.

Me estaba poniendo de los nervios.

Bajé las escaleras a demasiada velocidad. Ni siquiera me planteé tomar el ascensor. Necesitaba irme de allí con urgencia y alejarme de esa loca.

Quizás podría avisar a la seguridad del campus si, cuando saliera del edificio, decidía proseguir con su hostigamiento.

—Bueno, adiós —me despedí por encima del hombro cuando llegué a la puerta principal, y apoyé la mano sobre la gran superficie lisa.

La mano de Vega se posó sobre la mía con rapidez, impidiéndome avanzar.

La miré.

Ella me miró.

Señalé nuestras manos unidas con la cabeza y mostré una sonrisa tirante en mi cara. No era para nada como la que aparecía en su rostro.

—Vega, ¿me sueltas? Me tengo que ir —siseé para que nadie más nos oyera, pero estaba calibrando seriamente ponerme a chillar en medio de la recepción.

—¿No quieres averiguar qué te pasó ayer? —me preguntó, tirando de mí hacia un lado del *hall*.

—Ayer no pasó nada —susurré con determinación—. Ayer me fui a mi casa después de estudiar aquí, en la biblioteca.

Vega elevó una de sus finas cejas.

—¿Estás segura? —Fruncí, confusa, el ceño—. Me parece que, antes de llegar a tu casa, hiciste una parada.

La miré con sospecha. Llevaba todo el día tratando de rellenar los vacíos que tenía en mi memoria en lo referente a la tarde anterior, y parecía que ella podía aclarármelos.

—¿Sabes dónde estuve?

Vega asintió sonriente mientras se movía hacia la sala de estudios árabes.

—Puede que sí...

—Mira, Vega, no tengo ni ganas ni tiempo que perder —le solté, algo brusca, atrayendo la atención del auxiliar que había cerca de los arcos de seguridad, y bajé la voz, acortando la distancia que me separaba de ella—. ¿Sabes o no qué me pasó ayer?

Esta, lejos de molestarle mi tono de voz, sonrió como si estuviera orgullosa de mi carácter.

«Está loca, Ariel —me dije—. Pero puede que me aclare lo que ocurrió ayer».

—¿Me lo vas a contar? —Ella asintió mientras se desplazaba hacia el interior de esa otra zona de la biblioteca, donde casi nunca había gente—. Vega... —la llamé con voz queda, y tensé la mandíbula. Mi paciencia comenzaba a desaparecer.

El auxiliar de la entrada chistó con furia, y lo observé suplicándole perdón con la mirada. A este paso iban a terminar por prohibirme acceder a la biblioteca, y todo sería por culpa de Vega.

«Vega..., ¿dónde está?».

Había desaparecido, y me encontraba sola en la recepción, salvo por los estudiantes que entraban y salían del edificio y el auxiliar, que no me quitaba el ojo de encima.

Miré a mi alrededor tratando de localizarla, pero no había ni rastro de ella.

Tomé aire con profundidad, aparté el cabello que se había escapado del recogido en mi huida y pensé que por fin podía irme a casa. Nada me lo impedía.

Di media vuelta, avancé unos pocos pasos hacia la salida, sin creerme todavía mi suerte, cuando mi móvil vibró en mi mano, indicándome que acababa de recibir un mensaje.

Me apoyé en la pared que tenía más cerca y abrí la aplicación, no sin antes desbloquear el teléfono. Era de mi abuela.

Cariño, tardaré en llegar a casa.

Las chicas quieren ir a cenar y a bailar.

Sonreí en cuanto lo leí. Por «chicas» se refería a las personas que formaban su club de lectura. Algunas tenían su edad, pero había otras muy jóvenes, y siempre la habían invitado a asistir con ellas, pero, con la excusa de sus estudios, terminaba escaqueándose la mayoría de las veces.

No es que no disfrutara de su compañía. Todo lo contrario. Pero tenía que reconocer que no podía seguirles el ritmo.

No te preocupes.

Pasadlo bien 😁

No quiero que llegues pronto a casa.

Sal por ahí.

Mi sonrisa se amplió en cuanto leí el último mensaje. No cualquier abuela animaba a su nieta a dejar de estudiar para irse de fiesta.

Ya veré.

Es una orden.

Jajajaja...

Está bien.

Saldré de fiesta.

Así me gusta.

Luego me cuentas.

Besos.

Cuando me despedí de mi abuela, bloqueé el móvil de nuevo y me abroché los botones de la chaqueta mientras pensaba en la conversación. La foto que había aparecido en mi dormitorio esa mañana, y que tanto me intrigaba, seguía entre mis dedos, atrayendo mi curiosidad.

Tal vez no tenía que salir de fiesta, como me había indicado ella. Tal vez solo podía demorarme en llegar a casa, si me entretenía un poco con Vega.

Guardé el teléfono en el bolsillo de mi vaquero, la instantánea en el exterior de la chaqueta, algo más ancho y que evitaría que se estropeara, y me volví hacia la sala de estudios árabes.

—Quizás está ahí. Esperándome... —musité para mí misma, consiguiendo atraer algunas miradas curiosas.

Tiré de las cinchas de la mochila, respiré con profundidad y me dije:

—No pierdo nada en comprobarlo.

CAPÍTULO 5

Encontré la sala de estudio desierta. No había nadie ni en las mesas ni en las sillas, y eso que era el lugar perfecto para concentrarse. Las cristaleras de las paredes, que daban a uno de los muros del edificio, impedían que hubiera alguna distracción, salvo los rayos de sol, que se reflejaban en la enredadera que cubría el cemento.

Ese sol no estaba presente a estas horas, ya que comenzaba a finalizar el día, y la luz artificial invadía el espacio, pero la claridad que había ofrecía un aura misteriosa que me cautivaba cada vez que me adentraba por esta estancia.

Caminé entre las estanterías repletas de libros, donde pude leer algún título que hacía referencia al mundo islámico en diferentes épocas de la Historia, mientras buscaba a Vega.

—¿Dónde se habrá metido? —susurré, escuchando mi propio eco.

Pasé la mano por los lomos de los ejemplares expuestos en las jambas de madera y giré hacia la derecha para meterme por otro pasillo, con intención de marcharme de allí si al regresar a la entrada no la encontraba.

«Tal vez sea lo mejor. Tampoco es que se la notara muy cuerda», me dije, y llevé una mano hacia el bolsillo del abrigo donde estaba la fotografía.

—¿Me buscabas? —me preguntó Vega de pronto, apareciendo por mi espalda sin previo aviso.

Di un salto del susto y ahogué un grito.

—Pero... ¿tú estás loca o qué?

La chica se rio y se acercó a mí.

—Según mi querido Tarrant, las mejores personas están locas.

—¿Quién? —pregunté con curiosidad, ya que ese nombre era de lo más extraño.

—Tarrant, Tarrant Hightopp...

—Aaah... No lo conozco.

—Claro que lo conoces —afirmó—. Su nombre más popular es el Sombrerero Loco.

Fruncí el ceño.

—¿De Alicia en...?

—En el País de las Maravillas —terminó por mí, moviendo la mano en el aire según salía cada palabra de su boca.

La observé con los ojos como platos, asombrada de lo que escuchaba. Definitivamente, le faltaba un tornillo. O dos.

—Aaah..., pues... —Miré a mi alrededor mientras me alejaba de ella— dale recuerdos. —Ella asintió con la cabeza como si fuera a hacer lo que le pedía de verdad, lo que me puso todavía más alerta—. Mira, Vega, yo... —saqué el móvil del bolsillo del vaquero— me he acordado de que tengo que irme. Mi abuela, ya sabes. —Le mostré la pantalla del teléfono —donde no se veía nada— dando a entender que acababa de hablar con ella.

Tenía un objetivo: salir de allí cagando leches.

—Pensé que eras más valiente. O eso me pareció ayer cuando te viste envuelta en nuestra particular caza del tesoro.

No sé lo que fue; si que diera a entender que era una cobarde —algo de lo que me enorgullecía de no haberlo sido nunca, y los años sin mis padres eran la prueba— o que volviera a mencionar la tarde anterior, de la que seguía sin recordar nada. Tenía vagas imágenes sin sentido, como si fuera un rompecabezas que debía montar y que *deseaba* aclarar. Además, que añadiera lo de la «caza del tesoro» incentivaba todavía más mi interés.

—¿Caza del tesoro? —pregunté, mirándola de nuevo.

Sonrió con un deje de prepotencia, como si supiera que me tenía ya calada, y yo tensé la mandíbula al darme cuenta de que era un hecho.

No recordaba a Vega. Ni siquiera me era simpática. ¡No sabía qué pensar de ella! Pero allí me tenía, deseosa de alejar de mi mente esa niebla que envolvía lo que había sucedido ayer.

—Ayer llovía... —comenzó a explicar, andando marcha atrás, sin dejar de mirarme—, y te escondiste en un viejo restaurante para evitar mojarte. —Asentí con la cabeza con lentitud. Algo de eso me parecía recordar—. Pero no era un simple restaurante...

Fruncí, confusa, el ceño.

—Ah..., ¿no?

Vega negó con la cabeza, sonriente, mientras caminaba y yo la seguía, como si fuera esa serpiente que se mueve al son de la melodía que emite el pungi.

Yo era la serpiente y, por tanto, ella podía hacer conmigo lo que quisiera.

—Es un lugar de encuentro para traficar con artículos mágicos.

—¿Cartas, chisteras y un conejo blanco? —pregunté, divertida, siguiéndole el juego.

—Algo más elaborado —me respondió, y no sé si había pillado el tono de broma que impregnaba mi voz, porque noté que hablaba muy en serio. Incluso la sonrisa perenne de su rostro se había evaporado.

Miraba a ambos lados, como si buscara algo o a alguien, justo cuando detuvo su caminar. Tenía a su espalda una gran estantería que le impedía proseguir, y yo me había parado con ella, sin dejar de perder ningún detalle de lo que hacía.

Estaba de lo más intrigada.

Vega era todo un misterio.

—Lo siento, pero no soy una experta. La magia y yo no nos tratamos desde la última fiesta infantil a la que acudí. —Me coloqué la mochila en los hombros—. Y eso hace ya mucho tiempo.

—Ariel, tienes que abrir más la mente si vas a formar parte de esto.

—¿Formar parte de qué? —Mi ceño se arrugó todavía más—. Vega, mira, de verdad... —Suspiré y me aparté el flequillo de la cara—. Yo no tendría que estar aquí.

Chascó la lengua contra el paladar.

—De eso nada. Este es tu sitio —afirmó con seguridad, y me cogió del antebrazo con fuerza.

Si su agarre me sorprendió o me molestó, no me dio tiempo a indicárselo porque, tras escuchar unos susurros procedentes de la puerta que daba acceso a la sala de estudios —que anunciaban que no estaríamos solas pronto—, Vega tiró de mí y acabamos las dos en un pasillo oscuro.

Me solté con fuerza de ella y me volví hacia la pared por la que habíamos cruzado. Miré incrédula las telarañas del techo, el polvo que descansaba en el suelo y el muro de ladrillo que tenía enfrente mientras buscaba desesperada el mecanismo que sirviera para moverlo. Porque tenía que haber algo que me permitiera regresar a la sala de estudio de nuevo y alejarme de esta loca.

Pero no tuve suerte.

—¡Qué haces! —la encaré—. ¡Qué coño haces! —repetí subiendo todavía más el tono de voz, elevando mis brazos—. ¡Quiero volver a la biblioteca ya!

—Estamos en la biblioteca —me indicó con tranquilidad, como si fuera tonta.

—A la sala de estudios. —Señalé la pared de mi espalda.

—Pensé que querías descubrir lo de ayer, y lo de esa foto. —Movió la cabeza hacia el bolsillo de mi chaqueta donde guardaba la instantánea—. Pero quizás estaba equivocada. —Se encogió de hombros y comenzó a caminar pasillo adelante, sin importarle lo más mínimo si la seguía o no.

Observé incrédula cómo se alejaba y miré de nuevo la pared que me impedía regresar a la sala de estudios. Gruñí de impotencia y golpeé el muro con fuerza, para agarrarme de inmediato la mano de dolor.

—Me cago en todo... —La moví con desesperación, como si así lograra alejar las punzadas con más rapidez, y miré el camino por el que Vega había desaparecido.

Observé la pantalla del móvil para ver si tenía cobertura, pero, antes de comprobarlo, algo me decía que las rayitas iban a ser inexistentes. Llámalo instinto o llámalo «he visto muchas películas de este tipo», pero la loca de la colina no me iba a dejar sola si no estaba segura de que me iba a ser imposible comunicarme con el exterior.

—Esto solo te pasa a ti, Ariel —me dije, y bufé impotente.

Tras mirar a mi alrededor, una vez más, me autoconvencí de que no tenía ninguna otra opción y decidí seguir a Vega. No sin antes encender la linterna del teléfono para evitar meter el pie en algún sitio poco recomendable.

Avancé por el corredor con cuidado de no rozar las paredes, porque no quería que mi abrigo terminara blanco en vez de negro, y, tras lo que me parecieron varios metros, llegué a una pequeña habitación. Enfrente de mí había una puerta gris, acorde con la negrura de las paredes de la estancia, y lo único que resaltaba era un picaporte dorado con forma de cabeza. Tenía ojos y boca por donde debía entrar la llave, y me recordó mucho a aquellas cerraduras que describe Lewis Carroll en su cuento.

El mismo en el que aparecía un personaje peculiar y que había mencionado Vega con anterioridad.

—Esto es solo coincidencia —murmuré, insegura de lo que mis ojos veían.

Miré a ambos lados, como si esperara que apareciera de la nada alguna botella de cristal con un líquido extraño o un plato con galletas acompañado de una etiqueta donde se pudiera leer «bébeme» o «cómeme», pero no había nada en la estancia, salvo mi presencia.

Estiré la mano con intención de agarrar el picaporte redondo y cerré los ojos con miedo por si en un último momento el objeto inanimado comenzara a hablar, o a chillar, por agarrarle.

Hasta ahí alcanzaba mi paranoia. Ya no sabía diferenciar lo real de lo irreal.

Pero nada pasó, e incluso pude girar y abrir sin problemas, apareciendo ante mí un corredor muy diferente al que dejaba atrás.

Avancé dos pasos, entrando en la nueva estancia, y la puerta se cerró tras de mí, provocando un gran estruendo.

No pude evitar saltar por el sonido y por los nervios, que los tenía a mil por hora. Estaba aterrada porque alguien apareciera de pronto, exigiéndome saber la razón por la que me encontraba allí. Por no mencionar que a saber a quién podía encontrarme tras la experiencia de Vega.

—Pero ¿dónde te has metido, Ariel? —me pregunté en tercera persona, como esa gente insufrible que cree ser más inteligente que nadie. Algo que, por otra parte, no solía hacer, pero es que hoy era una excepción porque nunca me había visto en una igual.

Me encontraba al principio de un enorme y amplio corredor. Iluminado con lámparas que colgaban fijas de las paredes, cada pocos metros, con apliques negros y una tulipa redonda de cristal, decorada con filigranas enrevesadas. La luz era cálida, por lo que ofrecía un aura especial al entorno, parejo con el color de las paredes, de un tono verde claro. En el suelo también había verde, pero más oscuro, y alternaba con el negro, como en un tablero de ajedrez.

Estuve tentada a caminar pisando solo uno de los colores, como cuando eres pequeña y juegas a andar sin caer sobre la raya, pero acabé ignorando a mi niña interior cuando escuché una puerta cerrarse a mi izquierda y murmullos que se aproximaban.

Por eso, por el miedo que provocaba que mi corazón latiera en mi garganta y que me costara cada vez más respirar, avancé con pasos apresurados, mirando a los lados cada poco por si encontraba alguna puerta abierta por la que pudiera escapar o que me indicara dónde me encontraba. También para alejarme de esas voces que, por extraño que pareciera, sentía casi en mi nuca.

Nerviosa y desesperada, terminé abriendo una de las puertas de madera cuando me encontraba más allá de la mitad del pasillo y me encerré dentro de la habitación sin mirar. Apoyé las manos sobre la superficie y dejé caer la cabeza mientras trataba de recuperar el aliento, pero no fue hasta que escuché cómo esas voces pasaban de largo cuando me tranquilicé del todo.

Respiré con profundidad un par de veces y saqué el móvil del bolsillo para comprobar si por fin había cobertura.

—Mierda...

—Esos teléfonos no funcionan aquí —me informó una voz profunda a mi espalda que me puso alerta.

Tragué el nudo de saliva que se me había quedado atascado en la garganta y, tras erguirme todo lo larga que era, giré sobre mis propios pies sin soltar el móvil. Quizás en ese momento no serviría para lo que había sido fabricado, pero podría usarlo como arma arrojadiza.

El teléfono acabó en el suelo, pero por la impresión.

—Hola... —me saludó un chico, con una gran sonrisa brillante, que estaba recostado sobre una cama enorme. Casi ocupaba la mayor parte de la estancia, pero sin el casi.

Yo solo moví la mano en el aire, incapaz de articular palabra alguna cuando en mi cabeza no paraba de repetirse lo mismo: estoy ante un príncipe. Con el pelo castaño, tirando hacia rubio, la piel bronceada y unos ojos negros que brillaban en ese instante de diversión.

Debía de tener un par de años más que yo, y estaba de muerte. Creo que jamás había visto alguien como él, salvo en las películas.

«Tal vez era actor...», pensé, y algo debió captar por mi expresión, que me había dejado obnubilada, porque se rio, atrayendo de nuevo toda mi atención.

Tengo que reconocer que mis ojos habían descendido por su cuerpo, imaginándose lo que podía esconder el vaquero azul que llevaba y la camisa blanca medio abierta, que dejaba expuesto parte de su tórax.

Se movió acercándose al borde de la cama e, instintivamente, retrocedí hasta que mi espalda chocó con la puerta.

—Eeeh..., Ariel, tranquila. No te voy a hacer daño —indicó, levantando las manos, parándose en el mismo sitio.

Yo le observé, calibrando sus palabras, cuando me di cuenta de que había dicho mi nombre.

—Perdona..., ¿te conozco?

El chico se levantó de la cama, provocando que tuviera que alzar la cabeza un poco para mirarle a los ojos, y asintió sonriente.

«Puede ser modelo de una marca de dentífrico...», pensé sin poder evitarlo, pero es que estaba bien bueno.

De pronto, sentí la boca seca, y no era debido a mi huida anterior.

—Soy Axel —se presentó, y avanzó un par de pasos hacia mí—. Nos conocimos ayer...

—¿Ayer? —pregunté, interrumpiéndolo, al mismo tiempo que le miraba de arriba abajo de nuevo. Me percaté de que estaba descalzo y, por primera vez en mi corta vida, pensé que alguien tenía unos preciosos pies.

Instintivamente fruncí el ceño en cuanto esa idea cruzó mi mente y negué con la cabeza para alejar esos pensamientos. Nadie puede ser tan perfecto, ¿o sí?

El chico se apoyó en la pared que había más cerca de mí, a escasos metros de distancia, y escondió las manos dentro de los bolsillos del pantalón.

—Sí, aunque no deberías recordar nada por el conjuro.

«Conjuro... Axel...».

En cuanto hilé esas dos palabras, me acordé de algo que había mencionado Vega en la biblioteca.

—¿Fuiste tú? —le acusé, apuntándolo con el dedo índice—. Tú me hiciste algo... —Callé unos segundos cuando unas imágenes me golpearon de pronto. Vi unos labios masculinos rumiando algo que no llegaba a alcanzar y un vaso de agua que me ofrecían del que acabé bebiendo—. En el agua —dije, sorprendiéndolo.

Axel se incorporó con rapidez y me agarró del brazo.

—¿Te acuerdas?

Asentí con la cabeza para de inmediato negar, suspirando con fuerza. Me solté de su agarre y me alejé de él, adentrándome en la habitación. Las paredes eran blancas, la cama ocupaba la mitad de la estancia, con un nórdico negro y sin cabecero. No había apenas decoración. Casi del tipo minimalista, donde solo destacaba una foto en la que aparecía Axel junto a una chica con una similar sonrisa a la de él y una gran melena castaña.

—No me acuerdo de mucho —confesé, llevándome las manos a la cabeza para mitigar el dolor que comenzaba a sentir—. Tengo imágenes sueltas, como piezas de un puzle que solo necesita ser montado. Vega me ha dicho que tú me habías echado algo...

—Un conjuro de amnesia —me aclaró.

Moví una de las manos en el aire y le dije:

—Eso... No sé. —Suspiré y me senté en el suelo con moqueta negra. Él también volvía con lo de los conjuros—. Me dijo que Merlín me lo explicaría... todo.

Axel se acuclilló delante de mí y tomó mis manos.

—Te duele la cabeza, ¿verdad? —Solo asentí—. Es normal cuando estás luchando por derribar la magia. Es difícil, y más cuando el conjuro te lo ha lanzado un experto —comentó, y no pude evitar notar un deje de orgullo en sus palabras, que me hizo rechinar los dientes.

No debía olvidar, o por lo menos tratar de no hacerlo estando delante de Axel, que él había sido el causante de mi estado.

—Mira, no sé qué hago aquí —comenté, y me levanté del suelo—, y quizás ni quiera descubrirlo. —Me aparté el flequillo de la cara—. Lo que necesito es salir de aquí y alejarme de Vega... —lo miré a los ojos, donde no supe ver bien si la situación le divertía o lo intrigaba— y de todo esto. —Me dirigí a la puerta y recogí mi móvil por el camino. Ni me molesté en mirar la pantalla.

—Si Vega te ha traído, será por algo importante.

Suspiré sin fuerzas y le miré.

—No será tan importante cuando me ha dejado tirada en un pasillo oscuro, lleno de telarañas, que me ha llevado hasta aquí.

—¿Habéis entrado por la biblioteca de la universidad?

Asentí y me noté agotada. Toda la situación me comenzaba a superar.

—Estaba allí tranquila, estudiando para los exámenes, cuando tu amiga apareció.

Axel arrugó el ceño y me miró con un gesto diferente. Incluso podría jurar que el negro de sus ojos se había oscurecido todavía más.

—Deberíamos ir en su busca, ¿no crees? —Se acercó a mí, agarrando unas deportivas negras por el camino, que se calzó sin molestarse en ponerse antes unos calcetines, y me miró divertido. Esta vez sí pude hallar ese brillo cómico en ellos—. ¿Vamos?

—No. No vamos —solté, y abrí la puerta del dormitorio con decisión.

Salí al pasillo del que había huido minutos antes, miré a ambos lados, debatiéndome sobre la dirección que debía seguir, hasta que me rendí.

No me podía engañar. No sabía dónde estaba, ni con quién podía encontrarme y, por lo menos, Axel se había comportado algo más cuerdo que Vega. Salvo por lo del conjuro que había provocado mi estado y el dolor de cabeza que me martilleaba cada vez con más fuerza.

«Por favor, Ariel, ya comienzas a pensar que el conjuro fue cierto... —pensé, y cerré los ojos unos segundos—. Te vas a meter en la boca del lobo». Y, una vez más, me hablé en tercera persona. ¡Cómo lo odiaba!

Me volví hacia Axel, que seguía quieto bajo el dintel de la puerta, observándome.

—No podrías llevarme de vuelta a la biblioteca, ¿verdad?

Negó con la cabeza y se acercó a mí. Me ofreció su brazo derecho, con esa sonrisa que brillaba según le daba la luz de las lámparas, y solté el aire que retenía resignada.

—Merlín te quitará el dolor de cabeza —me aseguró, guiñándome un ojo, adivinando que iba cada vez a más, mientras nos poníamos en movimiento hacia el lado del corredor que no había alcanzado antes.

CAPÍTULO 6

Axel abrió una puerta del doble de tamaño que las que habíamos dejado atrás y de un material muy diferente a la madera. Daba la sensación de que pesaba mucho más y que costaría moverla, pero mi acompañante lo hizo sin problemas. Era negra, con las molduras doradas, y en su superficie se repetían espirales, que se habían reproducido en diferentes relieves.

Me hizo una especie de reverencia, animándome a traspasarla.

—Venga, no dejaré que te suceda nada malo —me prometió, y lo quise creer.

Me mordí el labio inferior y miré la pequeña abertura. No sabía bien lo que podría encontrarme si la cruzaba, pero también conocía lo que había dejado atrás, y no parecía haber ninguna escapatoria.

Es por ello, por lo que respiré con profundidad y, sin ni siquiera mirar a Axel, empujé un poco más la puerta y la traspasé.

En un primer momento, lo que me sorprendió fue la ligereza del material de la entrada. Como a Axel, no me costó nada moverla, y eso que mi primera impresión fue muy diferente; y, en segundo lugar, me quedé anonadada cuando me percaté de adónde había llegado.

Me encontraba en el principio de una gran escalinata, con una barandilla plateada que imitaba a una enredadera natural, con sus hojas enrevesadas. De ella nacían anchos escalones por los que se descendía a una enorme biblioteca.

El adjetivo enorme se quedaba corto.

Lo primero que pensé es que estaba ante la biblioteca que aparece en la película *La Bella y la Bestia,* con la que muchos amantes de la lectura hemos soñado, pero es que hasta esa era pequeña en comparación a lo que veían mis ojos.

Había estanterías de madera, repletas de libros, que iban del techo al suelo y que conformaban pasillos estrechos y otros más anchos. Dependiendo del tamaño de esos corredores, podías encontrar mesas más grandes o pequeñas, donde descansaban algunos de los ejemplares de consulta.

Entre cada uno de esos pasillos había grandes ventanales que permitían que la luz del exterior entrara con libertad, y, aunque ya era de noche, pude ver cómo la luna asomaba desde el cielo sin problemas.

Lo que no pude vislumbrar es dónde me encontraba, pero, como estaba fascinada con la estancia en la que me encontraba, casi deseché mi situación actual en pos de una de mis pasiones.

Observé que la luz artificial iluminaba toda la sala sin olvidarse de alumbrar ningún rincón, gracias a las lámparas que colgaban del techo con un diseño que lindaba más con el que te podías encontrar en una fábrica que con el de una biblioteca de estas características, y, en mitad de la estancia, de lado a lado, pude ver cómo habían colocado grandes vitrinas con paredes de cristal, que contenían objetos que, desde donde me encontraba, no pude distinguir. Eran llamativos e incluso alguno brillaba buscando tu atención, pero no logré diferenciarlos.

Fui a descender el primer escalón, animada por mi curiosidad, pero en el último momento me detuve. Las dudas volvían a aparecer.

—Puedes bajar sin problemas —me dijo Axel, que se encontraba cerca de mí, y del que, por un instante, me había olvidado de su presencia.

Lo miré, observé la sala de abajo, que veía desde mi posición, y devolví de nuevo mi atención al chico.

—¿Seguro? Todo es increíble, pero no sé si...

Axel me apartó un mechón de mi pelo de la cara y lo llevó hasta detrás de mi oreja, haciendo que la zona que me había tocado ardiera unos segundos, y me regaló una de sus sonrisas.

—Lo estás deseando, Ariel.

Asentí con una tímida sonrisa, ya que mi cara debía ser un libro abierto, y descendí la escalinata con decisión.

En cuanto llegué al final, lo primero en lo que me fijé fue en una de esas vitrinas que tanto me intrigaban. Me acerqué a la que tenía más próxima y que, por su tamaño, pude observar sin problemas lo que resguardaba en su interior, porque me llegaba a la altura de los ojos.

Primero me sorprendí por el jarrón que había en su centro, y que no era nada atractivo. Sin decoración y de un color apagado, no era digno de estar en un lugar privilegiado, hasta que comprendí que el tesoro no era esa vasija de cerámica, sino lo que cuidaba con mimo: un ramo de flores de una belleza increíble. Los pétalos eran amarillos y naranjas, con forma de rombos, creados por ondas que atraían la luz de la lámpara que había en el interior del armario de cristal.

Parecía que tenían pequeñas gotas de agua desperdigadas por esos pétalos, que te animaban a tocarlas para sentir su suavidad, porque de seguro que su tacto era suave y cálido.

—No sé por qué he pensado en eso... —susurré, más para mí que para que alguien me escuchara, al mismo tiempo que levantaba la mano con intención de tocar la vitrina.

—Yo, si fuera tú, no haría eso —me indicó Axel, agarrándome de la muñeca antes de llegar al cristal—. Saltaría una alarma que atraería a mucha gente, y no queremos eso, ¿verdad?

Negué con la cabeza y miré sus ojos azules, de nuevo extrañada de que estuviera tan cerca de mí, ya que me había olvidado de su presencia, otra vez, y me deshice de su agarre de inmediato. Di un par de pasos hacia atrás, separándome de la flor y, al mismo tiempo del chico, y escondí las manos en los bolsillos de la chaqueta por si volvía a tener la tentación de hacer lo que no debía.

—¿Qué son? —le pregunté, señalando las flores.

Axel miró la vitrina y respondió:

—*Campanulas rapunculus.*

—Campa... ¿qué?

Este se rio y se dirigió a la próxima vitrina que había cerca de donde nos encontrábamos.

—También se las conoce como rapunzel.

—¿Rapunzel? ¿Como la de los hermanos Grimm? —le interrogué, siguiéndolo.

Axel asintió sin apartar la atención del otro objeto que había entre las paredes de cristal.

—Es una flor... especial. —Me guiñó el ojo cuando dijo eso último, lo que aumentó mi desasosiego.

—Pero..., pero... —dudaba mirando la vitrina que habíamos dejado atrás, y al chico—. ¿Estás hablando en serio?

—Las recuperamos ayer —me informó.

—Ayer... —repetí, mientras me colocaba a su lado y observaba lo que parecía un garfio—. ¿Ayer por la tarde?

Axel asintió.

—Nos llegó un chivatazo de que se iba a realizar una «transacción» —movió los dedos como unas comillas—, y llegamos a tiempo de impedirlo. Si no hubiera sido así, habrían caído en malas manos. —Sonrió orgulloso.

Miré de nuevo las flores y, luego, el garfio de metal curvado que descansaba sobre un cojín de tono bermellón. Me fijé que en la siguiente vitrina había un sombrero verde con una pequeña pluma roja y un poco más allá un zapato de...

—¿Es de cristal? —pregunté, señalándolo, y me acerqué al aparador sin esperar a que Axel me siguiera.

Era precioso. Con un tacón cuadrado, punta redondeada y una pequeña mariposa de cristal, al igual que el zapato entero, que mostraba el arcoíris dependiendo del lugar desde donde lo miraras gracias a la luz artificial.

Estaba alucinando.

—Sí, de cristal —afirmó Axel, divertido, y se agachó hasta estar a mi altura para observar lo que miraba—. ¿No crees que debe ser incómodo?

Me volví hacia él con los ojos abiertos como platos.

—La comodidad está sobrevalorada con algo así. —Señalé el zapato—. Es increíble —solté, y vi, a través del tacón y la suela, lo que había un poco más allá—. Una manzana… ¡Es una manzana en una vitrina! —exclamé sin remedio, yendo hacia ella.

La curiosidad e, incluso, la fascinación por lo que veían mis ojos me habían atrapado por completo. Dejé a un lado la incongruencia de que tuvieran allí, en esa fantástica biblioteca, expuestos objetos de cuentos de hadas como si fueran piezas de un museo y me dejé llevar por lo que sentía. Todo era demasiado inconcebible para pararse a pensar sobre ello en ese momento.

—Es de un rojo casi artificial —comenté, ya enfrente de la vitrina donde la fruta estaba expuesta, donde solo desentonaba un pequeño mordisco.

—Se podría decir que la creó la Reina Grimhilde, por lo que no andarías desencaminada al pensar en ese toque artificial —indicó Axel.

—¿Y es mortal? ¿O solo te sumergía en un sueño por la eternidad? —pregunté, y no pude evitar hacerlo divertida.

Estaba alucinando.

—Es mortal —confirmó Axel, sin mencionar mi chanza. No sé si porque no lo notó o porque quiso ignorarlo—. Blancanieves tuvo mucha suerte.

—Sí, mucha suerte —musité arrugando el ceño, al mismo tiempo que lo miraba y me acercaba a una vieja rueca de madera que había pegada a la pared y que un foco de luz la iluminaba.

Observé la belleza de su madera, las curvas que un artesano experto había cincelado hasta casi hacer una obra de arte, la lana blanca que había enrollada en el huso y que iba hacia la rueda, que debía girar cuando se pedaleaba. Era la pieza maestra que servía para que todas las partes funcionaran, pero lo que atrajo toda mi atención fue la aguja.

Levanté mi mano derecha involuntariamente, sin controlar lo que hacía. Estaba como hipnotizada escuchando a mi cabeza, que me gritaba que me detuviera, pero me era imposible hacerle caso.

—Ey..., Sirenita, ¿quién te ha dejado entrar?

No sé si fue la profundidad de su voz, que me despertó de golpe transmitiéndome una sensación desconocida, o el tono desagradable con el que me hizo la pregunta, pero, fuera lo que fuera, me ayudó a alejarme del sueño en el que me había sumergido. Me llevé la mano a los ojos, la misma que iba directa a la aguja instantes antes, y me los restregué con fuerza, buscando regresar al momento presente.

CAPÍTULO 7

Me giré hacia el recién llegado, todavía con un duermevela que no terminaba de desaparecer.

—¿Te conozco? —pregunté con voz pastosa, incluso me pareció que había pronunciado las dos palabras de forma muy lenta. El dolor de cabeza se había acrecentado, y me encontraba peor que esa mañana.

El joven de cabello moreno algo despeinado, de estatura alta, pero más bajo que Axel y con unos ojos verdes rasgados me observaba con cara de pocos amigos, como si le debiera algo. Se acercó a mí y me ofreció una botella de agua que llevaba en una mano vendada, y que no dudé en tomar porque tenía la garganta seca.

—Por desgracia, sí —me indicó, y tensé la mandíbula en cuanto lo escuché. Era un borde y un..., un...—. Pensé que nos habíamos deshecho de ti —dijo al aire, pero mirando a Axel.

—Gilipollas —solté en un susurro, y me dirigí hacia la ventana que tenía más cerca para separarme de los dos chicos, mientras bebía agua.

Observé la vidriera que conformaba el vano, y que representaba una escena de la lucha de un caballero contra un dragón, y oteé el exterior por si conseguía situarme y descubrir dónde me encontraba.

Axel sonrió con suficiencia y se encogió de hombros.

—Yo no sé nada. Me la encontré en mi dormitorio —le explicó, y se sentó en una de las sillas que había en el corredor por el que me había introducido—. La ha traído Vega.

—Pero era tu responsabilidad —le soltó el otro chico con tono duro, mientras veía de reojo cómo señalaba la rueca de hilar.

La misma que había estado a punto de tocar.

—Venga, Riku, lo iba a impedir a tiempo.

El tal Riku se cruzó de brazos, tirando de las mangas de la camisa negra que llevaba a juego con los vaqueros del mismo tono, y miró a su amigo con mala cara.

Sentí cierto alivio al no ser la única receptora de ese tipo de mirada.

—¿Dónde está Vega?

Axel se encogió de hombros una vez más.

—Ni idea.

Riku me miró a mí esperando una respuesta, y yo solo negué con la cabeza, provocando que emitiera un bufido de indignación.

Vi cómo se pasaba la mano por el cabello, despeinándolo todavía más por el camino, y mis ojos se detuvieron en los trazos oscuros que asomaban por su cuello. Tenía un tatuaje y algo me dijo que no era la primera vez que lo veía.

—¿También coincidí contigo ayer por la tarde? —le pregunté de golpe, y Riku me enfrentó la mirada unos segundos en los que no supe qué pensar.

Al final, apartó la cara sin responderme y se alejó de nosotros.

Axel me miró y me regaló una sonrisa que buscaba relajarme, pero ese gesto comenzaba a ponerme más nerviosa de lo que ya estaba.

—Es un cascarrabias —me indicó, y sonreí con timidez, para devolver mi atención a lo que se veía desde la ventana, mientras esperábamos.

No sé a qué fue debido, pero de pronto el silencio inundó la enorme estancia sin que ninguno de los tres viera la necesidad de romperlo.

Acabé la botella de agua y la dejé sobre la mesa que había delante de mí. Estaba fabricada de madera, salvo por un cristal groso en su superficie, y tenía muchos libros sobre ella, como si los hubieran consultado hacía poco. Un par de lámparas pequeñas daban el último detalle, que debían ayudar para leer mejor cuando la luz del techo no era suficiente.

También dejé la mochila sobre ella y me quité el abrigo. La calefacción de la sala estaba encendida, y, aunque no hacía mucho calor, la temperatura era adecuada.

Axel hacía rato que se había levantado de la silla y se había reunido con Riku, a cierta distancia, para mantener una conversación acalorada, de la que estaba segura de que yo era el tema principal de ella.

Aproveché que no me prestaban atención para observar, desde mi posición, las diferencias evidentes que había entre ellos.

Axel era el príncipe azul y Riku era el antagonista de cualquier historia. Uno con el cabello castaño, casi rubio, y el otro lo tenía negro, de un tono que imitaba el plumaje de un cuervo. El primero era más alto, pero no por ello conseguía intimidar al otro, aunque este último tenía una estatura superior a la mía propia; y, aunque Axel parecía más fuerte con esos músculos marcados, me daba la sensación de que el moreno escondía mucho más de lo que quería mostrar bajo la negra camisa.

Uno era don simpatías y el otro, un huraño despreciable que no soportaba. Y eso que apenas habíamos intercambiado dos frases, aunque tenía un pálpito de que, si también habíamos coincidido el jueves, como parecía, nuestra relación no había sido nada cordial.

—¿Me buscabais? —preguntó una jovial Vega, apareciendo por lo alto de la escalinata.

Se había cambiado de ropa, algo que me enfadó sobremanera, porque, mientras yo vagaba sin rumbo por este sitio, ella estaba de lo más tranquila eligiendo su nueva vestimenta.

Ahora llevaba un pantalón cargo naranja, con bolsillos laterales, que se sujetaba a sus finas caderas casi por arte de magia, y un top blanco que le llegaba por encima del ombligo, donde brillaba un aro. Su piel oscura resaltaba gracias al color de la tela, junto a los anillos que tenía en casi todos los dedos y las pulseras.

Los tres la miramos. Cada uno con un gesto muy diferente en el rostro, pero transmitiéndole que no estábamos nada contentos con lo que había provocado.

—Vega, ¿qué has hecho? —soltó Riku elevando la voz, y me señaló.

Ella me miró feliz y comenzó a bajar las escaleras de lo más tranquila.

—Enseñarle el sitio.

Emití un bufido de indignación, que se escuchó por toda la biblioteca, evidenciando lo que pensaba de eso, y Axel se carcajeó.

—Apareció en mi dormitorio —le explicó este.

Vega lo miró con picardía y le pasó un dedo por la mandíbula cuando llegó a su altura, pero no se detuvo, sino que siguió avanzando hacia mí.

—Espero que no estuvieras desnudo, porque no queremos asustarla...

—¡Más de lo que ya está! —espetó Riku, señalándome de nuevo.

Yo bajé de la mesa de un salto y me arremangué el jersey gris para posar las manos en mi cintura.

—No estoy asustada...

—A otro con tu cuento, Sirenita —me indicó, y ni siquiera se molestó en mirarme. Solo elevó la mano en el aire para dejarla caer a continuación, como si no mereciera la pena.

Vega llegó hasta mí y pasó una de sus manos por mi brazo izquierdo.

—Necesitamos ayuda —argumentó sin más.

Riku gruñó y se alejó todavía más de nosotras, y Axel me observó como si me mirara por primera vez.

—¿Ella? —preguntó incrédulo, y esa sensación de desconfianza que me había asaltado escasas veces en su compañía regresó.

Elevé mi mandíbula con dignidad y, aunque pensaba que estaban todos locos —sobre todo Vega—, no quise que me vieran inferior. Yo era muy capaz de enfrentarme y solucionar todo lo que me había propuesto a lo largo de mi vida.

—Las brigadas están desapareciendo, cada vez tenemos miembros y ella sería perfecta para formar parte de ellas —explicó Vega, y no pude evitar mirarla alarmada.

—¿Brigadas? ¿Miembro? —repetí sin sentido, y me aparté de su lado.

—¿Veis?, está aterrada —repitió Riku, y reconozco que fue lo peor que pudo hacer, porque en unas pocas zancadas me puse a su altura y le propiné un puñetazo que nos pilló a todos por sorpresa. A mí la primera.

—¡Que no estoy aterrada, joder! —le grité, al mismo tiempo que movía mi mano derecha, muerta de dolor.

Riku me observó asombrado mientras se pasaba los dedos por su mejilla lastimada, Axel se rio y Vega sonrió con orgullo.

—Es el mejor fichaje que he hecho en siglos —dijo, y se sentó en la mesa, ocupando el lugar en el que había estado yo minutos antes—. Además, Merlín quiere conocerla.

Los dos chicos la miraron sorprendidos.

—¿A la Sirenita? —preguntó Riku, y me observó.

Yo tensé la mandíbula y apreté los puños a ambos lados de mi cuerpo.

—Deja de llamarme Sirenita, ¿o quieres que te golpee de nuevo?

Riku agachó la mirada hasta poner sus ojos verdes a la altura de los míos y comentó:

—Saldrías perdiendo, Sirenita.

Mis dientes rechinaron mientras lo veía alejarse, dándome la espalda.

—Merlín debe de estar a punto de llegar —nos informó Vega, y Axel y yo la miramos mientras Riku tomaba más distancia entre nosotros.

De pronto, un sonido extraño, que comenzó muy sutilmente para aumentar poco a poco, se escuchó no muy lejos de donde se encontraba la rueca de hilar. Me acerqué a la vitrina en la que estaba expuesto el zapato de cristal, y que me recordaba mucho al que debía haber llevado Cenicienta a su baile —si esta hubiera existido—, queriendo descubrir quién o qué lo producía.

Axel y Vega conversaban ignorando el ruido, y Riku, como estaba a mi espalda, no quise volverme para comprobar si estaba atento o no a lo que me llamaba mi atención. Había decidido pasar de él, o por lo menos intentarlo.

Avancé unos pocos pasos cuando observé que por el aire comenzaban a aparecer unas chispas azules y moradas, y me fijé que de la pared que había enfrente de mí se abría una especie de puerta circular que se iba agrandando según pasaba el tiempo.

No pude evitar llevarme una mano a la boca para acallar el grito que se me atoró en la garganta y sentí cómo mi respiración iba en aumento al mismo ritmo que ese portal crecía.

—Aterrada —me susurró Riku al oído, provocando que diera un salto del susto, ya que no lo esperaba, y le miré con rabia en los ojos.

Este me regaló una sonrisa de suficiencia y juro que no le propiné otro puñetazo porque Vega apareció a mi lado y me agarró la mano que comenzaba a apretar con fuerza. Me daba igual que esta vez no lo pillara por sorpresa e incluso que me lo pudiera devolver, era una persona insufrible y lograba sacar lo peor de mí en apenas unas horas.

—Tranquila. Es solo Merlín —me dijo la chica, creyendo que era eso lo que me alteraba, y asentí con la cabeza para no entrar en un debate innecesario en ese momento cuando unas piernas, embutidas en un pantalón de cuadros, comenzaban a aparecer por el agujero que se abría en la pared.

Instintivamente, le apreté la mano cuando me percaté, por primera vez desde que Vega me había dejado en aquel túnel, de que quizás no estaba participando de ningún programa de cámara oculta o de ninguna broma; y que, tal vez, ni Vega ni el resto estaban locos, sino muy cuerdos.

«¿Dónde me he metido?».

—Tranquila —me repitió Vega, y moví la cabeza de forma afirmativa de nuevo.

En cuanto esa especie de portal se abrió lo suficiente para permitir el paso de una persona, el tal Merlín lo traspasó sin mirarnos. Leía con concentración un libro bastante gordo que llevaba entre las manos y parecía que no había reparado en nuestra presencia. Su encuadernación era azul y tenía adornos del color del bronce.

Era un hombre de mediana edad, con gafas negras y de cristal redondo, vestido con un traje de chaqueta a cuadros verde y rojo. Los zapatos marrones de punta cuadrada resaltaban por el tamaño de su pie, y su media melena, despeinada y con algunas canas, no compaginaba con el resto de su atuendo.

Me dio tiempo a apreciar una extensión verde detrás de él y una casita de colores con un tejado a dos aguas. Parecía que sus paredes estaban formadas de bizcocho de chocolate y sus ventanas, de gelatina, con una chimenea de regaliz y una tableta de chocolate por puerta.

Cerré los ojos con fuerza, creyendo que estos me engañaban, y los abrí a continuación. Los centré de nuevo sobre la pequeña edificación y me di cuenta de que no estaba confundida: la casa estaba construida a base de dulces.

—¿Eso es...? —No supe bien cómo definirla, pero Vega, sabiendo lo que veía, asintió divertida.

—La casa de Hansel y Gretel —me aclaró—. Su dueña es una de nuestras mayores aliadas.

—¿La bruja?

Vega se acercó a mí y me indicó:

—Prefiere que se la llame por su nombre, Winifred. No le agradan mucho esos calificativos.

Observé sus ojos de color celeste por si encontraba algún atisbo de broma, pero me di cuenta de que hablaba muy en serio.

No pude más que asentir, confirmándole que lo había entendido, cuando un grito atrajo la atención de los que allí nos encontrábamos. Incluso la de Merlín, que cerró el libro que leía y miró hacia el agujero de la pared.

—Profesor, espéreme.

—Minerva, te dije que tenía una cita.

Una chica alta, con una figura increíble y una melena que le llegaba hasta la mitad de la espalda de color castaño claro, con mechas californianas, se asomó por la puerta con una sonrisa que ya había visto antes. Era la misma que aparecía en la fotografía que había en la habitación de Axel, la que había supuesto que era la hermana de este.

Llevaba unas mallas negras, que parecían de cuero, y una blusa blanca con un corsé por encima, también oscuro. Las botas de caña alta, de cordones, le llegaban hasta un poco más abajo de las rodillas, y el tacón fino parecía que era imposible que sostuviera un cuerpo. Pero lo hacía. El de ella.

—Hermanita, te he estado buscando —le indicó Axel, acercándose a ella cuando cruzó el portal, lo que confirmó mis sospechas. Eran hermanos, y los dos eran los especímenes más bellos que había visto en mi vida.

—Me fui con el profesor esta mañana temprano —le informó, y le ofreció la mejilla derecha para que le diera un beso de bienvenida.

—Ya te dije que no hacía falta que me acompañaras —señaló Merlín, y movió la mano en el aire, haciendo un semicírculo, lo que hizo que el agujero de la pared se cerrara.

Observé cómo los ladrillos aparecían de nuevo y me fijé en el hombre que lo había logrado con mayor curiosidad.

—Profesor, ya hemos sufrido varias emboscadas en lo que vamos de mes, y hemos perdido a muchos compañeros...

—Debemos asegurarnos de que eso no le suceda, profesor —terminó Riku por ella.

—Riku, no te había visto —comentó Minerva, feliz, y se le acercó dando saltitos alegres.

Casi se podía describir como una escena ridícula al verla actuar como una niña pequeña, si no fuera porque se colgó del brazo del chico y le dio un beso, que este le devolvió.

No supe identificar bien lo que ese gesto significaba para él, ya que su rostro seguía impasible.

—Menos mal que sabemos que eres imbatible con el látigo, Minerva —intervino Vega, observándola divertida—, porque ahora mismo no sé qué pensar.

Fue en ese momento cuando captó mi atención algo abultado que le colgaba en un lateral. Estaba enrollado y, por su tamaño, debía ser bastante largo. Solo había visto un látigo en las películas de Indiana Jones, cuando mi abuela me obligaba a ver cine clásico, y me sonaba que era algo que utilizaban los domadores en los circos, pero no había estado nunca tan cerca de uno.

La chica la miró achicando los ojos, con ese tipo de mirada asesina que, si de verdad mataran, Vega ya habría caído al suelo fulminada, pero no le dijo nada.

—Merlín, ¿alguna novedad? —le preguntó Riku de pronto, tratando de cambiar de tema.

El mencionado se subió las gafas por la nariz y negó con la cabeza.

—No mucho —dijo resignado, y caminó hacia el otro lado de la biblioteca.

Todos lo seguimos con la mirada, pendientes de cada uno de sus pasos.

—¿No era fiable la información de Winifred? —insistió Axel.

Merlín dejó el libro que portaba sobre la mesa que había más cerca del final de la escalinata y apoyó una de las manos sobre la superficie de cristal. Nos miró a cada uno de nosotros, dejando sus ojos negros más tiempo sobre mí, hasta que expulsó el aire que retenía y comentó:

—Cree que la llave está en el castillo de Adam.

—¿Y a qué esperamos para salir hacia allí? —preguntó Riku, soltándose de Minerva, para comenzar a subir los escalones de inmediato.

—No es seguro —afirmó el hombre, y el joven se detuvo.

—Merlín, ¿qué sucede? —se interesó Vega, acortando la distancia que los separaba.

El profesor la miró y luego posó los ojos sobre Riku, que le observaba desde la mitad de la escalinata.

—Winifred opina que sería mejor ir primero a por el espejo...

—Pero, sin la llave, no podremos acceder a la cámara donde está escondido —afirmó el chico moreno.

—Siempre podríamos dividirnos —sugirió Axel.

—De eso nada —le contradijo Merlín con rapidez—. Primero hay que pensar un buen plan y luego... —se dejó caer sobre la silla que tenía más cerca. Se notaba que estaba cansado— ya veremos.

Observé cómo Riku apretaba con fuerza la barandilla, dejando los nudillos blancos, y que Vega miraba al profesor con preocupación. Los dos hermanos intercambiaron sendas miradas que no supe interpretar.

—Siempre podríamos conseguir la rosa y hacer un trueque con Adam —comentó Minerva.

—No es buena idea —intervino Axel, negando con la cabeza.

—Es una opción —indicó Merlín, atrayendo la atención de los allí reunidos. Incluido yo misma, ya que, aunque no sabía bien de lo que hablaban, pensé que era mejor no perder detalle por si lo necesitaba en un futuro.

—Pero, Merlín, la tiene Caperucita y ya sabes de lo que es capaz —señaló Axel haciendo hincapié en que no le parecía un buen plan—. Ni a mi peor enemigo lo mandaría a esa zona del bosque...

—Te tenía por más valiente, Axel —lo increpó Riku, y este lo miró con desdén.

—No es miedo, sino ser precavido.

—Pero siempre podemos pedir ayuda a algunos de los miembros que se han infiltrado entre sus tropas —sugirió Minerva, y pude ver cómo Axel la agarraba de la mano para que se callara.

Merlín se llevó la mano a la mandíbula, donde había una pequeña perilla de pelo blanco.

—¿Podrías avisar con tiempo a Tin?

Minerva asintió y se soltó del agarre de su hermano. Dio dos pasos hacia delante y comentó:

—Creo que sabremos algo esta misma noche.

—De acuerdo —afirmó tras unos segundos de silencio, en los que debía estar decidiendo si era buena idea—. Escríbele y, en cuanto hables con él, procedemos.

—Voy ahora mismo —indicó Minerva, y comenzó a subir las escaleras.

—Minerva... —esta detuvo su caminar, justo a la altura de Riku, y miró a Merlín—, con cautela.

—Sí, no se preocupe —señaló.

Riku le dio un beso en la mejilla e insistió:

—Ten cuidado.

—Siempre —afirmó con seguridad, y continuó su camino.

El resto nos quedamos mirando cómo desaparecía por la gran puerta, hasta que nos quedamos los cinco en la biblioteca.

—¿Qué hacemos mientras tanto? —preguntó Axel nervioso.

—Descansar —indicó Merlín—. Necesitamos descansar —repitió, y se quitó las gafas para llevar los dedos a sus ojos—. Últimamente, no nos dan ni un respiro, y hay que aprovecharlos.

Axel, aunque tensó la mandíbula mostrando que no estaba muy conforme con esa orden, comenzó a subir las escaleras. Cuando estaba cerca de Riku, este le pasó un brazo por los hombros y le invitó:

—Vamos al gimnasio a dar unas patadas.

—He dicho que descanséis —insistió Merlín.

Riku lo miró desde arriba de la escalinata y le regaló una sonrisa torcida.

—Así es como nosotros descansamos, profesor, expulsando adrenalina sobrante.

Axel se encogió de hombros y salió de la sala junto a su compañero.

Merlín negó resignado con la cabeza y se colocó las gafas a continuación, para centrar la mirada en mí.

—Ahora, tú. Ariel, ¿no?

CAPÍTULO 8

—Sí… —musité casi con miedo, y me quedé callada.

No sabía qué decir ni qué esperar de lo que iba a suceder a partir de ahora. Tenía ante mí al tan mencionado Merlín que llevaba el nombre del personaje de Camelot, aunque no se parecía en nada a la imagen que nos habían transmitido los cuentos clásicos y las películas, pero era también un mago. Y un mago muy real por lo que había presenciado, ya que había abierto lo que parecía una puerta entre dos mundos, para traspasarla después.

De dónde venía o para qué servía era algo que ansiaba saber, porque era demasiado curiosa para mi propia salud mental, como me repetía siempre mi abuela, pero, quizás, ahora podría aclararlo, junto a otras muchas cosas más. Como, por ejemplo, a qué se debía mi dolor de cabeza o si pudiera quitármelo, como me había asegurado Axel en su dormitorio.

—¿Te duele? —se interesó Merlín al ver que me llevaba una mano a la sien.

—Bastante —confirmé.

—Axel tuvo que esforzarse el doble para que su conjuro de amnesia surtiera efecto, y, aun así, hay cosas que recuerda —le explicó Vega, que no se había movido del lado del hombre y me miraba con algo que me pareció admiración.

No sabía a qué era debido, pero tengo que reconocer que me sentí un poco mejor al notarlo en sus ojos.

Merlín se incorporó de la silla y fue hacia un escritorio antiguo que había en un lateral de la biblioteca, algo más alejado de las estanterías repletas de libros. Subió la tapa de madera, y pude observar que en su interior había tres divisiones bien delimitadas. En una, había frascos pequeños de cristal; en otra, un tintero y algunos papeles, donde una letra apresurada estaba impresa; y en el tercer espacio, libros. Más libros.

Tomó uno de esos frascos, de color morado, y vertió un poco de agua, que le ofrecía Vega y que no supe de donde lo había sacado. Rebuscó entre los sobres que tenía guardados entre los diferentes cajetines del escritorio hasta que dio con el que quería. Lo abrió sin cuidado y vertió unos polvos blancos en el interior del pequeño recipiente. Movió con una cucharilla de mango alargado el líquido y me lo ofreció:

—Bebe.

Miré el frasco con el entrecejo fruncido y, luego, a él, sin ninguna intención de hacer lo que me pedía.

—Ariel, te quitará el dolor —me indicó Vega, y tomó el frasco, que me acercó—. Confía en mí.

Estuve a punto de reírme, de carcajearme en su cara por la petición, ya que, hasta hace nada, pensaba que estaban todos locos y que me habían llevado a un psiquiátrico. Luego me acordé de lo que había sucedido en la pared que había al otro lado de la sala y que ese hombre, el mismo que me ofrecía un remedio para el martilleo incesante que tenía en mi cabeza, había traspasado desde otro mundo.

—¿De dónde venías antes? —pregunté a Merlín a bocajarro, ignorando adrede el brebaje.

Este sonrió complacido y se sentó en una de las sillas que rodeaban una mesa redonda, no muy lejos de donde nos encontrábamos. Tenía la misma forma que la que debió presidir el rey Arturo junto a sus caballeros, y no pude evitar pensar en la paradoja que suponía estar presente ante una persona de nombre Merlín, al igual que el mago que ayudó al monarca a gobernar.

—Tómate antes esa pócima. —Señaló el líquido blanquecino que Vega había dejado sobre la superficie de madera, con un círculo de color verde oscuro—. Estarás mejor y podrás comprenderlo todo.

Me crucé de brazos, soplé el flequillo que se me había venido a la cara —sin ningún resultado, ya que terminó en el mismo sitio— y me encaré con ellos:

—Responde antes.

Merlín suspiró y asintió.

—Del mundo de los cuentos de hadas, de la fantasía o de las leyendas que te llevan contando desde pequeña —indicó—. Elige lo que más te guste.

Miré a la pareja con los ojos como platos, sin dar crédito a lo que acababa de escuchar, cuando al final sentí que los acontecimientos me sobrepasaban y decidí rendirme.

No podía más con todo lo que había vivido y presenciado, y la gota que colmaba el vaso era esa explicación.

Aparté una de las sillas, sentándome enfrente de Merlín, y agarré el frasco para tomármelo de un solo trago.

Cerré los ojos con miedo, por si terminaba siendo todo esto un complot contra mí y me querían envenenar, pero cuál fue mi sorpresa cuando el dolor de cabeza cesó y ese brebaje extraño me dejó un sabor a fresa de chicle en la boca de lo más agradable.

—¿Mejor? —se interesó Merlín, poniendo las manos sobre la mesa.

Yo no pude más que asentir con la cabeza al mismo tiempo que expulsaba el aire que retenía en mi cuerpo, dejando todos los músculos laxos.

—Mucho mejor. Gracias.

Vega sonrió por el resultado y se acomodó a mi lado.

—Ahora mismo estarás aturdida con toda la información que va apareciendo en tu cabeza, pero pasará y se «recolocará», lo que te aclarará muchas de las cosas que sucedieron ayer —me indicó.

Cerré de nuevo los ojos al sentir cómo en mi cabeza comenzaba a producirse lo que ella me indicaba.

Sentía que algunas imágenes empujaban con fuerza, tratando de hacerse un hueco en mi mente, y se reagrupaban para, después de un estallido blanco, como el del *flash* de una cámara, colocarse en el orden y momento exacto que les correspondía en mi memoria. Acababa de sufrir un *déjà vu* muy tangible, donde los recuerdos de la tarde anterior me golpearon con saña.

Me vi en esa habitación oscura de la que me impedían salir. Escuché la refriega que se llevó a cabo en el salón del restaurante. Recordé la conversación que habíamos mantenido Vega y Axel, antes de beber del vaso de agua que insistían que me tomara y que provocó mi amnesia, y sentí la sangre de Riku en mi boca cuando le mordí intentando huir de su agarre.

Fue esto último lo que más me impactó y me acordé de la venda que le había visto hoy mismo en una de las manos.

—Lo de la venda de Riku... ¿fui yo? —pregunté, aunque por las escenas que iban apareciendo en mi cabeza, podría asegurar que no estaba equivocada.

—Sí, y entre el puñetazo de hoy y el mordisco... No debe de estar muy contento —señaló Vega divertida. Parecía que mi situación, en la que me había creado un enemigo sin quererlo, no le preocupaba para nada.

Al contrario que a mí.

—¿Le ha dado un puñetazo? —se interesó Merlín, atrayendo nuestra atención.

La chica amplió su sonrisa.

—Ya te dije que era una guerrera nata —afirmó, y me observó de nuevo. Posó una mano sobre la mía y la apretó con cariño—. ¿Mejor?

Moví la cabeza de arriba abajo con lentitud.

—Sí, pero todavía hay algunas cosas confusas.

—Pero el dolor ha desaparecido —indicó Merlín sin ninguna duda.

Pasé la mano por mi cabello, la dejé caer hasta mi nuca y suspiré.

—Nada de nada.

—Pues, si quieres, somos todos tuyos.

Vega asintió y apretó de nuevo mi mano.

—¿Tienes alguna duda?

«Muchas», pensé, pero no lo dije en voz alta, porque no sabría por dónde empezar.

—Por el principio —indicó Merlín, como si hubiera leído mi mente, y, por la expresión que mostraba en su rostro, podría jurar que así había sido.

—Por el principio... —repetí, y miré a mi alrededor, observando todos los objetos que se exponían en las diferentes vitrinas, para pasar a continuación por las inmensas librerías que iban del suelo al techo, acaparando la mayor parte del espacio—. ¿Dónde nos encontramos?

Merlín se rio por mi pregunta, sorprendiéndome.

—Pensé que lo primero que querrías saber es lo de los cuentos de hadas y eso...

—Eso —comenté utilizando la misma palabra que él había usado y moví la mano señalando el lugar por donde había aparecido con anterioridad—, luego. Lo que necesito saber ahora es dónde estoy y si me encuentro en peligro.

Vega buscó mi mirada.

—Aquí estás a salvo, Ariel —me prometió—. Nunca te haríamos daño.

Me fijé en sus ojos azules, donde pude comprobar que decía la verdad, y luego miré a Merlín, que me observaba con una sonrisa amistosa.

—Con nosotros, aquí, estás segura —corroboró.

—¿Y dónde estoy?

Los dos compartieron miradas cómplices, y, tras un movimiento afirmativo del hombre, Vega me explicó:

—En la biblioteca.

Fruncí extrañada el ceño.

—¿En la de mi universidad? —Ella asintió—. Pero nunca había estado en esta zona, y menos había oído de ella.

—Pero seguro que has escuchado hablar de ese interés que genera a muchos arquitectos y estudiosos por su construcción —indicó Merlín—. Sigue llamando la atención de muchos expertos…

—¡Ja! ¡Expertos! —espetó Vega, atrayendo mi atención.

—Vega… —la reprendió Merlín, negando con la cabeza.

—Pero si no he dicho nada —afirmó, y levantó las manos, mostrando las palmas hacia arriba—. Solo estoy indignada porque llamen «expertos» a gente que no tiene ni idea del mundo que les rodea.

—Vega… —insistió el hombre, y vi cómo esta hacía un mohín con la boca y se cruzaba de brazos, cayendo sobre el respaldo de la silla sin ganas.

Si no fuera porque no comprendía muy bien su enfado, me podría haber reído por su comportamiento.

—Ariel… —me llamó Merlín, tratando de recuperar mi atención—, nos encontramos en la misma biblioteca, pero en una zona desconocida para muchos y utilizada por unos pocos.

—¿A la que se llega por el laberinto de túneles tan famoso por el que hasta los mismos empleados de la universidad se pierden? —pregunté, comprendiendo dónde nos hallábamos.

—Todavía me acuerdo de aquel chico con pinta de pánfilo que no apareció en el *hall* del edificio principal... de vuestro edificio principal —subrayó Vega riéndose—, hasta pasados dos días. Se desorientó...

—Lo desorientamos —corrigió Merlín, y ella bufó indignada.

—Si no fuera por esas trampas y hechizos, hace siglos que nos habrían encontrado, Merlín —se defendió.

—Sí, son de gran ayuda —acordó—, pero creo recordar que jugaste un poco con el chico, ¿o no?

Vega lo miró, midiendo sus opciones, pero al final claudicó:

—Está bien. Está bien... —Se levantó de la silla y fue hasta la escalinata—. Pero llegó sano y a salvo.

—Llegó, aunque no muy bien cuando presentó ese mismo día su dimisión —le recordó.

La chica gruñó y se dejó caer sobre el primer escalón, rendida.

—Merlín, tienes que reconocer que eso nos ayudó a que nadie más se atreviera a aventurarse por el interior de este edificio. —Levantó las manos al aire, abarcando lo que nos rodeaba.

—Y a que se crea que estudiamos en un sitio embrujado —me atreví a comentar, mirándola divertida.

Vega me devolvió la sonrisa y me guiñó un ojo, cómplice.

—Nunca mejor dicho —afirmó, y las dos escuchamos un suspiro procedente del otro lado de la mesa.

—El caso —retomó Merlín la conversación— es que te encuentras debajo de la biblioteca. Una zona a la que se llega por ese laberinto del que has oído hablar —repitió, y miró a Vega— y del que te aconsejo que no te atrevas a cruzar sin que alguien te guíe, porque puede ser peligroso.

—¿Y por dónde he entrado yo?

Merlín miró a Vega buscando que le aclarara qué camino había utilizado.

—El de la sala de estudios árabes —le indicó.

El hombre rodó los ojos.

—Hay que tener cuidado, Vega. Lo sabes —la reprendió, aunque por el tono utilizado no parecía que la entrada que había usado para llegar hasta allí fuera muy peligrosa—. Hay que estar alerta, porque todos los caminos tienen trampas.

—Todos no —lo contradijo.

—Son peligrosos —afirmó con rotundidad, ignorándola—. No quiero que Ariel los cruce sola, ¿de acuerdo?

Yo asentí en cuanto me miró.

—De acuerdo, pero...

—Sí, dime —me animó a hablar cuando vio que me detenía.

Miré las grandes ventanas por las que se veía la luna. A pesar de que en algunas de ellas estaban representadas figuras legendarias en vidrieras de colores, se podía ver sin problemas que en el exterior había un paisaje muy diferente al de la ciudad.

—¿Y eso? —Señalé los vanos de vidrio—. ¿Cómo podemos estar bajo tierra y ver eso?

Merlín observó la imagen de una noche tranquila y me aclaró:

—Eso es el otro lado...

—¿El otro lado? —pregunté sin dejarle acabar.

—El mundo de la fantasía —indicó Vega.

—Aaah... —se me escapó, y no pude añadir nada más. Centré la mirada en el exterior y, como si un hilo invisible tirara de mí en ese momento, acabé levantándome para acercarme a la ventana que tenía más próxima—. Eso de ahí fuera es... Pertenece a... —Me volví hacia ellos, incapaz de definir bien lo que observaba.

—¿Te contaban cuentos de pequeña, Ariel? —me preguntó Merlín, y asentí con la cabeza.

—Pues esos cuentos existen —afirmó Vega, incorporándose—. Son reales.

—Pero los crearon los hermanos Grimm, Lewis Carroll, Perrault...

—Y Hans Christian Andersen, Collodi, junto a muchos otros —añadió la chica.

Pasé mis ojos de ella al paisaje que había tras las ventanas y la miré de nuevo.

—Salía de su imaginación, ¿no?

Merlín se acercó a mí y dejó que sus ojos oscuros se perdieran por los campos que se veían desde donde nos encontrábamos.

—De su experiencia —me aclaró—. De lo que vivieron allí y que luego quisieron compartir para prevenirnos.

—Bajo pena de muerte —puntualizó Vega, sorprendiéndome.

—Eran otros tiempos —mencionó el hombre, y movió la mano quitando hierro al asunto.

—Fueron héroes —insistió ella, y Merlín negó con la cabeza.

—Para algunos...

—Para la mayoría —lo corrigió, y él sonrió resignado.

—Como puedes ver, Ariel, tenemos una fan incondicional de los padres fundadores.

CAPÍTULO 9

—¿Padres fundadores? —pregunté con curiosidad.

Merlín palmeó la mano que tenía apoyada sobre una pequeña repisa que había bajo la ventana y se alejó para regresar a su asiento.

—Son quienes levantaron este sitio, donde nos encontramos —me explicó, y le seguí para sentarme también en el mismo lugar que había ocupado con anterioridad—. La Fundación.

—Sí, sí... no hace falta que lo digas —me indicó Vega, sin darme tiempo a reaccionar—. Aunque crearon increíbles cuentos e historias, no tuvieron mucha imaginación a la hora de bautizar todo esto. —Señaló la mano por encima de su cabeza, haciendo que el brillo de sus anillos se acentuara con la luz artificial.

—Es cierto que podría esperarme algo más —estuve de acuerdo con ella—, pero ¿qué es exactamente La Fundación? ¿Para qué sirve?

Vega miró a Merlín y movió la cabeza animándole a que me lo explicara.

—Profesor, usted lo hace mejor.

Este se quitó las gafas para limpiar los cristales con tranquilidad. Se las colocó, cuando decidió que había conseguido eliminar la mota de suciedad que le molestaba, y pensé que esos actos los realizaba aposta para enfatizar una pausa dramática que me instara todavía más a querer descubrir todo lo relacionado con ese mundo.

—La Fundación es una organización que busca recuperar objetos que, por su poder, pueden provocar catástrofes de cualquier tipo. Todo lo que puedas pensar o, incluso, cambiar el curso de la Historia.

—Reliquias —puntualizó Vega, y la miré confundida—. Los llamamos reliquias.

—Reliquias —repetí, y ella asintió conforme.

—Son... reliquias —continuó Merlín, utilizando la misma palabra que Vega y que le arrancó una sonrisa complacida a ella— mágicas que todos conocemos, gracias a esos cuentos infantiles, y que debemos proteger para que Arturo no se haga con ellas.

—¿Arturo? ¿El rey Arturo? —pregunté incrédula, mirando a los dos, y Vega asintió con la cabeza—. ¿El de la mesa redonda? —insistí, señalando a Merlín.

—Bueno, no es exactamente así...

—Según él... —Vega movió la cabeza hacia el hombre.

—Según los padres fundadores —la corrigió.

Vega asintió.

—Estamos destinados a repetir una y otra vez la historia por culpa de esos cuentos de hadas para que nada se altere en el espacio-tiempo —me explicó—. Pero los años pasan y, salvo excepciones —señaló de nuevo a Merlín—, el resto van muriendo. —Moví la cabeza de arriba abajo comprendiendo—. También estamos en una guerra continúa...

—Vega, más tarde —le indicó el hombre, negando, para que prosiguiera con otros datos.

—Pero tiene que saber dónde se está metiendo —se quejó.

Merlín la miró y negó con la cabeza.

Vega gruñó, pero le hizo caso, dejándome con la intriga de lo que sucedía realmente.

—Van quedándose por el camino —comentó de pasada— y muchos de nosotros somos los hijos o, mejor dicho, los nietos o bisnietos de los «originales» —movió los dedos simulando unas comillas—, que seguimos en la lucha.

—Vega...

—Pero ellos —reanudó ignorándolo, al mismo tiempo que señalaba a Merlín con el dedo— siguen siendo los mismos...

—En concreto, eso no es así —la cortó, y noté que no le agradaba del todo su explicación—. Arturo y yo hemos ido cambiando durante los siglos y, por tanto, nuestras convicciones, que es lo que nos hace ser personas y comportarnos según nuestras ideas.

—Pero sois los mismos —afirmó Vega—. No habéis muerto en todos estos años..., siglos.

El hombre movió la cabeza de lado a lado mientras Vega no apartaba los ojos azules de él.

En mi cabeza solo se repetía la palabra siglos y que estaba ante el mismísimo Merlín...

Cuando fui consciente de este hecho, me levanté de golpe y la silla se cayó hacia atrás del impacto.

—¿Tú eres Merlín? —Le señalé con el dedo—. ¿El mago? ¿El de la historia de Excalibur y Arturo con sus caballeros de la tabla? ¿Ese Merlín?

El hombre se pasó la mano por la cara y Vega se rio.

—Es famoso, profesor.

—Vega, puedes llegar a ser muy irritante —le indicó—. Esa información no era imprescindible o, por lo menos, no para que la descubriera ahora, con todos los datos que tiene que asimilar en este momento.

—Ya le he dicho que es una guerrera —insistió con la misma idea que le había escuchado al principio de esta conversación y que ahora me parecía que había pasado mucho tiempo desde entonces.

Miré a Merlín con temor, pero con infinita curiosidad, y me di cuenta de que ese hombre llevaba en ese mundo desde hacía...

—¿Cuántos años tienes? —le pregunté con mucho interés.

Merlín puso los ojos en blanco.

—Demasiados...

—Pero..., pero... —titubeé mirando a Vega y, luego, a él.

—Parece un chaval —dijo esta por mí, y, aunque tampoco es que fuera eso lo que más me intrigaba, no podía negar que tenía razón—. Si no fuera por esa ropa que lleva —arrugó el ceño, como si estuviera horrorizada por su vestimenta—, podría pasar por cualquier profesor adjunto de esos que dan clases ahí arriba. —Señaló el techo, recordándome que, según lo que me habían explicado, encima de nosotros había estudiantes ahora mismo.

Vi cómo Merlín se levantaba de su silla para dirigirse a una puerta que estaba detrás de él, y de la que no me había percatado hasta ahora, para salir a continuación con un vaso de agua.

De ahí es de donde debía haber sacado Vega el líquido que necesitaba para la pócima que me había tomado para solucionar lo de mi dolor de cabeza.

—Toma —me ofreció, y, cuando cogí el vaso, se agachó para recoger la silla, que seguía en el suelo—. Bebe un poco y tranquilízate —me aconsejó, y no dudé en hacerle caso.

Ya no podía dudar de nada ni de nadie, y me podía esperar cualquier cosa.

Me senté en la silla, observé al *mismísimo* Merlín, que estaba pendiente de mí mientras bebía el agua, y, cuando comprobó que no quedaba ni una gota en el vaso, regresó a su asiento.

—¿Mejor? —me preguntó, y me pareció encontrarme en un nuevo *déjà vu*.

—Sí, gracias.

—Bien —afirmó, y posó los brazos sobre la mesa para agarrarse las manos. Sus negros ojos estaban atentos a cada uno de mis movimientos, y yo no conseguía apartar mi atención de él mientras sentía la respiración de Vega muy cerca—. ¿Quieres que prosiga o...?

—No... Sí... —le interrumpí sin dejarlo terminar—. Perdona. —Me pasé la mano por el cabello y suspiré—. Por favor, continúa. Ya estoy más tranquila.

Merlín asintió conforme, pero, antes de reanudar la conversación, miró a Vega.

Esta le mostró las palmas de la mano y, tras llevarse un dedo a la boca para indicarle que estaría callada, se dejó caer sobre el respaldo de su silla.

—Perfecto —afirmó Merlín, y se centró de nuevo en mí—. ¿Por dónde iba?

Al ver que se quedaba en silencio, tratando de recordar, y que Vega, aunque estaba callada, sentía que podía saltar en cualquier momento y así volver a alargarnos en el tiempo, comenté:

—Lo último de todo es que tú eres Merlín y que Arturo es... ¿vuestro enemigo? —El hombre asintió—. Pero todavía no tengo muy claro qué es lo que busca Arturo y por qué...

Merlín sonrió como si supiera lo que pensaba.

—¿Por qué es malo cuando esa no es la historia que conoces?

—Que nadie conoce —añadió Vega.

Los miré a ambos y comenté:

—El rey Arturo siempre ha sido un modelo de honradez, solidaridad y generosidad.

El hombre asintió y Vega se carcajeó.

—Así era —indicó Merlín—. Pero, como te ha dicho Vega, han pasado muchos años...

—Siglos —puntualizó la chica, y juro que escuché un suspiro profundo por parte de Merlín. Había que reconocer que tenía mucha paciencia.

—Con el paso del tiempo, los seres humanos van cambiando, evolucionando en ideas y opiniones.

Asentí muy de acuerdo con ello. Hasta yo misma, con mis casi veinte años, había cambiado en mi forma de pensar, por lo que no quería imaginar la evolución increíble que debían haber sufrido personas... ellos... a lo largo de estos siglos.

—Y Arturo se...

—Arturo se volvió un villano. Es el malo de esta historia —sentenció Vega.

—Se corrompió —añadió Merlín—, y sus ideales giraron buscando su propio bienestar.

—Nada del bien común y esas cosas —movió la chica la mano—. Un egoísta de remate que busca solo su propio beneficio. Cueste lo que cueste.

No pude evitar reír por la forma de decirlo, y eso que el asunto no pintaba nada bien.

Merlín también sonrió y prosiguió con la explicación:

—Quiere apropiarse de las reliquias para acaparar el máximo poder en sus manos y así apoderarse del mundo.

—De los dos mundos —indicó Vega, mostrándome el índice y el dedo corazón de su mano derecha, lo que subrayaba todavía más lo que quería decir.

Miré a la pareja con los ojos agrandados y tragué con cierta dificultad la saliva que se me había atorado en la garganta.

—Los dos... —musité, y ambos asintieron a la vez.

—Nosotros —continuó Merlín— recuperamos esas reliquias mágicas para protegerlas de su mal uso. —Señaló los objetos que había tras de mí—. Tienen poderes y, bajo malas manos, pueden provocar catástrofes...

—Pero ¿catástrofes de qué tipo? —me interesé.

—Tsunamis, terremotos de grandes magnitudes o incluso la muerte de personas influyentes porque se han entrometido en sus objetivos —comentó Vega, recibiendo un movimiento de conformidad por parte de Merlín.

Yo me levanté de la silla, porque notaba que me comenzaba a faltar el aire, y pensé que quizás, si caminaba, me recuperaría en cierta forma.

—¿Me estáis diciendo que eso de ahí puede ser peligroso? —los interrogué pasado un tiempo prudencial en el que ninguno de los dos añadió nada. Me había detenido delante del zapato de cristal y lo observaba sin entender que lo que habían explicado tenía alguna relación con ese calzado precioso.

—Es el zapato de Cenicienta —me informó Vega, que había ido tras de mí.

—¿Puede ser peligroso? —Lo miré, acercando más mi rostro al cristal.

—Con él se puede viajar de una época a otra y cambiar el curso de la Historia.

—¿Cómo los zapatos rojos de Dorothy? —pregunté, acordándome de esa similitud.

—Sí, aunque no tenemos constancia de su existencia en el libro —comentó Merlín, y lo miré con interés.

—¿Qué libro?

El hombre se levantó y se acercó a la mesa en la que había dejado el libro azul que leía cuando traspasó el portal.

—Este libro —me indicó, y me acerqué con rapidez en cuanto lo abrió.

Delante de mí se sucedían las páginas blancas en la que había dibujos de las reliquias que buscaban y de algunas de las que se encontraban en esa sala. Junto a esos diseños, pude leer la explicación de lo que se suponía que hacían.

Se detuvo en la ilustración de la rueca de madera que aparecía en la historia de la Bella Durmiente, la misma que estaba en esa biblioteca, y pude leer que, si alguien se pinchaba con su huso, caería en un sueño profundo, como le sucedió en el cuento a la princesa. Pero, al contrario que al personaje, esta persona no despertaría jamás.

«Jamás», repetí mentalmente, y un escalofrío me recorrió en cuanto fui consciente de lo que casi me pudo suceder. Si no hubiera sido por Riku...

—Vale... Entiendo... —indiqué, y comencé a alejarme de Merlín con una sonrisa que, esperaba, fuera agradable, pero sentía que era algo impostada.

Vi que Vega me miraba satisfecha, pero el mago me observaba preocupado.

—Ariel, sé que es algo complicado...

—No. Tranquilo —lo contradije justo cuando tropecé con una silla, y la tiré en mi camino. Quise recogerla con rapidez, pero no atinaba a hacerlo. Mis manos temblaban y notaba que mi corazón latía desbocado.

—Ariel, ¿estás bien?

—Sí, sí... —respondí a la joven, pero había cambiado su gesto a uno más parecido al de Merlín—. Es solo que tengo que asimilar que el rey Arturo es malo, que los objetos..., perdón, las reliquias son mágicas —me corregí, y señalé las vitrinas, y vi el gorro verde con la pluma roja. Ahora, sabiendo lo que me habían contado, podía suponer que era el que pertenecía a Peter Pan.

—Vuelas —me informó Vega al ver que me detenía, sin esperar mi pregunta.

Dejé caer la mano y asentí.

—Claro, qué si no. —Busqué la mochila que había llevado hasta allí, pero no la encontraba—. No sé por qué no lo había pensado antes.

—Ariel..., espera —me pidió Merlín justo cuando aceleré el paso, cuando localicé la cartera.

—Es que..., de verdad, tengo que irme —comenté mientras me ponía el abrigo, la mochila y los miraba nerviosa. Muy nerviosa.

—Si quieres, puedes quedarte... —sugirió Vega, y negué con fuerza, agarrando las cinchas de la cartera.

—Siempre podemos seguir con esta conversación mañana —indicó Merlín, y asentí con la misma energía que cuando había hecho lo contrario.

—Creo que será lo mejor. —Dejé caer una de las manos, buscando el bolsillo del abrigo, y palpé algo de lo que me había olvidado.

Saqué la fotografía, la misma que había estado en el restaurante el día anterior y que recordaba ahora muy bien el momento exacto en el que me había parado delante de ella para observarla. La misma fotografía que había aparecido esa mañana en mi dormitorio y que había provocado todo el malestar que me había acompañado durante ese día... La fotografía que había utilizado Vega para llevarme hasta allí.

La miré una vez más y, aunque sentí que me costaba deshacerme de ella, se la entregué a la chica rubia.

—Toma. Esto es tuyo...

Merlín miró la instantánea que le entregaba y, luego, a mí.

—¿Por qué tiene esa foto?

—Porque es suya —anunció Vega, dejándonos anonadados a los dos.

CAPÍTULO 10

—¿Mía? —pregunté con un hilo de voz, y dejé caer la mano que sostenía la fotografía en blanco y negro.

Vega sonrió y asintió.

Yo me acerqué a la mesa que tenía más cerca y me apoyé en ella. Sentía que mi cuerpo ya no aguantaba más.

Merlín terminó agarrando la instantánea antes de que terminara en el suelo, y la miró con interés.

Observé que sonreía con nostalgia.

—No sé por qué no me he percatado antes —comentó, captando mi atención.

—¿De qué?

El hombre me miró y en sus ojos noté verdadero cariño.

—Eres la hija de Eric.

—¿Conoces a mi padre?

Merlín me mostró la foto y señaló al chico de gran sonrisa que tanto me había llamado la atención el día anterior en el local donde me tropecé con toda esta realidad paralela.

Le quité el retrato y me lo acerqué a los ojos para verlo mejor. La sonrisa, los ojos y esa cara... No sabía cómo no me había dado cuenta antes.

—No puede ser... —exclamé, y miré a Merlín sorprendida.

Asintió y se colocó a mi lado.

—Este de aquí soy yo —señaló uno de los chicos que había cerca del que acababa de identificar y que llevaba gafas redondas.

—Pero ¿cómo puede ser?

—Aquí, el señor mago, cuando decide que ya se ha cansado de su aspecto, rejuvenece —explicó Vega como si fuera algo de lo más normal, y la observé ojiplática—. Se echa una siesta y despierta con unos años menos.

—No es exactamente así —comentó Merlín, utilizando lo que ya me parecía una frase hecha en él, y pude notar que se había sonrojado. En cierta forma, me hizo gracia ver su timidez—. Este de aquí es... —cambió de tema a continuación, y me señaló al chico que aparecía cerca de él.

—Mi padre —anuncié sin dejarle terminar.

—Eric —indicó Merlín, y vi cómo Vega sonreía orgullosa.

—Lo sabía —prorrumpió exaltada, y dio una palmada al aire—. Tenía mis dudas, y temía equivocarme cuando he lanzado ese órdago —reconoció—, pero es su vivo retrato.

Merlín me observó con detenimiento.

—Yo creo que se parece más a Violet...

—¿Conociste a mi madre?

—Sí, era una mujer increíble —afirmó, y me quitó la fotografía. Se sentó debajo de la ventana que teníamos más cerca, y en la que un grupo de hadas volaban alrededor de una rosa de grandes pétalos; una obra maestra de un gran vidriero—. En cuanto tu padre me la presentó, entendí por qué quería abandonar todo esto. —Movió la fotografía de lado a lado, abarcando la estancia.

—Mi padre fue un...

—Especialista —me informó Vega, y se sentó en una silla próxima a nosotros.

Arrugué el ceño y no pude evitar preguntar:

—¿Qué es un especialista?

—Es un miembro de las brigadas que buscan y localizan las reliquias mágicas para evitar las catástrofes naturales, o sobrenaturales, que puedan producirse en tu mundo. En el nuestro, menos. No somos tan débiles, y nuestro lado está «más» equilibrado —especificó Vega, pero no pude pasar por alto cómo había movido los dedos, simulando unas comillas, con esa aclaración—. Los especialistas evitan complots políticos e incluso resuelven cualquier misterio que sucede y pueda…

—Cambiar la Historia —terminé por ella, y asintió con una sonrisa de oreja a oreja.

—Mire, profesor, ha estado atenta.

Merlín también sonrió por el comentario.

—Es una alumna ejemplar.

Los observé a ambos y sentí que mi estado había cambiado. El miedo que había sentido al darme cuenta de lo que casi podía haberme sucedido si llego a tocar la aguja de la rueca había sido sustituido por un interés genuino. También era cierto que me había ayudado la mención de mi padre y saber que había formado parte de toda esta locura.

Deseaba descubrir la verdad.

Me quité la mochila, dejándola caer al suelo, me deshice del abrigo y me subí a la mesa.

Vega sonrió y Merlín me observó satisfecho.

—A ver, recopilemos —dije, remangándome el jersey—. Conociste a mi padre, ¿no?

—Fuimos grandes amigos —me informó.

—¿Y por qué no he sabido nunca nada de ti? ¿O de todo esto? —Miré la biblioteca un segundo para devolver la atención al mago.

—Porque así lo decidimos.

—¿Quiénes?

—Es una larga historia, Ariel —comentó, y fue lo peor que debía haber hecho.

Me eché más hacia atrás en la mesa hasta acomodarme en el centro de ella, crucé las piernas y, al final, me quité el jersey que llevaba. Comenzaba a tener calor, y con la camiseta blanca de manga corta que llevaba debajo, estaría más cómoda.

—De aquí no me voy hasta que me lo expliques.

—Hace un momento querías salir corriendo —recordó Vega con retintín.

—Eso no es exactamente así... —fue a decir algo, pero levanté mi dedo índice, deteniéndola—, pero, si lo fuera, tengo derecho a cambiar de opinión, ¿no?

La chica asintió sonriente y señaló a Merlín.

—Es él el que tiene que estar por la labor.

Las dos miramos al hombre y este, pasados unos segundos que se me hicieron interminables, suspiró.

—Creo que Eric estaría de acuerdo en que supieras la verdad y que decidieras por ti misma.

—¿Decidir sobre qué?

Levantó la mano, silenciándome.

—Le prometí que nunca te dejaría colaborar con nosotros e incluso que te mantendríamos alejada de esto, pero, ya que estás aquí... —Miró a Vega con gesto recriminatorio.

—Fue ella la que apareció en el punto de intercambio. Sola. Nadie le dijo nada —se defendió—. Además, Ariel ya es mayorcita, y debe saber lo que hay y decidir. No podemos negarle eso, ¿verdad?

Merlín suspiró una vez más con fuerza y asintió mientras yo me mantenía callada presenciando su intercambio. No quería que, por hacer el mínimo ruido, cambiaran de opinión y terminara sin descubrir qué relación tenía mi padre con todo esto. Y, por encima de todo, qué debía decidir yo.

—Está bien —claudicó, y me miró—. Ariel, Eric, tu padre, formaba parte de las brigadas de La Fundación, pero lo más importante es que habitaba en... —hizo una pausa como si todavía tuviera dudas, hasta que lo soltó de golpe—: el mundo de la fantasía. Era familia del rey Tritón.

Emití un sonido de sorpresa, al mismo tiempo que me llevaba una mano a la boca.

—No puede ser... ¿De la princesa Ariel? —Este asintió, y me quedé todavía más asombrada.

Me llamaba como un miembro de mi familia...

Era familiar de personajes de cuentos de hadas.

Vega se rio al ver mi cara.

—Profesor, creo que se está asustando.

Yo sonreí, aunque el gesto no llegó a mis ojos.

—Estoy bien —afirmé, y los dos asintieron al mismo tiempo. Parecía que los había convencido, aunque ni yo misma estaba segura de mis propias palabras—. Es solo que creí que mi nombre se debía a una fijación por la Sirenita...

La chica se rio interrumpiéndome.

—A una obsesión de tu padre por este mundo, más bien.

Merlín bufó ante ese comentario y trató de cambiar de tema:

—Eric, tu padre, fue de los primeros en alistarse a La Fundación.

—Pero por su edad... —comenté, intentando seguir la conversación. Ya tendría tiempo de analizar con más detenimiento lo que me indicaban.

—Esa es otra de las cosas que suceden en este mundo —intervino Vega—. En cuanto sales de él, pierdes la inmortalidad, y tu cuerpo comienza a mostrar el paso de la edad.

—Pero antes habéis comentado que hay hijos, nietos..., y que son pocos los inmortales —indiqué mirando a Merlín. Justo él era eterno.

Este asintió.

—Llevamos años vigilando que esos objetos no se utilicen con intenciones deshonestas, y podríamos decir que ha pasado mucho tiempo para que se mantenga el mismo personal. Los especialistas van cambiando.

—Salvo Merlín y Rumpelstiltskin, son muchos los que comenzaron a desertar...

—Vega, eso no es...

—Exactamente así —terminó por él, con tono cansado—. Profesor, nuestros apoyos han menguado y cada vez somos menos. Apenas contamos con equipos suficientes como en el pasado, y las brigadas podemos contarlas con los dedos de una mano.

—Porque también hemos perdido a mucha gente por el camino, Vega.

—Porque desertaron o cambiaron de bando —insistió. Parecía que era un tema que la afectaba directamente.

—Otros muchos murieron —le recordó el hombre, y Vega se calló de golpe.

Ambos se miraron, y me dio la sensación de que compartían momentos dolorosos, por lo que podía leer en sus rostros.

Al final, Vega se levantó de la silla, y pude ver cómo se limpiaba una lágrima que se le había escapado de los ojos antes de darnos la espalda.

—Esta guerra está siendo dura, Ariel —atrajo mi atención Merlín, y me percaté de que, por primera vez, utilizaba la palabra «guerra». Esa misma por la que había reprendido a Vega que usara anteriormente para definir lo que les ocurría—. Nuestros compañeros se han ido transformando por diferentes motivos. De los miembros originales, como ya te ha dicho Vega, quedamos muy pocos, aunque sus hijos y nietos se han ido alistando. La causa todavía posee muchos simpatizantes.

—Sobrevivimos como podemos —comentó la chica, y mostró una sonrisa resignada.

—Porque somos mejores que ellos —la animó Merlín, que le dio un beso en la mejilla y se acomodó a mi lado en la mesa—. Tu padre fue un gran especialista. —Me pasó la fotografía—. A su lado conseguimos grandes victorias y recuperamos algunos de los objetos más valiosos que ves aquí.

Miré las vitrinas donde se exponían las reliquias.

—¿Y por qué se fue?

—Conoció a tu madre —respondió—, y se enamoró.

—El amor —soltó Vega con tono despectivo.

Merlín se rio y negó con la cabeza.

—Cuando conozcas al chico indicado, hablaremos...

—A la chica en todo caso, profesor —lo cortó divertida.

El hombre bufó y levantó las palmas de la mano.

—Perdón, son los viejos hábitos que arrastro. Tened en cuenta que soy un anciano que acarrea muchos años a sus espaldas, junto a costumbres muy antiguas.

Vega se carcajeó y se levantó de la silla, para acercarse a nosotros.

—No pasa nada, profesor. Aunque sea un anciano con piel de jovenzuelo... —lo picó—, lo entiendo. —Le guiñó un ojo, cómplice, y se agarraron de las manos.

Yo sonreí con afecto por la imagen que veía. Se notaba la complicidad que poseían entre los dos.

—En fin... —Suspiró Merlín—. ¿Por dónde iba? —Miró la foto otra vez y se bajó de la mesa—. Aaah..., sí. Ya me acuerdo. —Se lo dijo todo él mismo, y Vega y yo nos reímos sin evitarlo—. Eric, tu padre —se volvió hacia mí y me señaló—, conoció a Violet. Se enamoró y se quedaron embarazados.

—¿De mí?

El mago asintió.

—Creo que no tienes ningún hermano, ¿verdad?

Negué con la cabeza justo cuando una idea cruzaba mi mente.

—Entonces..., ¿lo dejó todo por mí?

—Esta vida es muy peligrosa y Violet lo pasaba cada vez peor con las incursiones de tu padre —me explicó Merlín—. Le hizo prometer que no acudiría a ninguna más y que se quedaría a vuestro lado.

—¿Y lo aceptasteis?

El hombre se rio por la pregunta.

—Ariel, esto no es ninguna secta o dictadura que obligue a alistarse para arriesgar tu vida...

—Debería —espetó Vega en apenas un susurro, pero Merlín, o no la escuchó, o prefirió ignorarla, porque prosiguió hablando como si nada.

—Las personas que están aquí son voluntarios, porque creen en la causa, en un bien mayor. No podemos forzarlos a que no nos abandonen porque eso podría perjudicarnos. —Esto último lo dijo mirando a Vega, como si fuera algo que debatían constantemente.

—Y, por eso —intervino Vega con un tono de voz irónico—, somos cuatro gatos los que protegemos al mundo. Perdón, a dos —subrayó.

—Vega... —gruñó Merlín.

—Lo sé, lo sé... —repitió—. No es el tema. Es lo que hay. No podemos hacer nada...

—Eso mismo —afirmó, y posó las manos en sus caderas.

—Pero estaba cansada de esperar al destino, la divina providencia o como quieras llamarlo, y la he traído aquí.

—Vega...

La chica de piel oscura puso los ojos en blanco y suspiró.

—¡¿Qué?! No he hecho nada malo —se defendió—. Ya te he dicho que fue ella solita la que se metió allí...

—Eso es cierto. —Sentí la necesidad de protegerla—. Llovía, me estaba empapando y la puerta del almacén se abrió sola.

—Ya recuerdas —afirmó Vega, y me guiñó un ojo.

—Ya recuerdo —corroboré, y le correspondí con una sonrisa amistosa.

Merlín pasaba los ojos de una a la otra cuando emitió un sonido de frustración.

—Creo que todo esto solo va a provocarme un dolor de cabeza muy fuerte. —Nos señaló con el dedo.

—Siempre puedes tomarte uno de esos brebajes que me has dado —le indiqué, y Vega se carcajeó por mi comentario.

Merlín abrió los ojos todavía más y se dejó caer sobre la silla que tenía más cerca.

—No sé lo que he hecho para sufrir esto…

—Cumplir años —dijo Vega con sorna, y yo me reí sin evitarlo.

CAPÍTULO 11

—¿Y cuál es la decisión que debo tomar? —los interrogué cuando las risas cesaron.

Vega se había acomodado en la misma mesa que yo y miró a Merlín esperando que hablara.

Al ver que ella no decía nada, yo también acabé centrando mi atención sobre el mago, a la espera.

—Merlín… —le llamé, animándolo a que se explicara.

Este se quitó las gafas y las elevó hasta que la luz de la sala le diera sobre los cristales; supuse que estaría comprobando si estaban sucias.

Otra vez…

Me dieron ganas de ir hacia él, arrebatárselas y limpiárselas yo misma. Así no tendría ninguna excusa para demorar todavía más en el tiempo su respuesta.

—La paciencia es una gran virtud —comentó sin mirarnos, lo que me sorprendió.

—Debí avisarte de que el profesor, cuando lo ve apropiado, lee la mente —me indicó Vega, empujándome levemente.

Abrí la boca varias veces, como si fuera un pez fuera del agua buscando el oxígeno que necesitaba para respirar, pero, al no saber qué decir, terminé cerrándola.

—No lo hago habitualmente —me aclaró, al notar mi desconcierto—, ya que no me gusta invadir la intimidad de las personas, pero es que tú, Ariel, piensas demasiado alto.

Vega se rio y me empujó de nuevo, pero esta vez con algo más de fuerza, porque logró moverme.

—Por su sangre corre magia —afirmó—. Lo olfateé en cuanto la tuve cerca.

La miré extrañada por esa información, y, aunque quería que me lo aclarara, desistí cuando Merlín comenzó a hablar:

—Es lo más seguro, ya que la estirpe familiar de Eric era muy poderosa —señaló, incentivando todavía más mi curiosidad por conocer cosas de mis antepasados—, pero, Vega, eso ya otro día. —La miró a los ojos y, aunque no añadió nada, vi cómo la chica asentía con la cabeza.

«Telepatía...», pensé, pero enseguida quise borrar esa palabra de mi mente para evitar que Merlín me la leyera.

Lo miré con gesto despistado, ya que no quería que se percatara de que había presenciado ese intercambio ni lo que había pensado, pero no supe si había conseguido mi objetivo cuando aprecié en su rostro una extraña sonrisa.

—¿Sobre qué debo decidir? —le recordé, tratando de distraerlo.

Merlín asintió con la cabeza y, tras colocarse las gafas, me indicó:

—Como ya te ha dicho Vega, necesitamos especialistas, y tú podrías ayudarnos.

—¿Yo? —pregunté, frunciendo el ceño.

—Sí, tú, tonta —me dijo Vega—. Serías un miembro importante. Estoy segura.

Miré a la chica y, aunque agradecí la confianza que tenía en mí, veía imposible formar parte de todo lo que me habían explicado.

—¿Y qué debería hacer exactamente? —pregunté con curiosidad.

—En principio, podrías ayudarme aquí, en la biblioteca, a localizar las reliquias que se han perdido en el tiempo —me informó Merlín, notado mi inseguridad—. Luego, ya podrías acompañarlos en sus misiones. Después de un entrenamiento apropiado.

Pasé la mirada de Vega a él, y así sucesivamente, sin saber muy bien qué decir.

—Poco a poco, Ariel —me indicó la chica.

—Sí, no hay prisa —coincidió el mago—. Así, también podría contarte cosas de Eric y de tu familia.

Según terminó de hablar, supe que lo había hecho adrede. Merlín sabía, sin que nadie me lo aclarara, que estaba deseando saber de mi padre, de esa nueva faceta, y me acababa de tirar un señuelo muy jugoso, sobre el que iba a caer sin remedio.

«Te está manipulando...», me dije, y vi que Merlín tenía los negros ojos sobre mí, por lo que supuse que también había escuchado mi pensamiento, pero me dio igual. No quería que diera por sentado que no sabía dónde me metía.

Yo era la que tomaba mis propias decisiones, las mismas que me habían llevado a estar delante de él, y seguiría haciéndolo.

Vi la sonrisa de satisfacción que apareció en el rostro del mago y cómo se levantaba de la silla, como si ya hubiera escuchado mi decisión.

Pero no lo había hecho... ¿o sí?

—Entonces, te quedas, ¿no?

Moví la cabeza de manera afirmativa y Vega saltó feliz de la mesa al suelo.

—Lo sabía —indicó—. Los padres fundadores no nos engañan. Todo está en el libro.

Merlín frunció el ceño y negó con el dedo índice mientras se alejaba de nosotras.

—Todo, no. Recuérdalo, Vega —le indicó—. Somos nosotros los que construimos nuestro destino...

—Sí, sí... Como lo de que «todo lo que sabes es una gran mentira creada para tu propia tranquilidad» —citó de memoria, y vi cómo golpeaba el libro azul donde estaban representadas las reliquias mágicas—, y, por eso, se crearon los cuentos de hadas.

Supuse que esa frase debía estar escrita en el gran volumen de consulta, y era muy lógico su significado después de lo que me habían explicado, pero lo que no entendía era lo de que los padres fundadores no nos engañaban. No sabía a qué había venido mencionarlo después de que había aceptado quedarme para ayudar a La Fundación.

—Vega... —me miró esperando que hablara—, ¿qué es eso de los padres fundadores?

—Vega, ven un momento —la llamó Merlín, y pensé que había sido el momento menos oportuno. O quizás el mejor, para alejarla de mí y así no aclarar mis dudas.

—Luego te lo explico —me indicó, y la vi alejarse de mí para acercarse al mago.

Los dos comenzaron a hablar en un tono bajo, casi inaudible para mi oído, lo que me hizo sospechar que, fuera lo que fuera lo que trataban, el hombre no quería que lo descubriera.

Por un instante, tuve la tentación de agarrar mi mochila y salir de allí sin mirar atrás, pero la foto en la que salía mi padre, y que descansaba sobre la mesa, me recordó esa nueva faceta oculta de mi progenitor, de la persona que me había cuidado hasta que un accidente lo arrancó de mi lado, junto a mi madre, y mis ganas de huir se desvanecieron.

—Merlín..., profesor... —Los tres miramos hacia el comienzo de la escalinata, donde apareció Minerva—. Acabo de contactar con Tin —anunció, y descendió las escaleras.

Me acerqué a Merlín y Vega, y esperé paciente para descubrir qué era lo que la había llevado hasta allí con tanta urgencia.

En cuanto la hermana de Axel llegó a nuestra altura, me miró con desprecio, lo que me hizo preguntarme si había hecho algo por molestarla o, simplemente, no deseaba mi presencia.

Estuve a punto de retroceder, distanciarme de ellos para otorgarles intimidad, pero Merlín me lo impidió con su anuncio:

—Ariel es uno de nosotros a partir de ahora, por lo que puedes hablar sin problemas.

Sentí cómo Vega me agarraba la mano, insuflándome el valor que sentí que perdía, y, al mismo tiempo, me retuvo allí por si decidía marcharme.

Creo que me comenzaba a conocer muy bien. O también leía la mente...

Juro que pude ver cruzar un rayo de un azul oscuro, casi negro, por los ojos de la chica cuando Merlín le informó, pero fue un nanosegundo en el metaverso, por lo que quizás solo fue fruto de mi imaginación, porque se giró hacia el mago y me ignoró.

—Tin me informa de que tenemos una oportunidad esta noche...

—¿Esta noche? —preguntó Vega, preocupada.

Minerva asintió y continuó:

—Me ha dicho que Caperucita celebra su cumpleaños y ha dado descanso a muchos de sus compinches. Otros acudirán a la fiesta, pero...

—Es el mejor momento —afirmó Merlín, estando de acuerdo con el tal Tin.

—Eso me ha dicho —insistió, y esperó impaciente.

Vega miró también al mago esperando una reacción.

Hasta yo misma, que no sabía lo que podía salir de eso, lo observaba con interés mientras se dirigía hasta el libro azul y lo abría. Leyó algo, que supuse que debía sabérselo de sobra por la rapidez con la que lo hizo, y cerró las tapas para mirarnos a continuación.

—Avisa a tu hermano y a Riku. En una hora, salís —ordenó, y miró a Vega—. Tened mucho cuidado.

Esta asintió.

—Lo tendremos.

Minerva comenzó a subir las escaleras de dos en dos para cumplir lo mandado sin esperar a su compañera, pero se detuvo de golpe al escuchar a Merlín:

—Ariel, tú también.

—¡¿Yo?! —exclamé señalándome—. ¿Adónde voy?

—Merlín, ¿estás seguro? —intervino Vega.

El mago asintió y se dirigió a su escritorio.

—Quiero que vaya al otro lado y que lo conozca —nos informó.

—Pero es una misión arriesgada —señaló Minerva. Y pude ver, por los nudillos blancos de sus manos al agarrar la barandilla, que no le hacía nada de gracia que fuera.

Reconozco que en eso estábamos de acuerdo las dos.

—Se quedará fuera del cuartel de Caperucita y a cierta distancia —indicó sin mirarnos—. No quiero que se arriesgue, pero debe ir conociendo el terreno y dónde se ha metido.

—Ya se arriesga con solo venir con nosotros —señaló Minerva con malos modos.

Merlín la observó con seriedad y vi cómo la chica agachaba la mirada e incluso se encogía levemente.

—Es una orden, Minerva —resaltó—. Por eso vais los cuatro, para que Vega se quede con ella fuera. Riku, Axel y tú sois suficientes para recuperar la reliquia.

La joven asintió con la cabeza, aunque pude notar cierta reticencia todavía en ella.

—Así haremos, profesor.

—Perfecto —anunció Merlín—. Ahora, ve a por el resto.

Observé cómo la hermana de Axel salía por la puerta de la biblioteca y nos dejaba a los tres solos.

—¿Está seguro? —le preguntó Vega, acercándose a él.

Merlín me miró unos segundos, como si estuviera viendo algo en mí que yo misma desconocía, y asintió con la cabeza.

—Solo tiene que ver el otro lado y esperar fuera. A una distancia segura —repitió lo mismo que le había dicho a Minerva, pero en un tono de voz más amistoso—, y contigo a su lado.

Vega movió la cabeza de arriba abajo y se dirigió a las escaleras.

—Ariel, ven conmigo —me indicó—. Tenemos que buscar algo que ponerte.

—¿Para qué? —pregunté con miedo, pero me acerqué a ella—. ¿Qué tiene de malo mi ropa?

—Que no es la adecuada para una inmersión en el mundo de la fantasía a medianoche —me dijo, dejándome sin palabras.

Miré a Merlín, que esperaba mi reacción, y luego observé a Vega.

—Dijo que iríamos poco a poco, que primero lo ayudaría aquí, con los libros... —Sentí que el miedo se acentuaba con cada una de las cosas que enumeraba.

Vega fijó sus ojos azules en el mago y, luego, en mí.

—Si el profesor ha decidido que nos acompañes, es porque confía en ti —afirmó con seguridad—. Yo también, porque, si no, te habría dejado con ese dolor de cabeza eternamente y no te habría ayudado a aclarar nada de lo que recordabas.

—¿Habría tenido migrañas toda mi vida?

—Siendo hija de Eric y teniendo sangre mágica corriendo por tus venas, es lo más posible —declaró, y comenzó a subir las escaleras sin comprobar que la siguiera.

Miré su espalda y me giré hacia Merlín, que sacaba libros de los estantes que había cerca de su escritorio para llevarlos hacia la mesa sobre la que descansaba el libro azul.

Me acordé de mi mochila y de la fotografía, pero no me dio tiempo a moverme cuando el mago me dijo:

—Cuando regreses, estarán en tu propia habitación. No te preocupes.

Arrugué el ceño al darme cuenta de que había vuelto a leerme la mente y solté el aire que retenía de mi interior.

—¿No había dicho que no solía hacerlo?

—Pero piensas demasiado fuerte, Ariel —repitió, aunque no sabía lo que quería decir a ciencia cierta con ello—. A tu vuelta, nos centraremos en evitarlo, ¿de acuerdo? —Lo miré con inseguridad, pero terminé por asentir con la cabeza—. Perfecto. Ahora, vete tras Vega, que es capaz de dejarte sola otra vez, y no queremos eso, ¿verdad?

Negué y salí corriendo tras la chica rubia de piel oscura, que podía ser algo irritable, sacarte de tus casillas, hasta rayar la demencia, pero que estaba segura de que en ella podría hallar una gran amiga.

CAPÍTULO 12

—Ya te he dicho que me veo ridícula —le indiqué por enésima vez a Vega, observando el reflejo que me devolvía el espejo.

Estábamos en el dormitorio de la chica, que era casi más grande que la propia casa en la que vivíamos mi abuela y yo. Las paredes estaban pintadas con colores chillones, muy diferentes entre ellas. Como si, al no decidirse por uno u otro tono, hubiera optado por usarlos todos.

Sobre la cama, que estaba cerca de una gran ventana, descansaban un montón de atuendos que había ido desechando sin esperar mi opinión, hasta decantarse por un pantalón negro que se me ajustaba a las piernas como una segunda piel y un jersey del mismo color, de cuello cisne, que se amoldaba a mi pecho.

Fue la primera vez que fui consciente de que tenía una figura bonita..., aunque no era ni mi estilo ni estaba cómoda.

—Tonterías. Estás increíble —indicó, y vi cómo desaparecía por el interior del armario que ocupaba una pared de la estancia. Era tan grande que, literalmente, uno podía perderse por dentro.

Inconscientemente, pasé las manos por la tela del pantalón y mi ceño fruncido fue mitigándose mientras sentía la suavidad de esta. Si lo pensaba bien, tampoco estaba tan mal; y era demasiado cómodo, lo que me permitía moverme con facilidad.

—No puedes ir con tus deportivas —comentó, y se acercó a mí.

Detuve mis movimientos de inmediato y sentí que mi cara enrojecía, como si acabaran de pillarme haciendo algo inapropiado.

—No soy muy amiga de eso. —Señalé las botas de caña alta y tacón cuadrado, de color burdeos, cuando vi la sonrisa que apareció en su rostro—. Voy más cómoda con...

Ella chascó la lengua contra el paladar, interrumpiéndome.

—Voy más cómoda... No es mi tipo... No soy yo... —repitió cada una de las frases hechas que le había dicho según me obligaba a probarme su ropa, haciendo gestos y con una voz casi ridícula—. Cuando regresemos, podrás ser la Ariel insulsa del mundo real, pero, mientras tanto, necesito... necesitamos que te amoldes. Esta noche vamos a un sitio peligroso y toda precaución es importante.

—Vega, ¿me acabas de insultar?

Su risa me sorprendió. Me dio las botas y observé cómo se quitaba la camisa mientras caminaba hacia una puerta que había al otro lado del armario. No llevaba sujetador.

—¿Sabes una cosa, Ariel? —Era una pregunta retórica que no esperaba respuesta—. Que de lo que te he dicho, donde aparece la palabra peligroso y preocupación te hayas quedado con que te haya llamado...

—Insulsa —terminé por ella.

Vega me miró sin esconder su desnudez. Tenía unos pechos pequeños que destacaban por el tono de su piel.

—Es lo que más me atrae de ti —afirmó, y me guiñó un ojo, que hizo que mi sonrojo anterior fuera una nimiedad en comparación con el ardor que sentí en las mejillas de golpe.

La chica, al notarlo, se carcajeó.

—Tenemos tiempo para una ducha... —indicó, dejando claro el plural utilizado.

Negué con rapidez, sintiendo que la timidez me desbordaba, y apreté con fuerza contra mi pecho las botas al mismo tiempo que agachaba la mirada.

—Yo estoy bien así.

Escuché un suspiro procedente de ella, pero no me atreví a mirarla a la cara de nuevo.

—Una lástima, pero qué se le va a hacer —afirmó, sin ningún resquicio de molestia por su parte—. Cinco minutos y salgo —anunció, y lo siguiente que oí fue la puerta del cuarto de baño cerrarse.

El discurrir del agua del baño no tardó y solté el aire que retenía sin saberlo. Me pasé la mano por el cabello y, por primera vez desde que había aparecido en esa zona de la biblioteca, me di cuenta de que debí perder el lápiz que sujetaba mi pelo en un moño informal. El lápiz de mi compañera. El que debía devolverle cuando la viera de nuevo en clase. El lápiz que me había prestado.

Fue una tontería, pero fue un golpe de realidad.

Sentí cómo las lágrimas se amontonaban en mis ojos de improviso y, sin pensarlo mucho, me puse las botas que me había dado Vega. Golpeé la puerta del baño y esperé a que el agua se detuviera.

—¿Sí? —me preguntó desde el otro lado.

—Me he dejado algo importante en la sala de las reliquias —le dije utilizando el nombre que usaban los especialistas, como me había indicado Vega, mientras buscaba mi ropa—. No tardo.

—Vale, pero, si te pierdes, no te muevas de allí que así te encontraremos sin problemas.

—De acuerdo —afirmé, y salí de la habitación con excesiva velocidad.

Sentía que esas paredes coloridas me ahogaban y que necesitaba respirar, caminar... Alejarme de ese lugar. En realidad, no tenía que ir a buscar nada, porque Merlín ya me había informado de que mis pertenencias estarían en mi propia habitación cuando regresara, pero necesitaba una excusa.

Necesita tiempo para mí después de todo lo que me habían contado.

En cuanto pisé el suelo verde y negro del pasillo, con un sinfín de puertas en los laterales que no sabía qué escondían, noté que estaba muy lejos de alcanzar mi objetivo. A mis pulmones les costaba hacer su trabajo, y mi corazón latía de forma descontrolada.

Sin tardar mucho, me puse en movimiento, con paso acelerado y la vista fija en las baldosas, y, cuando llegué a la gran puerta, la empujé con fuerza. Un chirrido se escuchó en el silencio del edificio, y la oscuridad de la estancia me sorprendió. Levanté la mirada y me di cuenta de que me había equivocado de dirección.

—¡Joder! —se me escapó de entre los labios sin poder evitarlo. Y, aunque no estaba en la sala de las reliquias, sino en lo que parecía un gimnasio, me introduje en el interior.

Me dio igual. Estaba sola y era lo que necesitaba.

Me apoyé en la pared cercana a la puerta, que no me atreví a cerrar por si luego no lograba abrirla, y dejé que la luz del pasillo se colara con libertad. Cerré los ojos y respiré con profundidad.

Dos, tres, cuatro veces. Inspirar... Espirar...

Esperé...

El corazón comenzaba a retomar su ritmo natural y los pulmones parecía que volvían a trabajar.

Inspirar... Espirar...

El tiempo pasó y sentí que me tranquilizaba, que volvía a ser yo, y que... no estaba sola. Mi refugio había sido invadido, pero, por algún extraño motivo, no me alarmé. Había algo en esa presencia que me relajaba. Un olor, una sensación, un sentimiento...

Abrí los ojos y traté de que se adaptaran a la oscuridad. Moví la cabeza hacia un lado y hacia el otro, hasta que identifiqué una silueta que no me resultaba desconocida.

—¿Me espías?

Vi cómo movía la mano derecha hacia la pared y debió presionar un interruptor, porque la luz me deslumbró.

—Podría preguntarte yo lo mismo, Sirenita —soltó de malos modos y en su cara pude ver que no le hacía ninguna gracia que estuviera allí.

No me sorprendió. Seguía en su línea.

Rechiné los dientes mecánicamente y me incorporé. No quería que se diera cuenta de mi estado, aunque dudaba de que no lo hubiera hecho ya.

«¿Desde cuándo está ahí?», me pregunté, y me pasé la mano por la cara, apartando el flequillo, algo nerviosa. Prefería que no hubiera presenciado mi momento de debilidad, pero no podía hacer nada si así había sido. Solo podía actuar como si no hubiera ocurrido, como si mi mundo no hubiera estado a punto de derrumbarse.

—Creí que a estas alturas ya te habrías marchado —comentó con tono antipático, mientras recolocaba un par de colchonetas.

No esperaba que me diera una bienvenida diferente. Era Riku y, por algo inexplicable, no me soportaba.

—Yo también lo creía —admití, y me miró por encima del hombro. Me pareció vislumbrar sorpresa en sus ojos, pero esta se evaporó enseguida, en cuanto regresó a su tarea.

Observé su espalda y me di cuenta de la humedad de su negro cabello. Aunque iba vestido con una camiseta de tirantes y un pantalón de chándal, supuse que acababa de darse una ducha. Una toalla colgaba de su cuello, y los músculos de su cuerpo se marcaban con cada movimiento. Si no fuera un... imbécil —sí, se había quedado con ese apelativo «cariñoso», y mi imaginación no daba para mucho más—, quizás podría incluso pensar que era atractivo.

«Vale, no está mal..., pero no es mi tipo». Casi pude escuchar la risa de Vega en mi cabeza cuando pensé en ello.

—¿Y por qué no te vas? —me preguntó Riku, pasado un tiempo en el que ninguno dijo nada. Fue como si no supiera si debía seguir con la conversación o que desconocía lo que era mantener una sin provocar una discusión.

Me alejé de la pared que me había servido de apoyo y avancé por la habitación, confirmando la primera impresión que había tenido de esta. Nos encontrábamos en un gimnasio bien equipado.

Donde había varias máquinas de musculación, bicicletas estáticas y cintas de correr, junto a pesas y espalderas. Las colchonetas, de diferentes colores, estaban al lado de Riku, y pude ver algunas pelotas y poleas también próximas a él. En el centro había un gran tatami para los entrenamientos.

—Si te soy sincera, no lo sé. —Me encogí de hombros y me dejé caer sobre un banco de entrenamiento—. Jamás pensé que todo lo que me habían contado, las historias que utilizan los adultos para que los niños duerman podrían ser reales.

El chico me miró con más curiosidad de la que quizás quería mostrar en su rostro y esperé a que se burlara de mí, que utilizara mis palabras en mi contra; pero, para mi asombro, no lo hizo.

En cambio, se sentó enfrente y empezó a jugar con una botella de agua pasándola de una mano sana a otra vendada.

—Todo es mucho más complicado que unos simples cuentos de hadas, Sirenita. Ni siquiera estos, los que te han narrado, cuentan la realidad de lo que hay allá fuera. —Señaló una ventana pequeña que había por encima de nuestra cabeza, en la pared que teníamos más cerca.

Miré con interés ese espacio, pero, aunque no pude ver nada concreto, supe a qué se refería. Al otro lado estaba el mundo de la fantasía, de lo irreal... De lo desconocido para mí.

—Algo de eso he supuesto tras lo que me ha explicado Merlín... y Vega —apunté, recordando cómo la chica había intervenido constantemente en la conversación, a pesar de que el mago le había pedido que se lo dejara hacer a él.

Riku sonrió de medio lado.

—Puedo imaginar que es demasiada información de golpe.

—De golpe y por raciones —indiqué, y sentí que compartíamos un chiste privado—. Todas esas historias existen... o existieron... o... —Emití un sonido de impotencia—. No sé. Quizás me esté volviendo loca.

—Loca ya lo estabas —dijo. Y, aunque en un primer momento creí que se estaba metiendo conmigo, vi en sus ojos verdes que bromeaba—. A nadie en su sano juicio se le habría ocurrido cobijarse dentro de un local vacío, y desconocido.

—Estaba lloviendo —me defendí.

—Podría haberte sucedido cualquier cosa...

—Y me sucedió —atajé, y lo señalé a él, lo que hizo que esa pequeña sonrisa que mostraba se agrandara.

Mi corazón se detuvo un segundo cuando la observé.

—Ya sabes a lo que me refiero, Sirenita. —Se levantó y vi cómo se alejaba de donde estábamos sentados para desaparecer por una habitación.

Me levanté y, aunque en un primer momento pensé en ir tras él, me obligué a no caminar.

—Pues menos mal que acabé con vosotros. Con lo buenos —hablé en voz alta, porque quería que me escuchara, y oí una carcajada que se asentó en mi estómago, generándome unos nervios hasta ahora desconocidos.

Salió de lo que supuse que eran los vestuarios, ya que se había puesto una chaqueta de chándal sobre la camiseta y la toalla había desaparecido de su cuello. Además, llevaba una bolsa de deporte que no le había visto antes.

—Pero los héroes no son los buenos de esta historia, Sirenita —indicó, algo cínico, mientras se dirigía hacia mí.

—Eso he logrado entender —comenté, haciendo referencia a mi charla anterior en la sala de las reliquias—, y que los objetos mágicos son más bien «malvados». —Moví los dedos como unas comillas, y Riku se rio por mis gestos.

—Eso no es del todo así...

—Bueno, por lo menos la rueca de la Bella Durmiente, sí —mencioné.

—Sí. Esa sí —afirmó, y se detuvo delante de mí.

Los dos recordamos el momento en el que había impedido que tocara el huso y cayera en un sueño profundo de por vida.

—Gracias...

Él negó con la cabeza, impidiéndome continuar.

Quería agradecerle su intervención, que hubiera aparecido en el momento adecuado y que me hubiera ayudado. Quería agradecerle que hubiera estado allí, aunque no le agradara mi presencia. Que, al contrario de Axel, se hubiera preocupado por mí. Por alguien a quien no soportaba.

Pero nos quedamos en silencio. Con las palabras bailando a nuestro alrededor.

Nos separaba una corta distancia que cualquiera de los dos podría haber acortado, pero no hicimos ninguna intención. Nos quedamos ahí. Quietos. Mirándonos a los ojos.

Un movimiento de cambio de manos para llevar la bolsa de deporte me recordó la venda y, por consiguiente, el mordisco que le había dado el día anterior.

—Riku, yo...

—A todos alguna vez nos sobrepasa la situación —comentó interrumpiéndome, y no supe si hablaba de mi ataque de pánico o de lo ocurrido en el almacén, donde acabé mordiéndolo.

Probé una de las dos opciones, la que en realidad más me preocupaba.

—No sé lo que crees que has visto antes, pero...

—No he visto nada —me interrumpió—. Era solo un comentario, Sirenita —señaló con una sonrisa engreída que me dio ganas de borrársela con un nuevo puñetazo.

Ese gesto, ese tono de voz... Volvía el imbécil de turno y, con él, mi vena violenta. Me tenía por una persona sensata y pacífica. Nunca me había dado por ir pegándome con la gente a la que no soportaba, pero es que Riku conseguía que hasta yo misma me sorprendiera por mi comportamiento.

—Ahora..., si no te importa, debo cerrar el gimnasio. Tengo una misión.

Di dos pasos hacia delante, haciendo justo lo contrario a lo que quería, y apreté con fuerza los puños a ambos lados de mi cuerpo.

—¿Sabes una cosa? —Me miró con intensidad, animándome a hablar—. En realidad, no eres tan malo como quieres aparentar.

Arqueó una ceja morena, y pensé que se iba a reír en mi cara. Estaba rozando los límites de mi paciencia o de la suya. O la de los dos.

—No te lleves a engaños, Sirenita. —Acercó su rostro al mío—. Nada de lo que hay aquí es lo que crees, pero yo soy todo lo que ves.

Tensé la mandíbula y me centré en sus ojos rasgados. Eran como los de un gato, verdes, atrayentes, pero de lo más fríos.

—Menos mal que lo dejas claro, aunque yo te veo y no me engañas.

Nuestras respiraciones se enredaron al tiempo que su calor me envolvía. La tensión iba en aumento y pensé, por un segundo, dar un paso atrás para acabar con lo que fuera que hacíamos. Lo que nos llevaba a enfrentarnos.

Fue solo un segundo, pero el tiempo suficiente para que Riku sonriera, muy consciente de lo que pensaba hacer. Es por ello por lo que no quise darle el placer. No quise demostrarle que su presencia me imponía; que todo él, lo que me hacía sentir, me arrollaba como la fuerza de la naturaleza cuando está descontrolada.

—¿Y qué has visto?

Arqueé mi ceja y levanté el mentón, buscando intimidarle, aunque sabía que eso era casi imposible. No pensaba dejarme amedrentar.

—No eres merecedor de que te lo diga —le solté, dejándole con las ganas, y miré la mano vendada—. ¿Te duele?

—La llevo por mera precaución...

—Ya, claro —solté con seguridad, y me volví con intención de marcharme de allí, pero su mano, la que estaba herida, me sujetó con fuerza el brazo, impidiéndomelo.

Me giré hacia él con intención de ordenarle que me soltara, pero, en cuanto nuestras miradas chocaron, nuestros mundos colisionaron. Un meteorito estrellándose contra otro sin que ninguno pudiera frenar y evitar las consecuencias.

Riku avanzó hacia mí y yo sentí de pronto la garganta seca. Era incapaz de articular palabra alguna. Incapaz de hacer ningún movimiento. Incapaz de alejarme de él.

Estaba allí, esperando el choque de dos estrellas, tan distintas, tan contrarias, pero que se iban atrayendo como un imán de polos opuestos.

Mi instinto me obligó a cerrar los ojos mientras escuchaba su respiración más cerca. Mientras su presencia lo abarcaba todo, incluida yo misma, cuando el chirrido de la puerta nos separó de golpe.

Los polos de los imanes se repelieron, y yo volví a respirar con normalidad.

Riku me soltó y el lugar por donde antes estábamos unidos me ardió.

—Ariel, aquí estás. —La voz de Vega acabó por separarnos, alejarnos como si nunca hubiéramos estado juntos.

Porque quizás nunca lo habíamos estado y lo ocurrido segundos antes era solo fruto de mi imaginación o de la ansiedad que me había sorprendido minutos antes. Aunque, si era sincera conmigo misma, desde que Riku me había encontrado —porque había sido él el que me había hallado—, *mi* mundo —ni el real ni el de la fantasía— parecía más estable y fiable.

—Me perdí y acabé aquí —le indiqué a la chica, que nos miraba extrañada.

Escuché un sonido de burla proveniente de Riku y mis dientes rechinaron sin poder evitarlo.

Regresábamos a la casilla de salida.

—Bueno, menos mal que estaba Riku por aquí —comentó Vega con tono inocente desde la puerta, aunque en el poco tiempo que la conocía, ya sabía que de inocente no tenía nada.

Me acerqué a ella, distanciándome más todavía del chico, y le pregunté:

—¿Nos vamos ya?

—¿Adónde? —intervino Riku con rapidez. Incluso en su tono de voz se podía notar que sospechaba la respuesta y que esta no le iba a gustar.

Vega miró a su compañero y le sonrió. Se lo estaba pasando muy bien.

—Con nosotros.

—Eso no puede ser —afirmó con desagrado, y yo sentí una bofetada imaginaria en toda la cara.

—¿Por qué? —le exigí saber—. Merlín quiere que vaya y tú...

—Merlín se equivoca —escupió sin mirarme, sin dar más explicaciones, y pasó por nuestro lado sin despedirse.

Vega me miró, pero yo no me di cuenta hasta pasados los minutos porque mi atención seguía fija en el hueco de la puerta, por donde había desaparecido Riku.

—No le hagas caso —me aconsejó, y tomó mi mano—. Es un cascarrabias, pero en el fondo le gustas.

No pude evitar reír ante esa idea, pero era un sonido hueco e incluso triste. Era incapaz de creer lo que me decía.

—No pasa nada —mentí. Y, si ella se dio cuenta, no dijo nada—. Entonces, ¿nos vamos ya? —pregunté, cambiando de tema.

La chica me llevó hacia la puerta y asintió.

—Sí, pero antes debemos equiparnos.

—¿Equiparnos?

Vega se rio y me llevó por el pasillo hasta una de esas puertas que se mantenían cerradas.

—Esto va a ser divertido…

Yo la miré sin saber lo que podía entender por divertido, pero me dejé guiar.

CAPÍTULO 13

Estaba en la mitad de la nada. Agachada entre unos matorrales, sin luz artificial, pendiente de la gente que entraba o salía de la cabaña que había enfrente de mí. La luna no era de ninguna ayuda, porque las nubes habían invadido el cielo y apenas ofrecía claridad; y, encima, hacía frío. El abrigo que me había prestado Vega abrigaba, pero no conseguía calentarme del todo. Aunque creo que era más cosa de los nervios que sentía y que se acrecentaban cada poco al escuchar unos sonidos extraños que no localizaba su origen.

Si por lo menos pudiera moverme, estirar las piernas o encender una fogata... No, el fuego no era posible porque atraería la atención, pero el resto... Imposible.

Debía acatar las órdenes.

Lo que Riku me había ordenado, mejor dicho: «Vigila, no te muevas y no hagas ruido».

Puse mala cara cuando me lanzó sus palabras huecas. Si todavía tenía algún resquicio de duda sobre que no me quisiera allí, se había evaporado gracias a su comportamiento.

—Es un imbécil... —rumié en voz baja, casi en un susurro, aunque sabía que no había nadie cerca y los que había a unos metros estaban más pendientes de la fiesta a la que habían sido invitados.

Ni siquiera Axel estaba allí, conmigo, y eso que se había comprometido a cuidarme. Me había dejado sola casi desde el mismo momento en el que el resto del grupo se había introducido en el interior de la construcción que debía vigilar, y no sabía dónde había ido.

«¿No se suponía que me iban a proteger?».

Todavía me acordaba del tono y las formas de Riku cuando en mitad de la sala de las reliquias, tras haber mantenido una charla nada agradable con Merlín, me había mirado con cara de pocos amigos.

Aún sentía cómo mi corazón se había resquebrajado un poco por esa mirada, y no entendía el motivo. Si él no me soportaba, yo menos. Aunque todavía tenía que convencer al músculo que latía en mi interior de forma diferente cuando estaba cerca de él.

El plan era recuperar la rosa de Bestia —¡de la Bella y la Bestia!— que tenía Caperucita Roja en su guarida. La misma niña inocente e ingenua que iba de su casa a la de la abuelita para llevarle dulces y se encontraba al lobo...

Pues parecía ser que Caperucita ni era ya una niña ni inocente ni ingenua.

La cabeza me explotó mientras analizaba todos los datos que iba escuchando. Me vi como ese emoji al que le sale humo de la cabeza o el que tiene los ojos desorbitados. Literal. Me explotó cuando uní cada uno de los personajes y el papel que cumplían en esta misión.

La mala: Caperucita, que poseía una especie de banda con la que hacía trapicheos. Eran contrabandistas que buscaban reliquias para venderlas en el mercado negro del mundo de la fantasía.

Los buenos: nosotros. O no, porque le íbamos a robar la rosa para devolvérsela a Bestia.

Robar, no: recuperarla, como me había corregido Vega cuando repetíamos el plan.

Una cosa no quitaba a la otra. Eran solo matices. Matices nada sencillos. Sobre todo, cuando me enteré de que ya había estado cerca de dos de los miembros de la banda de Caperucita cuando me tropecé con Vega y el resto.

Debido a esa información, sentí que mi sangre se helaba, porque, si tan peligrosos eran como me indicaban, mi vida había estado en peligro.

«Ha estado en peligro...», me repetí mentalmente. Y, por un momento, los ojos de Riku y los míos se encontraron en la sala. Él estaba al otro lado, debajo de una de las vidrieras, y yo, cerca de la escalinata, pero la fuerza de nuestras miradas nos enlazó.

Quizás tenía razón. Quizás debía regresar a mi casa y alejarme de todo esto. De toda esta locura. Pero quería conocer ese mundo, visitarlo y ver con mis propios ojos dónde me estaba metiendo. Descubrir cuál era el sitio donde había nacido mi padre. Aunque..., que mi primera incursión fuera una misión para recuperar una reliquia que pintaba de lo más peligrosa...

No sé qué vio Riku en mi cara, pero fue suficiente para que volviera con la misma cantinela: no quería que fuera.

Merlín y él se enzarzaron de nuevo en una disputa, en la que estuve a punto de intervenir, de decirles que mejor lo dejábamos para otro día, pero la mano de Vega, sujetándome, me detuvo. Negó con la cabeza y se llevó un dedo a la boca, pidiéndome que me mantuviera en silencio.

En ese momento pensé que debía hablar seriamente con ella para que me informara del tipo de poderes que poseía, porque no me creía que, de todos los que estábamos en esa sala, solo Merlín pudiera leer la mente.

—Riku, es importante que vaya Ariel. —Escuché cómo afirmaba el mago y el chico lo observó incrédulo.

—Pero profesor...

—Es una orden —zanjó toda la discusión, y yo sentí cómo un escalofrío me atravesaba la columna vertebral de arriba abajo—. Axel, tú serás la sombra de Ariel —continuó con las indicaciones, mirando al chico que, sin ninguna duda, asintió.

«Todo es más fácil con él —pensé—. Mucho más fácil».

—Merlín, creía que yo iría con Ariel —comentó Vega, atrayendo su atención.

Riku dio su opinión de nuevo:

—Sí, Merlín. Las dos se conocen bien, mejor que con el principito, y...

El mago negó con la cabeza, levantando una mano para apaciguar a Axel, que iba a contestar a Riku.

—Por eso mismo es mejor que sea Axel —indicó—. Así evitamos que se distraigan estando solas.

—Profesor, me hiere en mi orgullo. —Se llevó una mano al corazón—. Creía que me tenía en más alta estima y que no me voy de fiesta en mitad de una misión —comentó la chica de piel oscura con tono de broma, aunque supe que era un mero artificio. Ni bromeaba ni le hacía gracia el cambio de plan que se articulaba en la sala—. Estuve a punto una vez —me guiñó un ojo—, pero gracias a mi fuerza de voluntad...

La risa de Minerva la interrumpió y esta le sacó la lengua.

No parecía que fuéramos a realizar una misión arriesgada por el comportamiento de los presentes.

—Vega —la llamó Merlín—, te necesito dentro. Riku y Minerva necesitan de tu sensibilidad.

—¿Sensibilidad? —pregunté con curiosidad, y no sé si mi intervención ayudó a que la tensión que sobrevolaba la sala descendiera unos cuantos grados.

Era como si los allí reunidos se hubieran olvidado de mi presencia mientras debatían sobre mi participación. Salvo Vega, que no me soltaba la mano, dándome ánimos.

—Vega es muy sensible a las reliquias —informó Minerva sin ni siquiera mirarme—. Gracias a ese sentido especial, puede encontrar cualquier objeto mágico que esté cerca.

Yo asentí y Merlín me miró.

—¿Lo entiendes?

Volví a afirmar con la cabeza.

—Sí, creo... Es como un detector de metales que, cuando encuentra algo, comienza a pitar como loco.

Axel se rio por mi explicación, y vi cómo Minerva ponía los ojos en blanco.

—Algo parecido —indicó Vega, y me regaló una sonrisa para que supiera que no le había molestado.

—Está bien —dijo el mago, y todos lo miramos—. Riku, tú diriges esta misión...

—Pero Merlín —intervino Axel—, creo que Riku no está en condiciones. —Lo señaló y este ni se dignó a girarse. Tenía los ojos fijos en el exterior, con los brazos cruzados y la espalda tensa, cerca de una de las ventanas. Parecía que, después de no haber logrado que el mago me apartara, no le importara lo que sucedía en la habitación.

—No, esta vez será Riku —insistió, tratando de que su autoridad se reflejara en la voz—. Tú, fuera. Con Ariel. —Señaló a Axel con el dedo y a mí a continuación.

Y, aunque vi que el chico de cabello castaño movía la cabeza de manera afirmativa, cediendo al plan acordado, me pareció notar un tic en su párpado que evidenciaba que no estaba muy conforme.

«Pues va a ser que tampoco es tan fácil con Axel», pensé sin evitarlo, y Vega asintió con la cabeza.

Decidido. Cuando regresáramos, tenía que preguntarle sobre sus poderes, dones o como los llamaran.

A partir de ese momento, ya no hubo más objeciones.

Todos escuchamos a Merlín muy atentos y, cuando nos miró uno a uno, dejando que sus ojos cayeran sobre los nuestros, subrayando la importancia de esta misión, accedió a dejarnos partir.

Se acercó a la pared que había próxima a la rueca de la Bella Durmiente y elevó la mano izquierda hasta dejarla en una posición horizontal; con la derecha, comenzó a dibujar círculos en el aire, que fueron generando chispas moradas y azules. Cuando me di cuenta, ya había un pequeño agujero en el ladrillo, que se hacía cada vez más grande.

Parecía que a ninguno de los otros les asombraba lo que el mago realizaba. Debían estar tan acostumbrados a que se abrieran esos portales delante de ellos, y a traspasarlos, que estaban centrados en otras cosas, como en revisar el material que cargaban.

Los cinco íbamos vestidos de negro. Salvo por mis botas burdeos, el resto eran colores oscuros que nos servirían para camuflarnos en la noche.

Minerva portaba su látigo, que llevaba sujeto a la cadera, y también vestía de forma muy similar a mí. Excepto por su abrigo, que era más largo que el mío, del que sacó un par de dagas que volvió a esconder por el interior de este; su larga melena, que iba recogida en una trenza, y que se había maquillado como si fuera a salir de fiesta.

Quizás, para ella, todo esto era como una celebración... En realidad, no sabía qué pensar de Minerva. A ratos me caía bien, a ratos me era indiferente o me enfadaba. Sobre todo, cuando se compinchaba con Riku para hacerme partícipe de su odio.

No sé lo que podría haberle hecho o por qué le molestaba mi sola presencia, pero tampoco es que me ofreciera confianza.

Todo lo contrario que Vega, que había dejado los colores chillones a un lado y se había puesto unos pantalones anchos, una sudadera y una bómber oscura. El rubio de su cabello había desaparecido, siendo sustituido por un castaño oscuro, y que llevaba recogido en dos trenzas muy cortas que iban pegadas a su cabeza. Resaltaba un mechón morado que le caía sobre los ojos azules mientras movía el arco que llevaba a su espalda, buscando la mejor posición para que no le molestara, y se colgaba a continuación el carcaj, por donde sobresalían las flechas.

Ella sí que calzaba deportivas, al contrario que yo, ya que no me había dejado.

Los dos chicos iban con prendas muy similares también. Pantalón negro y camiseta del mismo color, pero, mientras Axel se había puesto una cazadora, Riku prefería ir sin ninguna ropa de abrigo.

El hermano de Minerva portaba una espada, que sujetaba en un cinturón que se sostenía a duras penas en la cadera, y tamborileaba con el pie mientras esperaba a que el portal se abriera del todo. Era el único que parecía nervioso o que, por lo menos, lo exteriorizaba un poco.

Riku... me observaba a mí, y, cuando mi atención recayó sobre su persona, desvió su mirada con rapidez. Instintivamente, rechiné los dientes por su desprecio y apreté con fuerza los puños de mis manos. Le iba a enseñar a ese tipo que podía estar cagada de miedo —lo estaba, no nos llevemos a engaños—, pero no iba a tener que hacer de niñera conmigo.

Podía cuidarme yo solita.

Todos portaban algún tipo de armas, instrumento de defensa. Menos yo.

En la sala que Vega me había llevado tras encontrarme en el gimnasio, había un sinfín de artilugios que servían para enfrentarse al enemigo, pero, aunque ella me animó a que eligiera algún tipo de arma, al final me negué. No la iba a necesitar si me quedaba solo vigilando, y ellos siempre estarían cerca por lo que me habían indicado, por lo que mejor no cargar con nada que no supiera muy bien utilizar.

De momento...

—Tened cuidado —nos indicó Merlín cuando el portal se completó y se movió para permitirnos el paso.

Era un agujero ovalado que irradiaba mucha luz en sus bordes, y al otro lado solo había campo.

No logré visualizar la cabaña de dulces que había la primera vez que apareció Merlín ante mis ojos.

Solo había una extensión inmensa que se alejaba por el horizonte.

Riku fue el primero en cruzar. Seguido de Minerva, que parecía que no sabía estar lejos de él.

Axel no tardó en seguirlos y Vega, al notar mis dudas, atrapó mi mano de nuevo y buscó mis ojos.

—No pasará nada. Te lo prometo.

Yo miré a Merlín, que sonreía animándome a caminar, y luego a Vega, que esperaba paciente a que tomara la decisión que sabía que elegiría. Ella sí que no tenía ninguna duda sobre mí, y esa confianza me dio valor.

Tomé aire con profundidad y me lancé.

—Suerte. —Escuché cómo nos deseaba el mago, justo cuando el portal se cerraba tras nosotros, y sentía una opresión en el pecho.

Cerré los ojos por puro instinto y respiré.

El aire era diferente, los olores eran diferentes...

—Ariel... —la voz de Vega me trajo de vuelta—, vamos, que nos dejan atrás.

Miré cómo los otros que formaban el grupo ascendían por una colina muy por delante de nosotras y asentí tras cerrar del todo la cremallera de la chaqueta.

La chica sonrió conforme al ver mi predisposición, y nos pusimos en marcha de inmediato buscando alcanzarlos.

En nuestra excursión hasta la guarida de Caperucita, no pude ver mucho más que campo, algunas cabañas sueltas y más campo. Tampoco es que la hora fuera la más indicada para hacer un *tour* turístico, pero esperaba algo más.

Vega debió notar mi desilusión porque acopló sus pasos a los míos y trató de darme conversación.

—¿Qué ocurre?

Alcé la mirada hacia el cielo, elevé los brazos al aire y los dejé caer a continuación.

—No sé, me esperaba otra cosa.

Ella me empujó con cariño y sonrió.

—Siempre podemos volver mañana —me indicó cómplice—. Te puedo enseñar algo...

La observé expectante.

—¿Lo harías?

—Claro. Si vas a formar parte de esto, deberías conocerlo.

Yo tragué como pude tras escucharla y asentí con lentitud.

«Formar parte de esto».

La magnitud de todo lo que implicaba *esto* me sobrepasaba, pero tenía que retener mi ansiedad, porque no podía permitir que apareciera en mitad de...

—¿Dónde estamos? —la interrogué cuando me percaté de que, en realidad, no sabía dónde nos encontrábamos.

—En los terrenos de Hamelín.

—¿El flautista?

Vega asintió.

—Sus tropas están dormidas, por lo que no hay problemas para atravesarlas. Están bajo tierra —me aclaró—. De día, es otra cosa.

Asentí con la cabeza, aunque no sabía muy bien a qué se refería. ¿Podrían ser las ratas sus tropas? Ya podría esperarme cualquier cosa.

—Pensé que saldríamos al lado de la casa de Winifred —le mencioné lo primero que había pensado cuando Merlín creaba el portal, tratando de ignorar lo de las ratas. No quería pensar en ello.

—Dime la verdad, ¿lo que querías es probar un ladrillo de regaliz o la tarta de queso que tiene en el tejado?

Sonreí sin evitarlo y negué con la cabeza.

—No habría sido mala idea. —Me llevé la mano al estómago—. Hace bastante que comí.

Vi que Riku, que iba por delante de nosotras, detenía sus pasos y me ofrecía una barrita de cereales cuando lo alcanzamos.

Yo también me paré, pero fue más por la sorpresa de su gesto.

—Gracias —le indiqué, y él solo movió la cabeza, para proseguir caminando.

No le costó nada alcanzar la cabeza del grupo de nuevo, y Minerva aceleró el paso para ir a su lado.

—¿Habrá algo entre esos dos?

—Ya quisiera Minerva —susurró Vega, acercándose a mí.

—He hablado en voz alta, ¿verdad? —pregunté con timidez.

La chica pasó su brazo por mis hombros.

—Más bien susurrando, pero tengo un oído muy fino.

—Y también lees la mente, ¿no? —solté de golpe, y ella me miró sorprendida.

—Algo así —afirmó—, pero te lo explicaré mejor cuando regresemos. —Movió la cabeza hacia la pareja que iba por delante—. Y eso también si quieres.

—No es de mi incumbencia...

—Pero un cotilleo nunca viene mal tras una misión —susurró divertida, y deshizo el abrazo.

Solo sonreí y seguí caminando mientras nos sumergíamos en un tenso silencio.

Los cinco íbamos pendientes de cualquier ruido extraño. Nada nos impedía la visión, pero, a su vez, eso facilitaba que nos vieran. Éramos un blanco fácil, pero Vega me insistió con que, a esas horas y por esa zona, no había peligro. Es por ello por lo que, aunque íbamos atentos para evitar sorpresas, podíamos ir más relajados hasta estar cerca de nuestro destino.

—Hay puertas mágicas por todo el mundo de los cuentos —me explicó Vega, pasado el tiempo, reanudando la conversación anterior—, y esta por la que hemos cruzado es la que estaba más próxima al lugar donde se celebra el cumpleaños de Caperucita.

—Entonces, ¿hay muchos portales?

—Solo hay que saber abrirlos —dijo Minerva, que seguía por delante de nosotras—. Es fácil. Unas palabras, un movimiento y polvo de hadas.

Miré a Vega con los ojos como platos cuando escuché eso último.

—No le hagas caso. Te está tomando el pelo —me indicó con rapidez al percatarse de mi asombro, y solté toda mi ilusión con un bufido indignado.

—No la animes —reprendió Riku a la hermana de Axel con chanza—, o no nos la quitaremos de encima ni con disolvente.

La chica se carcajeó y no se cortó nada en hacerlo en alto.

Yo agaché la cabeza, abochornada, y me mantuve callada, hasta que noté como la actitud de mis compañeros se transformaba. Iban más alertas.

—¿Ya hemos llegado? —pregunté, y miré a Vega, que sostenía el arco con ambas manos sin perder de vista lo que nos rodeaba.

Se llevó un dedo a los labios y me agarró el brazo para empujarme hacia un bosque cercano.

Riku se adelantó, desapareciendo de nuestra vista, y los dos hermanos nos siguieron muy de cerca.

—Ahora calladita, bonita —me ordenó Minerva. Y, si no fuera porque sentía el miedo instalado en mi estómago, le habría dicho dónde podría meterse ese *bonita.*

Vega me pidió con los ojos que me tranquilizara y me animó a seguirla sorteando los árboles.

Vi cómo la pareja se separaba para caminar por detrás nuestra. Axel, con la mano sobre la empuñadura de su espada y su hermana, con dos dagas en ambas manos.

Llegamos hasta el final del bosque y la iluminación de una gran construcción me sorprendió. Sentí cómo una mano se apoyaba en mi hombro y, al descubrir de quién pertenecía, vi el perfil de Riku.

«¿Cómo había aparecido a mi lado tan pronto?».

—Sirenita, al suelo —me ordenó.

Estuve a punto de negarme, pero Vega se acercó a nosotros y asintió, corroborando la orden.

Bufé indignada, pero acabé sentándome sobre la hierba seca. Me crucé de piernas y brazos, y desde mi posición, muy inferior a la del resto, escuché lo que se decían.

—Minerva, Vega..., conmigo. —Riku señaló con el dedo a las dos chicas, que asintieron de inmediato—. Axel —se volvió hacia él, enfrentando sus miradas—, no la pierdas de vista.

—No soy una niña indefensa, Riku —me defendí.

El chico moreno me miró desde su altura y me sentí todavía más pequeña. Muy pequeña.

—Veremos si no metes la pata. —Fue Minerva la que habló, dejando claro lo que pensaba de que estuviera allí.

Yo tensé la mandíbula y agaché la cabeza. Estaba enfadada, pero también me sentía patética. Sabía que no podía ayudar de igual manera que ellos, pero que me trataran como una inútil era algo que odiaba.

Riku ni me contestó, y no supe si prefería que me ignorara a sus afrentas.

Tras eso, intercambió nuevas indicaciones con Axel y los vi alejarse agachados, en silencio, en dirección a la construcción que había delante nuestra. Era una gran nave, con una azotea rectangular, que se podía deducir que tenía dos plantas por las ventanas que había en su fachada. No pasaba desapercibida en mitad de... la nada, porque no se podía apreciar mucho más en kilómetros a la redonda, y tampoco es que quisieran esconderse. De seguro que desde la Estación Espacial Internacional podrían fijarse en ella, si es que desde el espacio se podía ver el mundo de los cuentos.

«¿Se podrá?», me pregunté mientras observaba cómo, tras un tiempo prudencial, los tres rodearon el edificio, desapareciendo de mi vista.

No los volví a ver.

Axel se tumbó a mi lado, entre la maleza, y yo imité su posición. Vimos cómo llegaban los invitados entre gritos y algarabía. No podíamos identificarlos bien desde nuestra posición, pero me pareció que, entre los asistentes, no todos eran humanos.

Las risas, la música y las conversaciones se repetían, y lo que empezó a ser algo novedoso terminó siendo cansino.

Axel no tardó en desaparecer tras darme un beso en la mejilla y guiñarme un ojo, cómplice. Me pidió que le guardara el secreto, que no tardaría en regresar y que no me moviera de aquí.

Aquí seguía, entre los arbustos, esperando... ¿El qué? Ni idea. Pero seguía órdenes. Las de Riku.

CAPÍTULO 14

Mi abuela siempre me ha dicho que, cuando estoy enfadada, no pienso.

Actúo.

Y, si me viera en este momento, no podría llevarle la contraria.

—Ariel, no podías estarte quietecita —me dije, mientras me arrastraba entre la hierba en dirección a la casa.

Las voces cada vez las tenía más cerca, y la música la apreciaba mejor. Identifiqué la canción que sonaba en los altavoces, *Enemy,* de Imagine Dragons, y me sorprendí porque, aunque estábamos en el mundo de los cuentos, se podría decir que estas personas estaban actualizadas en lo referente a gustos musicales, y estos eran bastante buenos.

Comprobé que fuera del edificio ya quedaba menos gente —unos pocos borrachos que habían caído al suelo, apoyados en la pared de la construcción o sin ningún tipo de apoyo y estaban tirados en el suelo, pero ninguno soltaba la botella que llevaban entre las manos— cuando de pronto apareció una carroza de la nada.

Era de gran tamaño, sobria y sin ningún tipo de adorno, e iba tirada por cuatro caballos grises, de pelajes muy similares. Tenía las cortinas oscuras echadas para que no se pudiera ver su interior, lo que era de lo más sospechoso.

Nadie salió de ella, pero una mujer entrada en carnes que portaba una capa roja apareció en la entrada del edificio sin dilación.

«Esa debe ser Caperucita Roja», pensé. Y, aunque Vega ya me había avisado de que los cuentos describían una mujer muy distinta a la real, además de que se notaba el paso del tiempo en su exterior, no pude evitar asombrarme al verla.

El cabello lo llevaba recogido, aunque tenía más mechones sueltos que sujetos por el moño que se había hecho. Había sido rubia. Las historias siempre la describían así. Pero su color natural había desaparecido y, en su lugar, el pelo blanco brillaba por la iluminación de la casa.

«No es el primer cumpleaños que festeja», pensé, porque esa era la razón por la que estábamos allí. Era el cumpleaños de Caperucita Roja y, por los informes que Minerva había conseguido de un tal Tin, esta era la mejor noche para conseguir la reliquia que necesitábamos.

La mujer posó las manos en sus caderas, donde una falda marrón, bastante pesada, se sujetaba con un cordel. La tela le llegaba hasta el suelo, pero esto no evitaba que asomaran las enaguas blancas por debajo. El pecho sobresalía por el escote redondo de la blusa, una que se notaba que le quedaba algo pequeña por la presión que ejercía este en la tela, y que parecía que iba a salirse de su prisión en cualquier momento.

No disimulaba su enfado al mirar la carroza, por lo que llegué a la conclusión de que la visita era inesperada.

—¿Ha venido a felicitarme? —preguntó con ironía a la persona que estaba dentro de la carroza.

No se escuchó nada y ni el cochero se inmutó. Seguía con las riendas en las manos y la vista fija en los caballos.

De pronto, la puerta de la carroza se abrió y pude ver cómo salía un hombre alto vestido de negro. También llevaba una capa, pero este, al contrario que la mujer, sí tenía en la cabeza la capucha, lo que evitaba que se le pudiera ver el rostro.

Se acercó a ella, la tomó del brazo e intercambiaron unas pocas palabras que no logré escuchar.

No tardaron mucho en platicar. Escasos segundos que, cuando llegaron a su fin sin ninguna despedida, el desconocido sentenció subiendo a su transporte de nuevo. Golpeó el techo de madera y los caballos se pusieron en movimiento.

Caperucita Roja observó cómo partía, se giró hacia el campo que tenía enfrente, donde yo estaba escondida, lo que hizo que me encogiera sobre mi cuerpo instintivamente por miedo a que me encontrara, y regresó al interior del edificio al poco.

«¿Qué acaba de suceder?», me pregunté. Y no fui consciente de que había atrapado con mi mano derecha un manojo de hierba hasta que tomé una decisión.

Me incorporé, no sin comprobar antes que nadie apreciaba mi presencia, y salí corriendo hacia el edificio. Casi reboté contra la pared exterior cuando llegué a su altura por la velocidad que llevaba. Escondí las puntas de mi cabello por el cuello del jersey y me coloqué la capucha que tenía la chaqueta.

No lo pensé.

No me paré a analizar si era o no una buena idea, y, cuando me colé por la entrada de la vivienda, ya no había vuelta atrás.

Me escondí entre las sombras, sin despegar mi espalda de la pared rugosa que tenía más cerca mientras posaba los ojos por cada rincón o persona que había por allí. Traté de no centrarme demasiado en ningún invitado, ya que no quería atraer la atención. Solo tenía que encontrar algún indicio de que mis compañeros estaban seguros, que no había ningún problema, y entonces regresaría a mi sitio.

Me fijé en que el interior de la construcción era tan grande como lo que se apreciaba desde fuera. Estaba compuesta por una sala diáfana, sin ningún muro o columna que impidiera caminar, lo que me facilitaba la visión.

No tenía que moverme mucho para examinarlo todo.

En el centro del edificio había una mesa rectangular enorme que iba de lado a lado, y sobre ella habían dispuesto variedad de alimentos. La mayoría de los invitados se reunían alrededor de ella, comiendo y bebiendo sin parar, lo que me permitía una mayor libertad, ya que estaban concentrados en llenar sus estómagos y nada atentos a la llegada de algún intruso. O intrusos.

No supe identificar bien las viandas que había desde mi posición, pero me pareció apreciar un cochinillo con una manzana en su boca sobre una gran bandeja plateada y varias montañas de perdices en diferentes recipientes bañadas en salsa. Además de dulces. Tartas, pasteles y helados que se derretían por el exterior de los recipientes, llegando hasta el suelo.

Las jarras con bebida pasaban de mano en mano o de pezuña en pezuña, porque, cuando me di cuenta de que allí había seres que tenían cara de jabalí, con cuernos curvados hacia delante, que no tenían reparos en masticar la pierna de sus congéneres, me dio una arcada y mi estómago se revolvió.

Me volví con rapidez hacia la pared que tenía detrás y posé la mano en ella, buscando recuperar el aire que me había robado esa escena, cuando un golpe en mi espalda me desestabilizó.

—¿Estás bien, muchacho? —La voz era pastosa, gangosa, por lo que deduje que quien fuera estaba bebido.

Solo asentí con la cabeza.

Me había confundido con un chico —suerte que no tenía las curvas de Minerva—, y no quise incorporarme para que pudiera apreciarme mejor.

El desconocido me golpeó de nuevo, se carcajeó y me ofreció una de esas jarras con bebida, de la que parecía que todo el mundo disfrutaba.

—Venga, esto te sentará bien. —La tomé sin despegar mis ojos del suelo y sentí que se alejaba de mí sin mayor preocupación. Parecía que ya había cumplido con la buena acción del día, si esa gente era dada a esas cosas.

Observé por encima del hombro su ancha espalda, que iba escondida bajo una camisa de cuadros descoloridos, y la calva que asomaba en su coronilla mientras caminaba con paso cansado.

Solté el aire que retenía en mi interior de forma inconsciente y, tras mirar a cada uno de mis lados, dejé en el suelo la jarra de bebida sin catarla. Tiré de los extremos de mi capucha hacia abajo, con intención de volver a mi examen, cuando me agarraron con fuerza del brazo.

—¿Qué haces aquí, Sirenita?

Los labios de Riku estaban próximos a mí y, por su cara, no estaba nada contento de verme.

Fui a explicarme, a contarle lo que había presenciado y que había algo que me olía mal, pero no me lo permitió.

Tiró de mí hacia la derecha y me llevó, casi arrastrando, hasta un pequeño corredor oscuro que se adentraba por el interior del edificio.

—Riku…

Él me chistó, acallándome.

—Aquí no —me ordenó, y me mordí el labio inferior al escuchar el tono que usó.

CAPÍTULO 15

Traté de igualar sus pasos, busqué que me soltara, pero fueron dos cosas que no logré. Riku seguía caminando por delante de mí, ignorando mis intentos, y su mano se mantenía anclada a mi brazo.

Por suerte, no nos cruzamos con nadie hasta que llegamos a una habitación muy pequeña con una puerta de madera enmohecida, que se cerró tras nosotros cuando la atravesamos. Las risas, conversaciones e incluso la música se quedaron lejos, y un silencio sepulcral nos arropó.

Solo había una luz encendida, la de la lámpara que había sobre una mesa, pero que no ayudaba a alejar las sombras que invadían la estancia.

—Ariel... —me llamó Vega, sorprendida, en cuanto entramos, y yo sentí cierto alivio al reconocer su voz.

En ese instante, Riku me soltó como si le quemara mi contacto, y yo me pasé la mano por la zona que me ardía.

Minerva miró al chico y, luego, a mí.

—¿Y Axel?

Me encogí de hombros.

—No sé...

—¿Cómo que no sabes? —me preguntó, acercándose a mí—. Estaba contigo.

—Estaba, pero desapareció.

La chica arrugó el ceño y acortó todavía más la distancia que nos separaba.

—¿Cómo que desapareció? ¿Le has hecho algo? —soltó. Y, por la forma de hacerlo, supe que me mataría si mi respuesta era afirmativa.

Riku se colocó entre las dos.

—Minerva, déjala.

Lo miró extrañada.

—¿Que la deje? —Me señaló—. Se presenta aquí, no sabemos si le ha hecho algo a mi hermano... ¿y quieres que la deje?

—Minerva... —posó una mano sobre su hombro y buscó sus ojos—, la misión.

—¡La misión! ¡A la mierda la misión! —casi gritó—. Me voy a buscar a Axel...

—Minerva, detente —le pidió Vega, que se había acercado a nosotros—. Tu hermano está bien. Tranquila.

—¿Lo sientes?

Vega asintió y la otra chica hizo un gesto de conformidad. Me observó con cara de pocos amigos y regresó al lado de la otra persona que había en la estancia, y que no había notado su presencia hasta ahora.

Los dos intercambiaron miradas y regresaron a lo que estuvieran haciendo antes de mi intrusión.

El desconocido era un chico de pelo corto, rubio, de pequeña estatura. Solo le llegaba a Minerva hasta la cintura, y vestía con lo que parecía un uniforme de soldado. Era de un tono azul algo envejecido y una raya vertical roja. Le faltaba el gorro alto de los soldados para pasar por uno.

—Ariel, ¿qué haces aquí? —me preguntó Vega en voz baja.

Riku se movió hacia un lado y cruzó los brazos mientras esperaba mi respuesta.

Traté de ignorarlo, pero me resultaba de lo más difícil.

—Mientras os esperaba fuera...

—Donde deberías seguir —indicó Riku con brusquedad, sin dejar que me explicara.

Lo miré y posé las manos a ambos lados de mis caderas, colocando los brazos en jarras. Era insufrible.

—No sabríais lo que he visto.

—Podrías haber esperado a que saliéramos para informarnos de ello —atajó serio—. Solo tenías que seguir las órdenes, Sirenita.

—Pero es importante.

—Nada es importante, salvo la misión —insistió, y puse los ojos en blanco.

—Chicos, chicos..., por favor. —Los dos miramos a Vega—. Dejemos la pelea de gallos para más tarde, ¿de acuerdo?

Riku levantó los brazos y los dejó caer a continuación.

Yo me volví hacia ella, no sin antes mirarle con todo el odio que tenía acumulado para que supiera que no lo soportaba.

—Ariel, ¿qué ha ocurrido? —insistió Vega—. ¿Qué has visto?

—Una carroza...

Minerva emitió un sonido escéptico, dejando claro que estaba atenta a la conversación y lo que pensaba de ella.

—Mirad, de verdad —me rendí—, solo venía a avisaros de que en esa carroza iba un hombre extraño que habló con Caperucita Roja y que, tal como llegó, se marchó. Que había algo que no me gustaba. No sé si en sus modos, en la forma en la que hablaron... No sé. Quizás fue un error y, como ya dejáis claro, soy un estorbo y estoy mejor fuera —dije de carrerilla, y me volví hacia la puerta. Tal vez, si regresaba al salón, nadie se percataría de mi presencia y podría volver a mi lugar de observación, que nunca debí haber abandonado.

—¿Cómo era el hombre? —me preguntó el compañero de Minerva.

Me giré hacia él y, gracias a la luz de la lamparilla de la mesa que estaba más cerca de su rostro, pude observar que no parecía humano. Su cara relucía y no era muy expresiva. Parecía hecha de metal, de uno gris... De plomo.

«Quizás sea el soldadito de plomo... Puede...».

—Sirenita... —me reclamó Riku, para que respondiera.

—No lo pude ver bien —afirmé, tratando de centrarme—, pero era más alto que la mujer, vestía de negro y llevaba una capucha también de ese color.

—¿La carroza de madera sin adornos? ¿Sin ninguna identificación? —preguntó al momento el chico de plomo.

—Tirada de caballos grises...

—Tin, ¿qué ocurre? —lo interrogó Riku al notar su preocupación.

Este nos miró como si fuera a decirnos algo importante, pero al poco negó con la cabeza con demasiada lentitud. Era como si no estuviera convencido del todo.

—Creo que nada, pero será mejor que nos demos prisa —indicó.

Riku miró a Minerva e hizo un movimiento hacia la puerta.

La chica no tardó en salir por ella, cerrándola de inmediato.

Vega se acercó a Tin y ambos desaparecieron por detrás de la mesa.

Yo miré a Riku, esperando sus órdenes.

—Ya que estás aquí, tendrás que ayudarnos —comentó con resignación—. Pero harás lo que te pida y sin quejarte.

Asentí sin añadir ni una palabra. La tensión se palpaba en el ambiente y no quería acarrear más molestias, aunque eso no quería decir que, cuando saliéramos de aquí, no me volvería a enfrentar a Riku. No lo soportaba y era evidente que ese sentimiento era mutuo.

Nos acercamos a la mesa en silencio, pendientes de cualquier sonido que pudiéramos escuchar, y, cuando llegamos a la zona en la que debía estar Vega y Tin, me encontré con un agujero enorme.

No había ni rastro de la pareja, por lo que supuse que habían desaparecido por su interior.

—¿Dónde han ido? —Riku tomó la lámpara y la acercó al agujero.

No vi nada.

—Nos esperan —afirmó, y, por un segundo, creí identificar una nota de diversión en su voz.

Lo miré con los ojos como platos y me acerqué un poco más al borde de lo que parecía una inmensa madriguera.

—¿Y quieres que yo...? —Negué con la cabeza, incapaz de terminar la pregunta—. Ni loca.

—Pensé que ya lo estabas, Sirenita —indicó, y sentí un empujón.

Mis pies cayeron dentro del agujero y yo, aunque traté de no gritar, no pude evitarlo. Estaba en el interior de un tobogán gigante que se hundía por la tierra, haciendo giros y tirabuzones, mientras notaba que su oscuridad me abrazaba. Mis ojos se cerraron involuntariamente y, aunque la caída debió de durar apenas unos minutos, me dio la sensación de que no terminaría nunca.

Aterricé sobre un suelo blando y unas manos trataron de ayudarme.

—Ariel, ¿estás bien?

Pestañeé varias veces, tratando de centrarme, hasta que identifiqué el rostro de Vega.

—Vega...

Ella se rio y asintió mientras colaba las manos debajo de mis axilas para tirar de mí, y yo intentaba que mis piernas recobraran estabilidad.

—¿Te has hecho daño?

—No, más bien, ha sido el susto.

—Si han oído sus gritos allá arriba, sabrá lo que es el dolor de verdad —comentó Riku, que de repente se encontraba detrás de mí.

«¿Cuándo ha llegado?».

Le vi tratando de quitarse el polvo, que se había adherido a los pantalones, y me lancé a por él sin pensarlo.

—¡Eres un gilipollas! —le escupí, y le golpeé el pecho con fuerza.

—Ariel, para. —Vega trató de detenerme agarrándome de la cintura, pero era imposible.

Estaba muy enfadada. Histérica. Lo odiaba.

—Sirenita, al final sí que te vas a hacer daño —indicó Riku, y me sujetó las manos. Nuestras miradas se encontraron—. Teníamos prisa y no podía estar convenciéndote.

Tensé la mandíbula.

—Quizás habría saltado sin necesidad de ayuda.

—Quizás... —afirmó, y acercó su rostro al mío—, pero eso jamás lo descubriremos.

Nuestras respiraciones se enredaron y estoy segura de que pudo leer en mis ojos la ira que bullía en mi interior.

—Suéltame —rumié.

Él miró sus manos, que sujetaban mis muñecas, y luego se centró en mi rostro.

—¿Te vas a portar bien? —Sonrió al escuchar cómo rechinaban mis dientes. Me estaba cansando de que me tratara como una niña—. Sirenita...

Asentí a regañadientes y me soltó.

En cuanto me vi libre, le di una bofetada. Me dolió la mano, pero el ver la rojez de su mejilla me hizo obviarlo.

Riku sonrió y dio dos pasos hacia mí, pero Vega se interpuso entre los dos.

—Chicos, en serio, cuando todo esto termine, vais a tener que solucionar lo vuestro.

Yo fruncí el ceño y arrugué los labios.

—No hay nada que arreglar.

—No sé de qué hablas —dijo Riku, y se volvió hacia Tin, que nos observaba entre sorprendido y divertido.

—¿Se comportan así todos los días? —Nos señaló, pero la pregunta era para Vega.

Esta se encogió de hombros, recogió el carcaj y el arco, que debía haber lanzado por delante de ella para evitar que se estropearan, y comentó:

—Se conocen desde hace dos días.

El soldado de plomo se carcajeó.

—Seguro que así no te vas a aburrir.

—No, eso no —indicó, y los dos intercambiaron gestos cómplices.

—Tin, la reliquia —habló Riku con voz seria, recordando la razón por la que estábamos todos allí, y, por consiguiente, cortando la diversión de golpe.

El chico lo miró tirando de su chaquetilla del uniforme, recomponiéndose, y vi cómo Vega ponía los ojos en blanco.

—Tiene que estar cerca.

—¿Dónde? —preguntó con insistencia, mirándolo desde su altura.

El soldado agarró el cuello de la camisa e hizo hueco entre la tela y su piel, parecía que le costaba respirar. Se movió de un lado a otro de la estancia, como si examinara el espacio, y pude apreciar que cojeaba levemente al caminar.

—No lo sé…

—Tin, no hay tiempo —lo cortó con brusquedad.

—Tin, ¿qué sabes? —intervino Vega, evitando una posible discusión.

El chico miró a la pareja y luego señaló a la izquierda. Fue en ese momento cuando aproveché para prestar mayor atención al sitio donde nos encontrábamos, ya que, entre el susto de la caída y el enfado con Riku, no había tenido oportunidad para hacerlo.

La sala era inmensa. En realidad, no sabía cómo llamarla, porque más que ser una simple habitación, parecía un gran sótano donde se guardaban trastos viejos. Si ya me había llamado la atención la habitación en la que se celebraba en ese momento el cumpleaños de Caperucita Roja por encima de nuestras cabezas, esta parecía que tenía el doble de tamaño.

No había muebles. Nada donde sentarse o donde apoyar las cosas, por lo que los objetos que atesoraban y que invadían todo el espacio estaban amontonados por el suelo. Al parecer, sin ningún orden determinado. Y el suelo por donde caminábamos era de color verde y muy esponjoso, lo que había evitado que, con mi caída desde la madriguera, me lesionara. Aunque tenía un inconveniente, que, debido a su escasa firmeza, nos obligaba a andar de forma inestable. Parecía una inmensa colchoneta como las que montan en las atracciones de los pueblos.

—Caperucita siempre va hacia allí —indicó Tin, y vimos una pirámide gigante que casi llegaba al techo. Estaba formada por objetos de lo más variopintos.

Había tazas, cubiertos, cuadernos, libros, ruedas, bicicletas, candelabros y armarios entre otras muchas cosas. No tenían ninguna relación entre ellas, pero se amontonaban de tal forma que seguro que nos iba a resultar de lo más complicado encontrar lo que buscábamos.

—¿Estás seguro? —lo interrogó Riku, y Tin asintió—. Vega, ¿lo sientes?

—Hay algo, pero es muy débil.

El chico moreno asintió y comenzó a moverse hacia esa zona.

—Vamos a probar a estar más cerca. —Fui a dar el primer paso cuando Riku nos detuvo—. Tened cuidado de dónde pisáis. No quiero más sorpresas por hoy. —Me miró y supe que iba por mí.

—Riku, te estás volviendo un cascarrabias —señaló Vega, y lo adelantó sonriendo.

Pude escuchar cómo este gruñía, lo que también me arrancó a mí una sonrisa, y, a continuación, me puse en marcha.

—Yo os espero aquí —nos informó Tin, golpeándose una de las piernas, que sonó a madera hueca—. Será más seguro.

Riku asintió, conforme.

—No tardaremos. Sirenita, a mi lado —me ordenó—. No quiero...

—Eres un pesado —le solté ya cansada, y Tin se rio.

Riku lo miró y sus carcajadas cesaron de inmediato.

Justo en ese momento, aproveché para adelantarlo y me coloqué al lado de Vega, muy pendiente de dónde pisaba. No pensaba hacerle caso.

Si le molestó mi actitud, no lo demostró. Solo escuchaba su respiración por detrás de mí, lo que me ponía más nerviosa si cabe.

Fuimos despacio, esquivando las montañas de objetos que nos encontrábamos cada pocos metros. Pude ver de todo, hasta un trono, un sarcófago o una sencilla escoba.

—¿Qué son? —pregunté a Vega.

—Las cosas perdidas...

—¿Todo esto lo pierde la gente?

—O lo olvida —apuntó Riku.

Lo observé por encima del hombro, pero él no me miraba. Iba pendiente de lo que nos rodeaba, como si esperara que en cualquier momento alguien nos atacara.

—Cuando olvidas el uso de las cosas o la razón por la que lo compraste, esos objetos tienen que terminar en algún lugar —me explicó Vega.

—Pero se reciclan o se tiran a la basura —indiqué, porque era lo que todo el mundo hacía cuando se rompía algo o ya no querían que ocupara espacio en su casa.

—Pero la esencia de esos objetos pervive aquí. —Elevó los brazos, abarcando el lugar donde nos encontrábamos, justo cuando llegamos a nuestro destino.

Alcé la cabeza con intención de ver la cúspide, pero era algo imposible desde mi posición. Debía tomar distancia si quería lograrlo, por lo que retrocedí, sin apartar la mirada de la pirámide, cuando sentí la mano de Riku sobre mi espalda.

—Mira dónde pisas —me indicó, y señaló un reloj viejo que estaba a punto de golpear.

No entendía la razón por la que debía tener tanto cuidado. Los ocupantes de la vivienda estaban tan ensimismados en la fiesta que no iban a escuchar si golpeaba algún objeto. Era imposible que llegara a sus oídos un leve soniquete, ¿no?

Pero, aun así, asentí con la cabeza y me aparté de él sin disculparme.

Estaba cansada de parecer ante sus ojos tan torpe.

—Vega, ¿qué nos cuentas? —le preguntó, y se acercó a ella.

Estaban los dos a los pies de la montaña y vi cómo la chica realizaba movimientos extraños con su mano derecha.

—Puede ser...

—Necesitamos seguridad —le exigió Riku con sequedad.

Vega, en vez de contestarle, se acercó un poco más a la pirámide y posó la misma mano derecha sobre una especie de trofeo. Lo hizo con mucho cuidado.

—Arriba —dijo de pronto, y miró en la misma dirección.

—¿Segura? —preguntó el otro.

Ella asintió y se deshizo del arco, que dejó caer al suelo.

—Puedo subir y...

—No, te necesito aquí. Conmigo —la contradijo Riku con rapidez—. Lo hará Ariel.

Los dos me miraron ante ese anuncio.

—¿Yo? ¿Qué queréis que haga?

—Subir ahí arriba y localizar la rosa —me informó el chico, mientras señalaba la cúspide con la mano.

—¿Os he dicho ya que tengo pánico a las alturas? —No era cierto, pero no estaba tan loca para escalar entre objetos inestables.

Vega se rio y se me acercó.

—Es algo fácil. No te preocupes. —Me empujó hasta los pies de la montaña y me ayudó a quitarme el abrigo—. Te apoyas en ellos con cuidado y asciendes.

—Suena fácil...

—Lo es —atajó ella de inmediato—. Están unidos por la magia y no caerán. Soportarán tu peso.

—¿Seguro?

—Seguro —afirmó Riku, interrumpiendo nuestra conversación—. Tenemos algo de prisa, Sirenita, por lo que..., por favor.

Era la primera vez que me pedía algo con educación y, aunque no quise ceder con tanta facilidad, asentí.

—¿Vosotros qué haréis mientras tanto?

Vega y Riku intercambiaron miradas mientras se colocaban en un ángulo agudo, donde el vértice era yo misma, y preparaban sus armas. Ella tenía el arco entre las manos y una flecha colocada en su lugar en posición horizontal, y Riku sacó otro arco, de iguales proporciones que el de la chica, pero que iba extendiendo poco a poco hasta llegar a su posición original.

No sabía dónde lo había llevado guardado, y lo que también desconocía era por qué lo necesitábamos ahora.

—Tú no mires para abajo, Sirenita —me aconsejó Riku.

—En cuanto toques los objetos, tendremos visita, pero tú sigue escalando —me indicó Vega, y me guiñó un ojo.

Resoplé con fuerza, haciendo que mi flequillo subiera y bajara varias veces, y les di la espalda. Miré todos esos objetos que debía escalar y, tras contar hasta tres mentalmente, comencé con mi tarea.

Apoyé la mano izquierda en el hueco de un cajón de un pupitre y calcé el pie derecho sobre una torre de libros. Me alcé levemente, comprobando que lo que me habían dicho era cierto, sobre eso de que los objetos no se moverían, y terminé ascendiendo poco a poco. Intercambiaba manos y pies, buscando aquello que me parecía más sólido para aguantar mi peso, aunque nada se movía. Nada cedía y, por tanto, mi ascenso cada vez era más rápido.

Iba confiada. Una sonrisa se había instalado en mi cara, y parecía que lograría la cúspide sin problemas, hasta que un sonido, proveniente de la parte de abajo, atrajo toda mi atención.

Miré para descubrir a qué era debido, y vi cómo Riku y Vega luchaban contra...

—¡Ratas! —grité, y mi pie derecho resbaló. Mi mano izquierda perdió estabilidad y, si no hubiera sido por mis reflejos, habría caído sin poder evitarlo.

—¡No mires abajo! —Escuché la voz de Riku, que, sin mirarme, supo lo que acababa de hacer.

Lo busqué justo cuando uno de esos animales se lanzaba sobre él y ahogué un grito cuando desapareció de mi vista. Llevé una de mis manos a la boca, no sin antes asegurarme de que me encontraba en una posición estable, y no fue hasta que vi a Riku aparecer por debajo de la rata para lanzar una flecha con su arco a otra que se les acercaba que no volví a respirar con normalidad.

—¡Ariel, arriba! —me ordenó Vega, cruzando una mirada conmigo. Y, sin dudar ni un segundo más, hice lo que me pedía.

El sonido de la lucha llegaba hasta mis oídos con demasiada claridad, al contrario de lo que había sucedido antes. No sé si se debía a que la batalla era más encarnecida o a que yo era más consciente de lo que sucedía por debajo de mí.

—Arriba, Ariel. Arriba —me repetí, sintiendo cómo el sudor se me amontonaba en la frente y por encima del labio—. Arriba... —Notaba que las fuerzas me flaqueaban y que mis músculos comenzaban a doler—. ¡Arriba...! —grité, dando un último impulso al pisar el mármol de un inodoro—. ¡Ya he llegado! —anuncié, y volví a mirar hacia abajo.

Estaba de rodillas y tenía todo el cuerpo encorvado mientras mi cabeza asomaba por encima de una mesilla de noche.

—¡Busca la flor! —me ordenó Riku, lanzando una flecha a una de las ratas, pero no acertó—. ¡Ariel, la rosa! —insistió, y vi cómo sacaba un puñal del interior de la bota para lanzarse contra el animal.

—Sí, la rosa —repetí, y me moví sin demasiado cuidado. Golpeé una almohada, que estaba más dura que blanda, y palpé las maletas que se amontonaban en la cima.

No encontré nada.

—¡Ariel, date prisa! —me gritó Vega, y me puse todavía más nerviosa.

Me metí por debajo de dos sillas que estaban alineadas. Por las que pensé que no cabría, pero parecía que estaba equivocada. O que estas se apartaban a mi paso, porque apenas toqué las patas.

Vi un agujero entre varios relojes y me asomé por su interior.

—Nada.

Me volví hacia una montaña de sábanas, aparté un poco la tela, lo que me sorprendió porque creía que sería imposible, y me pareció atisbar un brillo. Me introduje un poco más entre la ropa de cama y, sin previo aviso, me precipité por otro agujero. Parecía que me deslizaba por otra madriguera, pero esta estaba formada por objetos «inútiles» y no por tierra.

Alcé las manos, busqué alguna sujeción, pero seguía cayendo sin lograr mi objetivo, hasta que las patas de una cómoda me agarraron.

Dos hierros negros se enrollaron en mi muñeca y abrí la boca sin dar crédito.

Ahogué un grito, miré a ambos lados, mientras una plataforma de metal también se colocaba bajo mis pies.

Todo era demasiado asombroso.

Moví los pies buscando recuperar el equilibrio y, cuando lo conseguí, las patas de metal me soltaron.

—Me ha salvado un mueble… —me dije alucinada, tratando de recuperar el aliento mientras analizaba mi situación.

Estaba en el centro de la pirámide, y todos esos objetos acumulados me rodeaban, mientras pensaba en que no sabía dónde ir, qué hacer o en si mis compañeros me podrían ayudar, cuando una luz intermitente comenzó a brillar delante de mí, como un faro en la tiniebla dirigiendo a los barcos.

Aparté la madera que tenía enfrente, quité unas sartenes y ollas, y me deslicé brevemente hasta un colchón.

No estaba demasiado blando, pero detuvo mi caída y un nuevo agujero se abrió ante mí.

El brillo era más intenso por esa zona. De un color que iba del rosa al rojo y con matices naranjas.

Introduje una de las manos entre dentaduras postizas que conformaban esa nueva cavidad y casi toqué un cristal ovalado, que irradiaba calor.

Moví el brazo tratando de agrandar el espacio y, cuando lo logré, metí medio cuerpo por el hueco.

Las dentaduras me daban repelús ya en mi día a día. Era incapaz de ver cómo una persona mayor, cuando le molestaban los dientes, la movía para recolocarla, pero, a pesar de ello, me autoimpuse alejar mis fobias para alcanzar el objetivo.

Riku y Vega me necesitaban, y solo esperaba que pudieran retener lo que parecía ser un ejército compuesto por ratas hasta que consiguiera la reliquia.

Me moví de nuevo, pateé algunos de los objetos que tenía más cerca, y que me pareció escuchar que rodaban montaña abajo, y me introduje todavía más por la cavidad.

Ya quedaba poco. Muy poco.

Miré hacia delante y observé una cúpula de cristal que protegía una rosa. Era preciosa. Jamás había visto nada igual.

Estiré las manos, rocé el cristal, pero no pude cogerla.

Me moví a un lado, al otro. Golpeé los objetos que impedían que avanzara cuando un gran agujero se abrió en uno de los laterales y la luz del exterior se abrió paso.

—Ariel, no podremos aguantar mucho más.

—¡Corre, Sirenita! —gritó Riku por encima de Vega.

Apoyé los pies sobre varias dentaduras y posé las manos sobre los dientes, apreté con fuerza los míos propios y me impulsé.

Acabé al lado de la cúpula de cristal que protegía la flor.

No pude evitar abrazarla, como si acabara de llegar a un gran tesoro, y sentí que su calor me cobijaba.

En ese momento, las dentaduras comenzaron a caer en cascada, junto a otros muchos objetos, y los sonidos de las ratas me llegaron con claridad.

Vi cómo la pirámide comenzaba a derrumbarse y yo, quieta, con la rosa entre mis manos, me mantenía inmóvil, sin saber muy bien qué hacer.

—¡Ariel! —Riku y Vega me llamaron a la vez.

Me asomé por uno de los agujeros y los vi. Estaban a pocos metros por debajo de donde me encontraba.

Saqué las piernas, abracé con todavía más fuerza la cúpula y me lancé.

—Ya era hora —indicó Riku en cuanto estuve a su lado.

Vega se puso delante de mí mientras lanzaba una flecha a una de esas ratas.

—¿Estás bien?

Yo asentí intentando incorporarme.

Riku me pasó una bolsa negra.

—Métela dentro y cuélgate la mochila a la espalda —me ordenó sin ni siquiera mirarme, pero no me molestó.

En realidad, no tenía tiempo para pararme a pensar en ello.

Me agaché, abrí la bolsa y guardé la cúpula con la rosa. Tomé las asas de la mochila y me la coloqué.

En cuanto estuve de nuevo en pie, pregunté:

—¿Cómo vamos a salir de aquí?

Riku y Vega se miraron, y esta última asintió con la cabeza.

El chico se llevó el pulgar y el índice a la boca, y emitió un silbido que casi me dejó sorda. De hecho, algunas de las ratas que nos rodeaban emitieron un sonido de dolor al escucharlo.

Vega lanzó una nueva flecha y buscó otra en el interior del carcaj, pero ya no le quedaban.

—Riku...

Este silbó de nuevo, y de pronto se hizo el silencio, seguido de una gran explosión.

Las ratas se miraron y comenzaron a retroceder, incluso a huir, dejándonos solos.

—¿Qué ocurre?

Vega me agarró del brazo y tiró de mí, obligándome a que me pusiera en movimiento.

Riku nos guardaba las espaldas.

Un sonido de destrucción nos seguía.

Miré por encima del hombro y observé cómo un gran fuego se extendía por todo el sótano, alimentándose de los objetos que allí había. Iba a gran velocidad. Demasiada.

Comencé a correr, pero el material inestable con el que estaba hecho el suelo y el peso de la cúpula me impedían acelerar. Estaba cansada.

Vega se adelantó, y la vi llegar hasta donde se encontraba Tin, que nos seguía esperando.

Riku se colocó a mi lado.

—¿Necesitas ayuda, Sirenita?

—De ti, jamás —le solté, y aceleré el paso justo cuando escuché que emitía una profunda carcajada.

El fuego crecía, y el calor aumentaba.

—¿Una bomba de tipo tres? —preguntó Riku al chico de plomo cuando lo alcanzamos.

Este sonrió.

—Tipo cinco —explicó—. La coloqué en cuanto Minerva me dijo que vendríais.

Riku asintió y miró las llamas.

—¿Qué hacemos ahora?

—Huir —dijo Tin sin más, y se escabulló por el montículo de objetos que había detrás de él.

Vega lo siguió y Riku me animó a hacer lo mismo.

CAPÍTULO 16

—¿Dónde estamos? —preguntó Vega en cuanto dejamos de avanzar por un túnel oscuro y estrecho, que nos obligó a ir a gatas la mayor parte del camino.

Nos encontrábamos en un cuarto pequeño, con una pared que nos impedía proseguir.

—Ahí delante está el gran salón —nos indicó Tin.

Riku se acercó a la pared y la tocó. Incluso acercó una de sus orejas a la rugosa superficie.

—Pero ahí siguen celebrando la fiesta...

—Con muchos invitados —terminó Vega por su compañero.

El soldado de plomo asintió y caminó hasta una esquina. La cojera era más pronunciada.

—Es la única salida.

Riku y Vega se miraron.

Yo los observé a los tres. No podía creer lo que escuchaba.

Acabábamos de escapar de un ejército de ratas y caíamos en los brazos de los hombres de Caperucita Roja.

—¿La única?

Tin miró el túnel por el que habíamos aparecido, y que todos sabíamos lo que nos esperaba al otro lado, y luego señaló un botón que era apenas imperceptible para la vista y que estaba cerca de él.

—No podemos hacer otra cosa.

Riku asintió y Vega se aproximó al chico de plomo.

—Yo salgo primero —indicó este—, y tú, detrás. —Señaló a Vega, que afirmó con la cabeza—. Cuando sea seguro, vais vosotros dos. —Nos miró a Riku y a mí, y el chico moreno asintió conforme.

Tin movió los dedos de su mano derecha, contando, y, cuando llegó a cinco, pulsó el interruptor secreto. Escuchamos un crujido y una puerta oculta saltó levemente hacia nosotros. Incluso unas pocas esquirlas de pintura se cayeron de la pared. Parecía que esa puerta secreta no se había usado desde hacía mucho tiempo.

El chico con el uniforme tiró con fuerza de uno de los lados y se asomó mientras la música del salón se colaba por donde nos encontrábamos.

Comprobó que no había peligro y nos miró de nuevo.

—Os esperamos al otro lado.

Vega nos guiñó un ojo y fue detrás de Tin, cerrando la puerta tras ellos.

Riku y yo nos quedamos solos, envueltos en el silencio otra vez.

Me acerqué al lugar donde estaba el mecanismo secreto para abrir la puerta y apoyé el hombro en la pared.

No tardé mucho en cambiar de posición, cuando noté que las cintas de la mochila se me clavaban en el cuerpo.

Riku debió de notar algo, porque se me acercó y me dijo:

—Dámela. La llevaré yo.

—No hace falta —me negué sin mirarle—. Puedo con ella.

—Sirenita, sé que puedes —afirmó, y eso sí que me sorprendió—. Has sido capaz de escalar una montaña de objetos inestables y encontrar una de las reliquias que buscábamos desde hacía mucho tiempo. Demasiado, si echo la vista atrás. Aunque sabíamos dónde se escondía, nunca nadie la había visto, y menos obtenido. —Señaló la mochila donde estaba la rosa que portaba.

—Perdona, ¿has dicho inestable? —pregunté, centrándome en lo que más me preocupaba en ese momento—. ¿Esa pirámide podría haberse derrumbado mientras ascendía?

Riku asintió y sonrió como si nada.

—Sí, claro. ¿Qué pensabas? ¿Que esos objetos se sostenían por la magia?

—Eso es lo que me dijo Vega, y tú la secundaste —le indiqué, y me incorporé con los puños fuertemente apretados a ambos lados de mi cuerpo—. Que no me preocupara, porque no se moverían.

—Y no se movieron...

—Sí, lo hicieron, Riku —lo interrumpí—. Al final, cayeron como el agua de una cascada desde gran altura, y yo estuve en el centro mismo de ella. En su interior. Podría haberme sucedido algo si no me hubiera sujetado la cómoda o esa superficie de metal no hubiera aparecido bajo mis pies por «arte de magia» —solté con retintín.

—Perdona, perdona... Espera un momento. —Se pasó la mano por la cabeza—. ¿Has dicho que te ayudaron unos muebles?

—Sí... —dudé—, fueron las patas de una cómoda las que me agarraron primero. ¿Qué ocurre? —pregunté al notar algo diferente en él.

Riku me observó con atención. Demasiada para mi propia paz interior.

—No... Nada... —dijo.

Pero no lo creí.

—Riku...

Un par de golpes cerca de donde nos encontrábamos nos interrumpió.

—Esa es la señal de Tin —me informó, y se acercó al interruptor—. ¿Seguro que no quieres que lleve la mochila?

Lo miré durante unos segundos en los que estuve a punto de negar con la cabeza, pero al final me olvidé de mi orgullo.

—Sí, gracias. —Le pasé la bolsa y vi cómo se la colocaba sin ningún esfuerzo.

—¿Preparada? —Respiré con profundidad y asentí—. Pronto estaremos en casa. —Sonrió y me ofreció una mano para que se la agarrara.

La miré, observé sus ojos, que me retaban a negarme, pero estaba cansada. No tenía fuerzas para hacerme la valiente.

—Eso de casa suena bien —afirmé, y le agarré, recibiendo un fuerte apretón por su parte y un movimiento de conformidad.

Se giró hacia la puerta y tiró de ella. Asomó levemente la cabeza y me miró de nuevo para tranquilizarme.

Estuve a punto de sonreírle igual que me hacía él, pero mi gesto se quedó congelado cuando vi a Caperucita Roja delante de nosotros.

—No me gusta que la gente se presente sin invitación —dijo con voz siniestra, y se apartó del hueco de la puerta para que uno de sus hombres tirara del brazo de Riku.

Lo apartaron de mi lado con demasiada fuerza y yo, aunque traté de resistirme, huir, era muy consciente de que no había ningún sitio al que ir.

—Venga, preciosa, sal de ahí —me pidió un tipo que tenía una sonrisa sin dientes. Su cara era negra, pero por la suciedad que acarreaba, y tenía un cuchillo en la mano, con el que me apuntaba.

Riku asintió con la cabeza para que hiciera lo que me pedían, y, al final, agaché los hombros y fui hacia él.

En cuanto estuve cerca de la pequeña puerta que había en la pared, la mano del hombre me sujetó del brazo y tiró de mí sin ningún cuidado. No pude evitar gritar y patalear mientras escuchaba las risas huecas de los allí reunidos.

Nos encontrábamos en el salón donde se celebraba la fiesta, y los invitados a la misma no estaban muy lejos de nosotros, pero ni siquiera nos miraban. Estaban más pendientes de seguir con lo que hacían, beber y comer, que con lo que su jefa se traía entre manos.

Yo no paré de moverme hasta que la única mujer que había allí, además de yo misma, se me acercó y me golpeó la cara.

Las lágrimas se me amontonaron en los ojos, pero me mordí el labio inferior, tratando de retenerlas. No iba a dejarles que vieran mi sufrimiento.

Me estiré todo lo larga que era y elevé el mentón con altivez. No dejaría que me amedrentaran.

La mujer de cabello cano me regaló una sonrisa maligna que me heló la sangre y asintió con la cabeza, como si estuviera feliz con mi reacción.

—Ya veo que te has buscado una nueva compañera, Riku.

Se volvió hacia el chico, al que sujetaban entre dos mucho más fuertes y grandes que él. Le habían quitado la mochila, que descansaba en el suelo, y le impedían moverse. Pero, aun así, se mantenía firme y no mostraba ningún rastro de temor.

—Caperucita, cuánto tiempo sin vernos —comentó tranquilo—. Escuchamos que era tu cumpleaños y quisimos acercarnos para felicitarte.

La mujer se le aproximó y le pasó una mano por la mejilla, le delineó los labios y se carcajeó.

—Siempre he pensado que estás desperdiciando tus habilidades con esos especialistas —dijo mordaz—. Tus habilidades... y tu cuerpo. —Bajó la mano por su tórax y detuvo su inspección a la altura de la cintura.

Riku ni se inmutó con su contacto. Tenía la mirada al frente y la mandíbula tensa.

—Me cuidan. No podría pedir más —comentó como si mantuviera una charla con una amiga.

Caperucita se acercó todavía más a él.

—Yo podría cuidarte muy bien, si tú me dejaras.

Por instinto, fruncí el ceño, y sentí náuseas al escuchar eso. Riku podría ser su hijo. ¡Qué digo hijo! Podría ser su nieto.

—Quizás le vendría mejor alguien de su misma edad. —Yo y mi lengua suelta.

La mujer se volvió hecha una fiera hacia mí.

—¿Insinúas algo, niña?

Aunque uno de sus secuaces me tenía agarrada, pude encogerme de hombros sin problemas y le regalé una sonrisa de lo más inocente.

—Es su cumpleaños, ¿no? ¿Cuántos cumple?

—Eso, jefa. ¿Cuántos son? —intervino uno de los hombres que sujetaba a Riku—. Cedric y yo lo comentábamos antes, pero ya sabe que los números no son lo nuestro.

—Porque sois unos idiotas —espetó mirándolo. En su cara se notaba que no le hacía ni pizca de gracia que la interrumpieran, y menos con ese tema.

—Mi madre me leía ya su cuento cuando era pequeña —comenté—. Y su madre, a ella, y así desde hace muchos años. Tiene que ser bastante vieja, ¿no?

Caperucita tensó la mandíbula y me agarró del cuello.

El aire comenzó a tardar en llegar a mis pulmones. Me costaba respirar. Me costaba mantenerme erguida.

—Eres una niña muy entrometida —me dijo, y pude ver la locura reflejada en sus ojos azules—. Y a nosotros no nos gustan las niñas entrometidas. ¿A que no, chicos?

Sus hombres asintieron a la vez, mostrando sonrisas espeluznantes.

—¡Caperucita, déjala! —le gritó Riku.

Y esta lo observó con interés.

—Me estoy divirtiendo.

—¡Suéltala!

Su mano apretó con más fuerza mi cuello.

—Quizás deba dejársela a los chicos.

El hombre que me sujetaba acercó su cara a mi cuello y sentí cómo babeaba, porque me salpicó con su saliva.

Se me revolvieron las tripas, y pensé que acabaría devolviendo la barrita de cereales que Riku me había dado cuando nos dirigíamos hacia aquí. Parecía que habían pasado siglos desde aquello.

—Caperucita, como le hagas daño... —Riku dejó la amenaza en el aire, y lo miré, tratando de recuperar el aliento, cuando esta me soltó, como si no mereciera ni un ápice de su atención.

Se volvió otra vez hacia él con los brazos en jarras. La capa roja se movió de lado a lado, recordando a qué se debía su nombre.

—Creo que se la dejaré a mis hombres un rato y, luego, ya me entretendré con lo que quede.

Riku se revolvió y, aunque lo tenían fuertemente apresado, logró soltarse de uno de los dos hombres. Estiró el brazo y estuvo a punto de agarrar a la mujer, pero esta le dio un puñetazo en el estómago con saña, evitándolo.

De inmediato, volvió a estar preso, sin posibilidad de moverse.

—Después me ocuparé de ti —le susurró Caperucita muy cerca de él, mientras trataba de recuperar el aire que le había robado el golpe.

La mujer me miró con gesto asesino, hizo un movimiento al hombre que me sujetaba los brazos, reteniéndome, y sentí cómo tiraba de mí hacia el interior del edificio.

—¡No! ¡Suéltame! —grité y pataleé, cuando empezamos a ver cómo los invitados corrían hacia la salida.

—¿Qué ocurre? —Escuché que Caperucita preguntaba a uno de sus hombres.

—Ni idea —dijo este, y un disparo resonó por el salón.

—Jefa, ¿qué ha hecho? Cedric era muy buen tipo —indicó el hombre que le había preguntado por la edad, anteriormente.

—Os pago para que mantengáis mi vida segura —indicó la mujer—, y no me parece que esto sea para nada seguro. —Señaló con la pistola a Riku y a mí, y, luego, a todos los que huían de aquí.

Parecía que había un incendio, o algo parecido, por el olor a quemado que comenzaba a llegarnos.

—Pero, jefa, a estos ya los hemos apresado —comentó por nosotros—, y ahora estamos aquí, con usted, no podemos saber qué puede estar ocurriendo.

Caperucita gruñó, y, a pesar del ruido que había, pude escucharlo sin problemas.

—Estos han entrado aquí sin problemas. —Se acercó a él, y, por tanto, a Riku, para mirarlo de frente—. Si no fuera porque nos han avisado a tiempo, se habrían ido y no nos hubiéramos enterado hasta el día siguiente. Encima, con lo que habían venido a buscar. —Señaló la mochila.

—Pero jefa...

—Nada de peros —lo cortó sin humor—. Ahora mismo quiero que vayáis alguno de los dos y veáis qué sucede.

El hombre la miró incrédulo y, luego, a su compañero, el que me retenía.

—Déjala ahí. —Movió la cabeza hacia un rincón que había cerca de nosotros—. No escapará sin este. ¿A que no? —me preguntó, y retorció los brazos de Riku, haciendo que cambiara el gesto de la cara.

Yo negué con la cabeza y me tiraron al suelo sin cuidado. Mi trasero se quejó, pero no hice ningún sonido ni movimiento. Me acerqué a la pared y encogí las piernas, hasta que pude abrazarlas. Apoyé la barbilla sobre las rodillas y me fijé en Riku, quien no apartaba la mirada de mí. Sentía que quería transmitirme la fuerza que él tenía, a pesar de su posición, y que yo comenzaba a perder por los dedos.

Vi cómo el hombre que hacía escasos segundos me sujetaba se alejaba de nosotros y que Caperucita estaba nerviosa. Algo que me había parecido imposible minutos antes, por la seguridad que transmitía por su comportamiento; pero la pistola que sujetaba comenzaba a temblar en su mano, y se ponía de puntillas cada poco para otear la salida.

Pero no se veía nada, y cada vez estábamos más solos. Apenas quedaban ya invitados y el hombre que había ido a averiguar lo que sucedía no regresaba.

Caperucita nos observó con enfado y me apuntó con el arma.

—Tú, levántate —me ordenó.

Miré a Riku, quien asintió con la cabeza, e hice lo que la mujer me pedía.

—¿Qué sucede, Caperucita? —le preguntó el chico—. Parece que la fiesta ha terminado.

La mujer tensó la mandíbula y lo apuntó a él con la pistola.

—Déjate de bromas y camina.

—¿La mochila? —pregunté antes de dar ni un paso.

Caperucita tardó en decidir qué hacer con ella, pero al final asintió con la cabeza y me permitió llevarla.

—Ahora, vamos —indicó, pasando la pistola de Riku a mí, y viceversa—. Caminad.

—Y no hagáis nada sospechoso… —señaló el hombre que sujetaba a Riku, apretándole los brazos.

Los dos nos miramos y comenzamos a caminar observando lo que nos rodeaba. El salón se había quedado desierto y, si no fuera por los restos de comida que había por todos los sitios, nunca habrías imaginado que allí se había celebrado una fiesta.

Tropecé y Caperucita tiró de mí, arrancándome un grito.

—Mira que eres torpe, niña —me dijo, y sentí el cañón del arma en mi espalda.

—Jamás me he visto en una situación así —comenté sin poder evitarlo.

—¿Cómo se te ocurre traer a una novata, Riku? —preguntó divertida.

El chico intercambió una mirada conmigo y sonrió.

—Eso mismo me he preguntado yo.

La carcajada de la mujer me atravesó de arriba abajo, junto a un grito por la parte de atrás.

—¡Agachaos!

Yo hice con rapidez lo que pedían, pero vi cómo Riku se revolvía contra su guardián con mucha facilidad. Demasiada para lo que me había parecido ver antes, por lo que pude deducir que nunca había estado preso del todo. Podría haber luchado contra ellos, y lo más seguro que podría haber salido vencedor de la contienda sin problemas, pero se había mantenido quieto, y mostrando una debilidad inexistente, por mí. Para protegerme.

Observé cómo Riku le propinaba un puñetazo en el mentón al hombre, seguido de otro en el estómago y una patada en sus partes, que acabó por tirarle al suelo.

Caperucita estaba también en el suelo. Alguien le había disparado una flecha, que le había dado en la pierna, y la pistola se la había arrebatado Axel, que no dudaba en apuntarla con ella.

—Habéis tardado un poco, ¿no crees? —comentó Riku, tras dar al hombre en la cabeza con una botella, que se rompió en mil pedazos, pero que consiguió noquearlo del todo.

—Yo también me alegro de veros —indicó el hermano de Minerva con una enorme sonrisa—. ¿Qué hacemos con esta?

La mujer nos miraba desde su posición, con una mano en la pierna, donde la sangre fluía con libertad y se confundía con el color de la capa.

—Déjala —ordenó Riku, y lo miré sorprendida. Ella no había dudado en querer matarnos. Incluso iba a disfrutar con ello.

—¿Por qué?

—Lo que nos diferencia de ellos es la piedad. Si perdemos eso, ¿qué nos quedará, Sirenita? —Se acercó a su cara y le dio un beso en la frente—. Siempre es un placer verte, Caperucita.

Ella frunció el ceño y escupió, pero no logró alcanzarle.

—¿Dónde están los otros?

—Fuera —nos informó Axel—. Hicieron creer que el edificio se incendiaba, y huyeron despavoridos, como los cobardes que son. Sin mirar atrás, y mucho menos, sin preocuparse de su jefa.

—Los malos siempre huyen, ¿no? —dijo Riku, y Caperucita gruñó por el comentario.

—Nos esperan —comentó el hermano de Minerva.

Riku asintió, me quitó la mochila para llevarla él y salimos de allí con rapidez.

CAPÍTULO 17

—Arriba, dormilona. —Escuché la voz de Vega tratando de darse paso por mi cabeza abotargada.

Me giré en la cama tirando del nórdico para que me tapara por completo, ya que la chica había subido la persiana de la ventana y los rayos del sol me deslumbraban.

La noche había sido... movidita —por usar un término sencillo—, y, en cuanto llegamos al cuartel central de los especialistas, me condujeron a mi propio dormitorio para que descansara. Caí sobre la cama como una losa de hormigón y solo pude deshacerme de las botas y los pantalones para acostarme.

No tuve fuerzas para quitarme nada más.

En cuanto toqué la almohada, mis ojos se cerraron de inmediato y me precipité en un sueño profundo donde objetos inanimados me hablaban, luchaba contra ratas y tomaba el té con Caperucita Roja.

Un maremágnum de disparates que la única relación que tenían entre sí es que había estado ante ellos y, con algunos, me había enfrentado.

Gruñí cuando sentí que Vega tiraba de la colcha por los pies mientras trataba de evitar que lograra su objetivo. No me veía capaz de afrontar un nuevo día, y menos, uno como el del día anterior.

—Venga..., no te hagas de rogar. —Dio un tirón fuerte y me encontré destapada—. Pensé que querrías conocer un poco todo esto. —Miró hacia la ventana, por la que se escuchaba el trino de los pájaros—. Ver dónde nació tu padre —comentó, y me guiñó un ojo.

Me incorporé de golpe, como si un resorte misterioso me empujara desde el colchón, saltando de la cama.

—Sí, quiero —dije con demasiado énfasis, lo que le arrancó una carcajada.

—Eso me parecía. —Dejó el nórdico sobre la cama y se fue hacia la puerta—. ¿Con quince minutos tienes para adecentarte? —Me miró de arriba abajo y yo sentí cómo mis mejillas enrojecían por su escrutinio.

Asentí con la cabeza con timidez.

—Solo necesito una ducha para espabilarme.

—Perfecto. En el armario tienes algo de muda. —Señaló el mueble que cubría una pared completa, al igual que en su habitación—. También calzado.

Afirmé de nuevo y le ofrecí una sonrisa agradecida, cuando recordé algo:

—Vega, tendría que hablar con mi abuela. Estará preocupada al ver que no regresé a casa anoche.

—Merlín ya lo solucionó...

—¿Cómo que Merlín ya lo solucionó? —pregunté sin comprender.

—Utilizó tu móvil para escribirla y avisarle de que te quedabas con unos amigos este fin de semana. Aunque no hay cobertura en La Fundación, Merlín tiene sus trucos. —Tomé el teléfono, que estaba sobre la mesilla, y abrí la aplicación de mensajería para comprobar lo que me decía—. Se alegró porque al fin te estuvieras divirtiendo —comentó, mientras leía los mensajes que nos habíamos intercambiado... Bueno, que Merlín le había enviado haciéndose pasar por mí.

—No le extrañó que de la noche a la mañana me surgiera ese plan. —No fue una pregunta, sino una afirmación al llegar al final de la conversación y comprobarlo con mis propios ojos. Vega negó con los ojos y sonrió. Un gesto que llamó mi atención—. ¿Qué me escondes?

Esta tiró, algo nerviosa, de la camiseta naranja que llevaba hacia abajo. Casi me podía parecer divertida su actitud, si no fuera porque me temía lo peor. Los días en su compañía me lo habían demostrado.

—Bueno, quizás ayudó que Merlín moviera algunos hilos para relajarla y transmitirle que todo estaba bien.

Arqueé una de mis cejas ante la palabra «hilos».

—Trucos, hilos... Magia —afirmé sin ninguna duda.

Vega se encogió de hombros.

—No queríamos preocuparla, y tú tampoco, ¿no? —Yo negué con la cabeza y miré la pantalla del móvil, para luego observarla a ella de nuevo—. Perfecto. —Dio una palmada en el aire—. Quince minutos y te veo en el gran salón para que comas algo. —Se giró hacia la puerta.

—Vega, no sé si llegaré al salón sin perderme.

Ella me miró, abrió la entrada y señaló el suelo del pasillo. Algunas baldosas habían cambiado de color, pasando del verde y el negro al amarillo.

—Solo debes seguir las baldosas doradas.

Sonreí sin evitarlo y me pasé la mano por mi cabello enredado.

—¿Como en Oz?

Vega me guiñó de nuevo el ojo, en un gesto cómplice, y salió del dormitorio, cerrando la puerta tras ella.

En cuanto me vi sola, caí de espaldas sobre el colchón y solté el aire que retenía sin saberlo. Volví a mirar el móvil, donde mi abuela deseaba que me divirtiera, y lo apreté con fuerza, llevándomelo al pecho. Cerré los ojos para abrirlos a continuación y me fijé en la lámpara que había en el techo. Sus tulipas tenían forma de flor y caían realizando formas enrevesadas, como si fueran enredaderas naturales.

La pasada noche llegué tan cansada tras la misión que apenas reparé en la habitación que me habían acondicionado para descansar. Lo único que me dio tiempo a comprobar fue que mi mochila, el teléfono e incluso la fotografía se encontraban aquí, tal como me prometió Merlín, y después me dejé mecer entre los brazos de Morfeo.

Me levanté de nuevo, sintiendo dolor en partes de mi cuerpo que creía inexistentes, y me fijé en el tono melocotón de las paredes. Era un color suave y delicado, muy diferente al estallido de gama cromática que empapelaba el dormitorio de Vega o al estilo clásico de Axel, por lo que deduje que cada uno debía de decorar el espacio a su gusto. Para hacerlo propio y sentir que estaban seguros, en su hogar.

La cama en la que había dormido ocupaba el espacio central y dos mesillas estaban ubicadas a ambos lados de esta. El suelo estaba cubierto de una moqueta mullida, de color beis. Tan suave que era casi un delito calzar tus pies para despegar los dedos de ella.

Abrí el armario para buscar alguna cosa para vestirme y me quedé con la boca abierta por la sorpresa.

—Algo de muda… —me dije, repitiendo las palabras de Vega, asombrada por el guardarropa que tenía delante.

Había ropa de todos los estilos: vaqueros y pantalones de diferente tela; jerséis, sudaderas y camisetas de lo más variopintas, y vestidos…

—¿Qué voy a hacer con tanta ropa? ¿Y con los vestidos? —me pregunté tocando uno de estos, maravillándome por la delicadeza de su tela roja. Dejé vagar mi mano por ella hasta que atrapé la percha y lo saqué de su sitio.

Miré a mi alrededor, como si necesitara comprobar que me encontraba sola en el dormitorio, y me giré hacia el espejo que había en la puerta del armario. Me había colocado el vestido por encima de mi cuerpo y observaba mi reflejo, alucinada.

—Es increíble —mencioné con una sonrisa radiante, como una niña que acaba de abrir los regalos la mañana de Navidad, quedándome obnubilada con mi imagen—. Increíble… —repetí, porque no encontraba otra palabra que lo describiera, cuando unos golpes en la puerta me asustaron.

—Te quedan diez minutos. —Escuché la voz de Vega al otro lado de la madera.

—¡Ya voy! —grité; y, nerviosa, devolví el vestido al interior del armario.

Cuando sentí que me estaba comportando como si hubiera hecho algo malo y temiera una regañina, no pude evitar estallar en carcajadas, liberando todo el estrés, el cansancio y el temor que me llevaba acompañando desde que aparecí en este lugar.

Cerré la puerta del armario sin preocuparme en tomar la ropa que necesitaba y me colé con rapidez en el cuarto de baño para darme la ducha que necesitaba como el comer.

—Ya pensaba que tendría que ir a buscarte —comentó Vega en cuanto traspasé la puerta del salón.

No me había resultado complicado llegar hasta allí gracias a las baldosas amarillas, pero lo que sí que me costó un triunfo fue salir de debajo del agua.

En cuanto el chorro caliente comenzó a bañar mi cuerpo, este se relajó y me instó a disfrutar del placer mundano más tiempo del que estaba acostumbrada. Utilicé el champú y el gel que me habían dejado, uno a aromas silvestres que no me desagradó, y, cuando por fin me obligué a salir de allí, me di cuenta de que era demasiado tarde.

Me vestí con un vaquero de pitillo azul y una sudadera morada. Recogí mi cabello húmedo en un moño deshecho y salí corriendo, rezando que ese camino que aparecía por arte de magia por debajo de mis pies me llevara hasta mi destino.

Y allí estaba, y mi estómago rugía por los alimentos que había sobre la mesa. Había una gran variedad de productos salados y dulces, y salivaba solo de pensar en probarlos todos.

—¿Quieres un café? —me preguntó Vega, recordándome que no estaba sola.

—Por favor... —casi supliqué, y la chica se rio al escucharme.

Se acercó a mí, apartó una silla que no había muy lejos y me animó a sentarme:

—Come algo, que seguro que estás muerta de hambre.

—Un poco —dije, haciendo lo que me pedía sin rechistar.

—Un mucho, en realidad —comentó una chica que estaba sentada en la esquina de la mesa y que no la había visto hasta ahora.

—Nahia, te presento a Ariel —indicó Vega, dejándome una taza a rebosar de un líquido oscuro, que supuse que era el café.

Yo solo moví la cabeza a modo de saludo. Tenía otras prioridades ahora mismo.

Tomé entre las manos la bebida, me lo acerqué a la nariz y aspiré su aroma.

—Umm... café...

La risa de la otra chica se escuchó en el salón.

—Sí que lo necesitabas, ¿verdad? —comentó sin esperar respuesta, aunque yo afirmé mientras bebía—. Es un placer, Ariel —me dijo, y se aproximó a mí.

Me fui a levantar, pero Vega posó una mano sobre mi hombro, impidiéndomelo.

—Tú come, que tenemos prisa —indicó—. Lo de la educación te lo perdonamos, ¿a que sí, Nahia?

La chica de pelo rubio, casi blanco, sonrió y asintió.

—Estamos en familia. —Me acercó un plato en el que destacaban unos pasteles con decoración diferente—. Prueba estos. Son mis favoritos.

—Y los míos —anunció Vega, y se acercó a ella.

Nahia tomó uno de esos dulces y se lo acercó a la chica de piel oscura.

—Lo sé —susurró.

Vi cómo Vega lamía la nata que coronaba el pastel y que Nahia sonreía al observarla.

Las dos acortaron un poco más la distancia que las separaba y se dieron un beso de lo más ardiente.

Sentí que enrojecía de golpe al presenciar la pasión que transmitían y agaché la mirada, cohibida, centrándome en mi café.

—¿Nos vemos más tarde? —Escuché que Nahia le preguntaba a Vega, y el sonido de un nuevo beso se repitió.

—Lo intentaré.

—De acuerdo —afirmó, conforme con la respuesta—. Ariel, un placer —se despidió de mí, y levanté la cara para mirarla, pero tardé en reaccionar, porque solo logré ver su espalda saliendo del salón.

Vega se sentó a mi lado con una sonrisa complacida y la miré con verdadero interés.

—¿Tu novia?

—Una amiga —me indicó, y se terminó el pastel que Nahia le había dado.

—Yo no me beso así con mis amigos —comenté, y me centré en la taza con el líquido oscuro.

Ella me observó y se acercó a mi oído.

—¿Y con quién te besas así?

—Con nadie —respondí, y sentí que mis orejas ardían.

Vega me miró divertida.

—Déjame reformular la pregunta. —La observé sin saber qué iba a hacer—: ¿Con quién querrías besarte así?

La imagen de un chico apareció en mi mente, lo que provocó que tardara en responder.

—Con nadie —repetí, pero en esta ocasión la firmeza de mi voz no fue la misma, y ella lo notó.

Su sonrisa se agrandó, se acercó todavía más para decirme algo, pero en ese momento nos interrumpieron, y no sé si debía agradecerlo.

—¿Todavía estáis aquí?

La voz profunda de Riku me atravesó de arriba abajo y Vega me observó con más intensidad.

«Tenía que ser él», pensé, y puse los ojos en blanco instintivamente.

—Pero nos vamos ya —le anunció mi compañera, y se levantó—. ¿Te quieres venir con nosotras?

Las patas traseras de mi silla la golpearon justo cuando ella hizo esa pregunta y yo me levantaba. Quizás lo hice con más fuerza de la necesaria, pero no me arrepentía.

—Seguro que Riku tendrá cosas más interesantes que hacer de guía turístico.

Este me miró, luego observó a Vega, pero, si notó algo extraño en nuestro comportamiento, no lo mencionó.

—No puedo. Merlín quiere que revise la última información que nos ha llegado de los movimientos de Arturo.

—¿Ves?, es un chico ocupado —indiqué, y tuve que autoconvencerme de que no estaba decepcionada porque no nos acompañara. Yo había sido la primera que le había dado la excusa para que fuera así, ¿verdad?—. Alejarlo de sus obligaciones no estaría bien.

Tomé una rosquilla bañada en algo rosa y la mordí para obligarme a estar callada. Conociéndome, terminaría metiendo la pata.

—No quiero que mi presencia te fastidie la visita —comentó sin mirarme, y vi cómo se pasaba de mano a mano una bolita roja, que luego se llevó a la boca.

Observé cómo su lengua lamía sus labios y tomaba una de esas bolitas rojas de nuevo. Sentí la necesidad de probarla, pero me obligué a no hacerlo.

Hoy también vestía de negro. Unos vaqueros caídos y una camiseta de manga corta, que facilitaba la visión del tatuaje que le iba del cuello hasta su bíceps. Sus músculos resaltaron con el movimiento del brazo, captando el diseño tribal toda mi atención.

—No te creas tan importante —le lancé—. No te sentiría ni aunque estuvieras pegado a mí.

Riku buscó mi mirada y yo, por un segundo, estuve a punto de desviarla, pero no quise que viera que su energía me amedrentaba. Todo él me afectaba.

Nos quedamos en silencio. Observándonos, midiéndonos... Sin que ninguno mencionara nada más, pero calibrando nuestras fuerzas. Lo que cada uno provocaba en el otro, hasta que escuchamos una tos que nos recordó que no estábamos solos.

—Si ya habéis terminado...

Desvié la mirada de Riku y me aparté de la mesa, no sin antes observar la sonrisa divertida que mostraba Vega en su cara.

—Tendríais que iros ya —comentó Riku, como si no hubiera pasado nada entre nosotros—. No queremos que se os haga de noche...

—¿De noche? —pregunté, volviéndome hacia él, aunque me había prometido que lo iba a ignorar.

—Son las cuatro de la tarde, Sirenita —me aclaró con chanza, y miré a Vega.

—Quisimos dejarte descansar —me informó ella—. Llevas dos días complicados y necesitabas desconectar.

—¿Vosotros también habéis dormido?

—Axel y Minerva desaparecieron al mismo tiempo que tú. Yo caí redonda, pero me desperté antes. —Me guiñó un ojo y movió la cabeza hacia Riku—. Pero este testarudo seguro que apenas ha descansado.

El chirrido de una de las sillas que había al otro lado de la mesa, al arrastrarse, se escuchó en la sala.

—Tenía trabajo.

Lo miré y vi cómo se echaba café en una taza tan grande como la que Vega me había servido. Se la acercó a la nariz y aspiró su aroma, recordándome lo que había hecho yo misma minutos antes.

—El resto también trabajamos, pero, si no descansas, Riku, de poco nos servirás —le recordó Vega.

Este nos miró y se llevó la bebida a la boca, sin dignarse a hablar.

Observé cómo se movía la nuez de su garganta según ingería el líquido y sentí la garganta seca de repente. Incluso una ola de calor me inundó, subiendo la temperatura de mi cuerpo.

—¿No os ibais algún sitio?

Vega bufó y alzó los brazos al aire, para dejarlos caer a continuación.

—No tienes remedio. Ariel, ¿has acabado?

Asentí con rapidez. Sabía que todavía podía comer un poco más, pero, estando con Riku en la misma habitación, sentía que mi estómago no estaría por la labor.

—Estoy lista, aunque no sé si necesitaré algo de abrigo. —Vega me miró brevemente, y sentí que Riku mantenía su atención demasiado tiempo sobre mí.

—Una chaqueta no estaría mal, por si acaso —comentó la chica.

—Voy a por ella...

—No hace falta —me cortó Riku, y las dos lo miramos extrañadas. Vimos cómo se levantaba de su asiento y se dirigía hacia una mesa que había al otro lado de la habitación, repleta de papeles—. Toma este —me dijo, atrapando una cazadora negra de la silla que había cerca del mueble—. Te quedará algo grande, pero servirá si es necesario. —Me la ofreció y la miré con cara de repulsión, lo que le arrancó una carcajada—. No ocurre nada, Sirenita —comentó, y se acercó todavía más a mí para pasar la chaqueta sobre mis hombros—. No muerde —indicó en apenas un susurro, y deslizó un dedo por mi cuello, jugando con uno de los rizos que se me habían escapado del recogido.

Los dos nos miramos, y pudimos ver en nuestros iris algo distinto. El enfado que nos invadía cada vez que nos enfrentábamos estaba mitigado por un brillo diferente, que bailaba bajo un hechizo.

—Pues ya está. Nos vamos —anunció Vega, y atrapó mi mano para tirar de mí.

Se escapó un sonido ahogado de mi garganta por la sorpresa y observé cómo Riku sonreía complacido al vernos partir.

—Tened cuidado. —Escuché que nos decía a nuestra espalda, y Vega levantó la otra mano que tenía libre para indicarle que lo habíamos oído.

CAPÍTULO 18

Hacía más de una hora que cabalgábamos encima de los caballos, observando lo que nos rodeaba. Vega iba montada sobre uno marrón de gran tamaño, y el mío era tan negro, como las plumas de un buitre, que me recordaba al color del cabello de Riku.

Al principio, me había asustado por la altura del animal, pero, cuando este se acercó a mis manos, buscando los azucarillos que mi compañera me había dado, todos mis temores se evaporaron con rapidez. Le acaricié la crin, maravillándome de su tacto, y tomé las riendas que Vega me ofrecía.

De un salto lo monté, sorprendiéndome de que me acordara de cómo hacerlo, ya que era apenas una niña cuando mi padre me llevó por primera vez a clases de equitación y solo duré un par de años en ellas.

Fue una de las primeras cosas de las que me deshice tras el accidente de mis padres.

Los recuerdos dolían...

Íbamos por un camino de arena, por el que las marcas de las ruedas de los carromatos provocaban surcos que debíamos saltar cada poco si queríamos evitar que los animales se lesionaran. Los campos verdes y marrones se alternaban dependiendo del cultivo que protegían, junto a una inmensidad de árboles frutales que crecían en la linde de los terrenos. El sol calentaba en un cielo azul donde las nubes apenas hacían acto de presencia, y dejé que el calor de sus rayos me calentara. Aunque no necesitaba la cazadora que

Riku me había prestado, la llevaba puesta. Su olor a tierra y lluvia me reconfortaba.

Apenas nos habíamos cruzado con gente durante nuestro paseo, salvo unos pocos campesinos que agachaban la mirada a nuestro paso, como si nos temieran o desconocieran cómo actuar ante nosotras, lo que llamó mi atención.

Los únicos que se acercaban sin miedo eran los niños, para acariciar a los caballos o para regalarnos flores, que guardaba en la bolsa que colgaba de la grupa del animal. A cambio, les ofrecíamos algo de pan o piezas de fruta, que no dudaban en tomar.

Todos vestían de forma similar, con ropajes de colores neutro que tenían remiendos y escasos detalles que pudieran diferenciarlos. En su rostro se apreciaba el cansancio que el trabajo les acarreaba, o quizás sería la situación que vivían...

—La mayoría no quieren participar de lo que sucede —me dijo Vega cuando ese último pensamiento se cruzó por mi mente—. Prefieren ignorar lo que ocurre y seguir viviendo como hasta ahora. Piensan que, si no toman partido entre uno u otro bando, su vida seguirá igual. Por eso, optan por mirar desde la distancia mientras rezan para que nada de esto los salpique.

—Pero eso no es así, ¿verdad? —solté.

—Al final a todos nos afecta lo que sucede, Ariel. Siempre es así. Aunque trates de no hacer nada, de no intervenir, de estarte quieto y no querer dar tu opinión de lo que piensas, las repercusiones llegan —comentó—. A todos. A Arturo le da igual que no tengan nada, que no hayan colaborado, que prefieran agachar la mirada y seguir caminando —indicó, justo cuando adelantábamos a un grupo de campesinos que hacía eso mismo que mencionaba—. Es una apisonadora que arrasa con todo lo que se cruza en su camino. Solo tiene un objetivo y, por encima de todo y de todos, está conseguirlo.

—Vega, ¿qué quiere lograr? —pregunté, porque, aunque Merlín y ella me lo habían explicado cuando aparecí en este mundo, no me había quedado del todo claro.

La chica se volvió hacia mí sobre la grupa del caballo, ya que se había adelantado porque el camino comenzaba a estrecharse.

—Quiere apoderarse del mundo. De los dos —señaló con seriedad.

—¿Cómo lo conseguirá? —Aceleré el paso del animal tratando de alcanzarla, pero no pude ponerme en paralelo.

—Las reliquias son muy poderosas —indicó, y se recolocó sobre el animal—. Si consiguiera dos de ellas, las que más poder poseen, las barreras de nuestros mundos se desmoronarían, como un castillo de naipes.

—Y él se alzaría con el poder —afirmé sin dudarlo.

Vega asintió.

—Con esos objetos en su poder y la magia que él mismo posee, sería difícil que alguien de tu mundo lo enfrentara y, por ende, lo venciera —me explicó—. A pesar de todas esas armas que tienen tus gobiernos, Ariel. La magia no tiene límites y en manos de las personas menos adecuadas...

—Sería el fin —terminé por ella.

El silencio me respondió. No hizo falta que afirmara o que me indicara que estaba en lo cierto. No hacían falta más explicaciones.

Agaché la mirada, jugué con las correas del caballo, y dejé que la tranquilidad del paisaje nos cobijara. Quizás no encontrarnos nada extraño o que se saliera de lo normal, nos ayudaba a relajarnos y así regresar a nuestro paseo, alejándonos de nuestras preocupaciones.

Las casas, de adobe y paja, las dejábamos atrás, con meras descripciones por parte de Vega de su uso, que, junto a algún molino o construcción para labores agrícolas, ocupaban el espacio de las propiedades que cruzábamos.

Todo era de lo... más normal.

Un espacio rural que podría estar en cualquier zona del mundo donde había crecido, si no fuera porque los pájaros cantaban muy cerca de nosotras. Con los colores demasiado chillones, como si estuvieran diseñados por una aplicación informática de esas que tanto se hablaban hoy en día, y pendientes de cada uno de nuestros movimientos. O por las manadas de unicornios, pegasos o de otros animales que no se encontraban en mi mundo, y que pastaban con tranquilidad, ajenos a mis ojos curiosos. O porque algunos de los árboles se giraban a nuestro paso y, entre el sonido del viento y los movimientos de sus ramas, me pareció creer que se comunicaban entre ellos. Solo faltaba que se levantaran sobre sus raíces, como los ents de *El señor de los Anillos.*

—¿Nos entienden? —pregunté a Vega, moviendo la cabeza hacia el viejo roble que nos observaba en ese momento, tratando de recuperar la relación amigable que nos había acompañado desde que habíamos salido de La Fundación.

El ruido del tronco al hacer un giro de ciento ochenta grados a nuestro paso espantó de sus ramas los colibrís que reposaban sobre él.

—Algunos sí, y otros hasta hablan —me indicó, y sonrió.

Yo miré el roble y me pareció ver que en su corteza se dibujaba una sonrisa al escuchar a mi amiga.

—Pero eso es…

—¿Imposible? —soltó Vega, girándose levemente hacia mí para mirarme mejor. Volvía a estar por delante, guiando nuestro camino.

—Sí, ¿no?

Ella señaló el árbol y luego levantó la mano al aire, estirando uno de los dedos. Vi cómo un pajarito azul, con plumas brillantes, se posaba sobre este.

—Hola, preciosa —le dijo al animal—. Avisa a Orejitas. —El pájaro agitó las alas y voló, alejándose de nosotras.

—¿Adónde va? —me interesé, observando su ruta.

—Ahora lo verás. No seas impaciente —me indicó, y se recolocó sobre el caballo—. ¿Te apetece un té?

—No soy muy amiga de esas bebidas... —comenté, y vi cómo conducía al caballo hacia una senda todavía más pequeña que por la que íbamos.

—Es que no sé si habrá café —indicó—. Solo tienen para cuando Riku los visita.

No dije nada. ¿Qué podía comentar? Solo la seguí en silencio, agachándome cada poco para evitar que las ramas secas me arañaran, y esperé a descubrir adónde nos dirigíamos.

El camino se me hizo eterno, y, aunque traté de que las plantas no me hirieran, no pude evitar algún enganchón.

—¿Queda mucho? —pregunté cuando tuve que pegarme con una rama que había decidido quedarse con parte de mi cabello.

—Ya hemos llegado —me anunció, y vi cómo señalaba un triángulo que había por delante nuestra y que se formaba gracias a dos árboles caídos.

—¿Tenemos que pasar por ahí?

—Nosotras, sí. —Descendió del caballo y ató las riendas a una rama cercana—. Estos se quedan aquí, esperándonos. —Palmeó el lomo del animal y esperó a que la siguiera.

Avanzamos unos pocos metros más, tratando de no tropezar con las raíces que sobresalían de los árboles, y, cuando cruzamos el agujero natural, tuve que cerrar los ojos por el destello de luz que me sorprendió.

Vega me agarró el brazo, sujetándome por si me caía, y, cuando comprobó que abría los párpados poco a poco, me liberó.

—A veces, se me olvida que puede ser impactante su claridad —comentó, mientras mis ojos seguían algo contraídos.

Delante de nosotras había un campo inmenso, repleto de flores malvas de gran altura. La luz de los rayos del sol se reflejaba en sus pétalos, y se propulsaban de nuevo hacia el cielo, creando infinidad de arcoíris. Era como un cuadro de Kandinsky o de Van Gogh jugando con los colores.

—Es... Es... —titubeé sin encontrar la palabra que buscaba, girando sobre mis pies para observar toda la zona con la boca abierta.

—Precioso —dijo Vega por mí, y tiró de mi mano para cruzar las flores.

Avanzamos por una senda estrecha esquivando los tallos de las flores que crecían por encima de nuestras cabezas. Las hojas, de igual tamaño, se cruzaban en nuestro camino y el zumbido de abejas gigantes pasaban cerca de nosotras, ignorándonos. Había abejas, mariquitas y hasta saltamontes que iban de hoja en hoja, de flor en flor, sin que les afectara nuestra presencia.

—Vega, ¿dónde estamos?

La chica se volvió hacia mí, sin detenerse.

—En el paraíso...

Estallé en carcajadas mientras el aroma de las plantas nos envolvía. Era muy dulzón. Demasiado. Pero, al mismo tiempo, reconfortante.

Cruzamos el campo y salimos al pie de una colina. En su cima había una construcción que parecía ser nuestro destino.

—Como tardemos un poco más, Gruñón nos morderá —comentó Vega, y comenzó a ascender, soltándome.

Yo miré hacia arriba, luego me giré hacia el campo malva y, con una sonrisa que me llegaba de oreja a oreja, terminé por seguirla.

—¿Has dicho Gruñón? —pregunté a mitad de camino. Desde abajo no parecía que la colina fuera tan alta. Sentía que me faltaba el aire y el corazón me latía desbocado.

Ella asintió y se volvió hacia mí sin detener su paso. Caminaba hacia atrás como si no le costara ningún esfuerzo, y estuve a punto de tirar de una de sus piernas al ver la diversión que mostraban sus ojos celestes al notar que yo iba resollando.

—¿Te suena el nombre? —comentó divertida.

—Quizás... —No quise confirmárselo por si estaba equivocada.

Vega se rio y se detuvo.

Yo hice lo mismo y llevé las manos a mis rodillas, tratando de recuperar el aliento.

—Es uno de los enanitos de Blancanieves —me aclaró—. Él, junto al Conejo Blanco, vigilan que nuestras fronteras se mantengan en pie.

—¿El Conejo Blanco existe?

La chica asintió con una sonrisa y se acercó a mí hasta colocar su cara a la misma altura que yo. Se notaba que esta subida era un simple paseo para ella, mientras que yo estaba deseando llegar a nuestro destino para sentarme en una silla, o incluso para derrumbarme en el suelo. Me daba lo mismo. Lo que necesitaba era descansar.

—Lo que me maravilla, Sirenita —me dijo, haciendo que mis labios se arrugaran al escuchar cómo me llamaba—, es que, después de lo que has visto, y vivido —recalcó—, que me hagas todavía ese tipo de preguntas. —Me dio un beso en la mejilla y reanudó la marcha.

—Vega, no me gusta que me llamen «Sirenita» —le comenté siguiéndola, tras tomar impulso. Ya no quedaba mucho.

Ella me miró por encima del hombro.

—Pues a Riku no he visto que le digas nada. —Me guiñó un ojo y salió corriendo—. La última en llegar vuelve con la otra a caballito.

—No puedes hablar en serio —pregunté alzando la voz, porque ya había tomado cierta distancia.

Vega se volvió hacia mí sin detenerse y me dijo:

—No querrás descubrirlo —gritó, y se rio cuando escuchó mi gruñido, mientras que comenzaba a correr para alcanzarla.

CAPÍTULO 19

En cuanto llegué a la cima de la colina, me desplomé sin fuerzas sobre la hierba. Apoyé la cabeza sobre el suelo y dejé que mis pulmones se llenaran del aire que me faltaba. No había alcanzado a Vega, ya que era algo imposible cuando ella estaba mucho más en forma que yo, y jugaba con ventaja, pero la hice sudar bastante. Y, con eso, ya me sentía satisfecha.

Fijé mis ojos en el cielo azul, de un color que era casi inexistente en la parte de mi mundo, pero muy parecido a los ojos de Vega, y observé como el viento jugaba con las nubes creando diferentes formas. Vi un barco a vapor, un tren sobre sus raíles, un niño jugando con una pelota y un conejo blanco…

—Hola. ¿Te encuentras bien? —Me llegó la voz de alguien desconocido por mi oído derecho y me volví hacia él.

Delante de mí había un conejo blanco, vestido con un chaleco de cuadros azules y amarillos, y de uno de los bolsillos de la prenda de vestir colgaba una cadena de oro. Cerca de su hocico había unas gafas redondas, de montura dorada, que se sujetaban por arte de magia. Se parecía mucho a la silueta que acababa de vislumbrar en las nubes del cielo.

Me incorporé con rapidez cuando me di cuenta de que lo que más me había llamado la atención eran las gafas que llevaba y sonreí con cierta timidez, apartándome el cabello que caía sobre mi cara.

—Hola. Sí. Gracias —le dije a modo de telegrama, y el animal me sonrió.

«¿Podía llamarlo animal si me hablaba?».

—Hola, Orejitas —le saludó Vega, yendo hacia él—. Esta es Ariel, la hija de Eric —me presentó como si no fuera un dato importante mi paternidad, pero, por los ojos con los que me miraba el conejo, supuse que sabía de quién hablaba.

—¿Es la hija de Eric? —repitió, y la miró. Pero la chica ya caminaba hacia la única construcción que había allí arriba, ignorándolo. A él y a mí, porque no esperó a que me recuperara para seguirla.

—Sí, mi padre se llamaba Eric —le dije, atrayendo su atención, mientras me quitaba algo de polvo de los pantalones y le sonreía.

—¿Familia de la princesa Aurora?

—Eeeh... No sé. —Me encogí de hombros y comencé a caminar en pos de Vega.

El conejo iba a mi lado, muy pendiente de mí, hasta que llegamos a un edificio rectangular del que emergía en su centro una gran torre. Era de piedra gris y tenía ventanas circulares en sus paredes, que se habían creado de forma aleatoria para permitir la entrada de la luz del sol.

Apoyé la mano en la puerta por la que había desaparecido Vega, pero no la abrí. Antes miré al conejo, que seguía observándome con verdadero interés.

—¿La princesa Aurora es la Bella Durmiente? —Este asintió y sonrió, complacido de que supiera ese dato—. ¿Y es familia de mi padre?

—Tatatataatarabuela —precisó, y se santiguó con una pata—. Ya no se encuentra entre nosotros, pero fue un gran gobernante.

Asentí con lentitud, asimilando lo que me decía.

—Entonces, yo... soy... —tartamudeé sin evitarlo.

—Familia de Aurora y del príncipe Felipe —indicó por mí, y acabó abriendo la puerta, dejándome atrás.

Me apoyé sobre la fría piedra con la que habían levantado el edificio en cuanto me quedé sola, y respiré con profundidad. El golpe del impacto de la noticia fue todavía más certero que la misma carrera colina arriba que me había robado el oxígeno que necesitaba para vivir.

«Soy familia de la Bella Durmiente...», pensé, sin asimilar todavía esa información del todo.

—Ariel, ¿vienes? —La cabeza de Vega asomó por la puerta, buscándome—. Te estamos esperando.

—Sí, voy —afirmé, y no dudé más en seguirla.

Una chimenea con su fuego encendido y algunas velas desperdigadas por la única habitación que había en la planta de abajo me dieron la bienvenida.

—Ariel —me llamó mi compañera—, este es Gruñón. —Señaló a un hombre de pequeña estatura que trajinaba en lo que parecía que era la cocina—. A Conejo Blanco ya lo conoces, u Orejitas —dijo, tocando esa parte de su cuerpo—, como más te guste llamarlo. A él le es indiferente.

Miré al animal, que le palmeó el trasero a Vega, provocando que esta chillara por el tortazo, y luego dejé caer mi atención sobre el otro habitante de la vivienda.

El hombre me observaba con el ceño fruncido. Llevaba un gorro de color mostaza y, aunque no se le veía ningún pelo en la cabeza, tenía una extensa barba blanca que le crecía desde la barbilla; si no tenía cuidado, podía pisarla. Con una túnica roja que tenía parches marrones en los codos, un cinturón en la cintura y unas mallas del mismo tono que el gorro, podía confundirse con facilidad con la multitud de ilustraciones que se repetían del enanito de Blancanieves.

—Hola... —lo saludé con timidez, ya que su escrutinio me puso nerviosa.

—Se parece a Aurora —afirmó de pronto, siendo la única bienvenida que recibí por su parte.

—Yo creo que, más bien, es una copia de su padre —indicó el conejo, yendo hacia él mientras se recolocaba las gafas en el hocico.

Yo miré a Vega, que sonreía mientras presenciaba la escena, sin decir nada. Estaba apoyada en el borde de uno de los muebles que había bajo la ventana, desde donde se veía el campo de flores malvas.

—Quizás, si supiéramos qué poder tiene, zanjaríamos esta conversación —comentó Gruñón, y se volvió hacia el fuego de la cocina. Tomó una tetera plateada y la llevó a una mesa que había detrás de mí.

«¿Cuándo había aparecido eso? Que yo sepa, no estaba ahí hace un segundo...», pensé mientras veía cómo el enanito dejaba lo que portaba sobre un salvamanteles y aparecía ante mis ojos un pastel de tres pisos. Estaba algo inclinado y la nata se sostenía a duras penas.

—Vega..., ¿y eso? —La miré señalando la tarta.

—Dicen que, si los hubiéramos avisado con más tiempo, podrían haber hecho algo más especial, pero...

—Es lo que hay —afirmó Gruñón, y se sentó a la mesa.

El Conejo Blanco lo imitó.

Yo observé a nuestros anfitriones y, luego, a Vega, que se dirigía a ocupar una de las dos sillas libres que quedaban.

—Es más que suficiente —afirmó ella, y golpeó el asiento que tenía cerca—. ¿A que sí, Ariel?

Solo pude asentir, muda por la sorpresa, ya que, según nos íbamos colocando, delante de nosotros aparecían platos con porciones del pastel. Ninguno se había movido, y ninguno hizo amago de cortar el dulce.

—¿Té? —me preguntó el conejo, levantando la tetera.

—La señorita es más de café...

—Pero estará bien una taza de té —corté a Vega con rapidez. Era una invitada, que encima había aparecido sin avisar, y no quería importunar demasiado.

—Café..., café... —rumió Gruñón mientras lo veía levantarse de la mesa para acercarse a uno de los armarios que había en la cocina.

—No, de verdad. El té está bien —indiqué, ya que no quería ser ninguna molestia.

—Tranquila. No es problema —comentó el conejo—. Es que a Gruñón no le gusta nada el café y solo lo tiene por Riku.

—Eso le he dicho yo —señaló Vega, guiñándome un ojo, cómplice.

El enanito regresó a la mesa y me dejó una taza con café cerca de donde estaba sentada.

—Somos más de tés —afirmó con sequedad—. Esto sabe a rayos.

No pude evitar sonreír al ver el gesto de su cara al decir eso, ya que transmitía con sus muecas lo que su nombre significaba.

—Gracias —le indiqué, buscando sus ojos, y observé cómo una rojez sutil asomaba en sus mejillas.

No dijo nada más, solo se sentó y comenzó a comer de su trozo de tarta.

Yo los imité, aunque apenas tenía apetito, por lo que empecé a jugar con la comida mientras prestaba atención a la conversación que mantenían.

—¿Alguna novedad? —preguntó Vega.

—Ha habido algunas incursiones por la zona norte —respondió el conejo—, pero parece que los han detenido. Por lo demás, han aumentado las escaramuzas y hay rumores que hablan de que ha desaparecido la pluma del Patito Feo y una de las botas del gato, pero no hay pruebas.

—Pueden ser simples chismes —comentó Gruñón—. La gente está muy nerviosa porque sienten que algo va a cambiar.

La chica asintió y comió un trozo más del pastel, como si acabaran de decirle que iba a cambiar el tiempo.

—¿Qué sucede, Vega? ¿Algo que debamos saber? —interrogó el conejo de pronto, temiendo que nuestra visita no era solo por placer.

Vega dejó la cucharilla en el plato y suspiró.

—Tenemos noticias... preocupantes.

—¿Qué ocurre? ¿Vamos ya a la guerra?

—Gruñón, tranquilo —le dijo el conejo, y miró a su invitada—. Continúa, por favor.

Ella asintió.

—Winifred avisó a Merlín de que Arturo está más impaciente de lo normal. Busca el espejo de Blancanieves y cree saber dónde se encuentra.

—Sí, en el Lago de los Cisnes —afirmó Gruñón, como si fuera algo de dominio público.

—Exacto, pero hasta ahora ninguno hemos podido probarlo ni...

—Encontrarlo —terminó el conejo por ella, y se quitó las gafas para limpiarlas con el mantel que vestía la mesa—. ¿Sabes cómo hacerlo?

—Winifred cree que ha encontrado el modo —indicó Vega, y se levantó de la silla—, y Merlín piensa que deberíamos encontrarlo nosotros antes que él.

Gruñón golpeó la mesa con el puño.

—Ya era hora de que fuéramos por delante. No podemos ir siempre un paso por detrás —dijo, y miró a la chica con una sonrisa que pareció impostada en su rostro. Se notaba que no era muy dado a mostrarlas.

—No siempre vamos por detrás, Gruñón —comentó Vega—. Si eso fuera así, no habríamos recuperado muchas de las reliquias que protegemos en nuestro cuartel.

El Conejo Blanco asintió, ya con las gafas en su lugar.

—Cierto, pero debemos adelantarnos antes de que Arturo nos sorprenda —indicó, estando de acuerdo con su compañero.

—Adelantarnos, pero no precipitarnos.

Todos asentimos, conformes con esa afirmación. Las prisas nunca eran buenas, y menos sin tener toda la información que, por lo que escuchaba, poseía Arturo.

—¿Y cómo lo hará Merlín? —se interesó Gruñón.

Vega se acercó a la mesa, tomó su taza de té y bebió con tranquilidad. Era como si estuviera pensando cómo exponer lo que se había decidido sin alterarlos todavía más.

—Vamos a recuperar la llave —indicó, y miró al Conejo Blanco.

El silencio se posó sobre nosotros unos segundos.

Gruñón frunció el ceño sin apartar la mirada de Vega, y observé que el conejo ni pestañeaba.

Yo los miraba sin comprender muy bien lo que implicaba ese anuncio. Habíamos recuperado la rosa de Bestia para intercambiarla por ese objeto, según el plan de Merlín, pero no entendía por qué debía afectarles esa misión a los que vivían aquí.

—Vais a...

—¿La llave de Orejitas? —preguntó Gruñón cortando a su compañero.

Vega asintió con lentitud.

—Mi llave... —musitó el conejo. Y, si no hubiera sido porque estaba sentada cerca de él, no lo habría escuchado. Se notaba que estaba bastante impactado por la noticia.

—Es la única forma que tenemos para llegar hasta el espejo —aclaró Vega, apoyando las manos sobre la mesa.

—¿Quién la tiene? —preguntó, mirándola a los ojos azules.

—Adam —dijo sin más.

—Bestia...

—Sí, parece ser que se la vendió la Reina de Corazones hace unos años —le indicó.

El Conejo Blanco descendió de la silla y caminó por la sala, asimilando la información. Si no fuera porque su pelaje era ya de por sí blanco, podría pensar que estaba más pálido de lo normal.

—Esa arpía la ha vendido... —rumió—. Sabe lo valiosa que es, ¡¿y la ha vendido?!

—Es una necia —la insultó Gruñón, y todos lo miramos—. Tú la conoces mejor que nosotros y sabes que, en realidad, nunca comprendió lo que podía hacer esa llave. Lo que tenía en su poder.

El conejo asintió y vi que Vega hacía el mismo movimiento con la cabeza.

—Por lo visto, tiene muchas deudas, que están ahogando su reino —comentó la chica—. Debió pensar que así podría destensar la soga que le aprieta el cuello.

—Nunca pensé que... —Se quitó una vez más las gafas y miró por una de las ventanas—. Se la regalé porque la amaba...

Gruñón y Vega intercambiaron miradas cómplices, pero no dijeron nada.

—Por lo menos, no se la dio a Arturo —comentó el enanito tras unos segundos de silencio.

—Por lo menos... —afirmó el conejo, y cerró los ojos con fuerza para abrirlos a continuación—. En fin..., ya está hecho —indicó, y miró a Vega—. ¿Cómo la vais a recuperar?

—Gracias a Ariel. —Me señaló con la mano—. Ayer consiguió la rosa de Bestia y haremos un trueque.

Gruñón y el Conejo Blanco me observaron de diferente manera ante esa noticia.

—¿Conseguiste la flor? —preguntó el enanito.

—Sí, pero no es para tanto... —afirmé, pasando mi mano por la nuca. Aunque, si contábamos que podría haber perdido mi vida, junto a la del resto, sí que era para vanagloriarse.

Vega se rio.

—No le gusta ser el foco de atención, pero tendríais que haber visto cómo escalaba esos objetos...

—Objetos que no estaban unidos por la magia —le mencioné, recordándole la mentira que me había dicho.

—Nimiedades —indicó ella, moviendo la mano en el aire.

El conejo y Gruñón nos observaban con interés. Movían la cabeza de una a otra como si se encontraran en un partido de tenis.

—Nimiedades... —repetí, poniendo los ojos en blanco, y bufé—. Si no hubiera sido porque esos objetos me sujetaron, ahora mismo podríamos estar hablando de otra cosa.

—¿Te sujetaron? —preguntó de golpe el conejo.

—Sí, evitaron que me cayera y se fueron abriendo para permitir que llegara hasta la rosa —informé, notando que ese dato era importante por cómo había reaccionado Riku cuando se lo había contado y por cómo me miraban ellos ahora.

—Es interesante —afirmó Gruñón, y me preguntó—: ¿Más café?

Vega se carcajeó.

—Creía que no querías que lo bebiera.

Este movió la mano y se acercó a la cocina.

—Nunca he estado delante de alguien de sangre azul que posea poderes.

—Mi sangre es roja —lo contradije, y fruncí el ceño—. Además, no tengo poderes.

Tanto Gruñón como el conejo miraron sorprendidos a Vega.

Ella se encogió de hombros.

—No hemos tenido tiempo de contárselo...

—Contarme ¿qué? —pregunté interrumpiéndola.

El Conejo Blanco se me acercó y tomó mi mano.

—Tu padre era Eric. —Asentí con la cabeza. Eso ya lo habíamos aclarado antes de la peculiar merienda—. Familiar de la princesa Aurora.

—La Bella Durmiente —apuntó Vega. Y, aunque era algo que todavía no había asimilado del todo cuando el conejo me lo había dicho, no me pillaba de sorpresa.

—Tu familia desciende del árbol primigenio de los cuentos clásicos —comentó Gruñón—. De los primeros personajes que los padres fundadores crearon.

Posé mis ojos por todos ellos sin comprender todavía lo que me querían decir.

—Por tu sangre corre la magia de este mundo, Ariel —indicó Vega bajando la voz, como si fuera un secreto que nadie más debía escuchar, y eso que solo estábamos los cuatro allí.

—¿A eso te referías cuando le dijiste a Merlín que los padres fundadores no mentían?

Ella asintió.

—Siempre hablaron del regreso de un miembro de la familia primigenia. De alguien mágico que nos ayudaría a mantener el mundo de la fantasía en orden y en paz —comentó mirándome a los ojos, tratando de que comprendiera la importancia de sus palabras.

—¿Mágico? —pregunté, y los tres asintieron.

Me solté del Conejo Blanco y me levanté de la silla. Caminé por la sala, que no era muy grande, pero que cumplía con su labor: permitirme pensar.

—¿Puedo hacer magia? —los interrogué de nuevo al poco, y el conejo y Gruñón miraron a Vega.

Esta se pasó la mano por el cabello, que seguía con el mismo peinado que el día anterior, pero que en vez de llevar un mechón morado, en esta ocasión era azul, y me sonrió como si escondiera un gran secreto.

—Eso es lo que tenemos que descubrir.

Yo volví a mirar a los tres, que no apartaban la atención de mí, y sentí cómo las piernas me fallaban de golpe.

Si no hubiera sido por el chasquido de dos dedos de Gruñón, habría terminado en el suelo. Pero, en su lugar, debajo de mí apareció un mullido sillón que evitó que mi trasero aterrizara contra la fría piedra.

CAPÍTULO 20

—¿A que es increíble? —preguntó Vega por detrás de mí.
Nos encontrábamos en la zona de arriba de la torre, que formaba parte de la construcción en la que vivían Gruñón y el Conejo Blanco, desde donde se podía ver todo el mundo mágico. Por lo menos, hasta las fronteras que vigilaban los dos habitantes de la casa para evitar que Arturo y sus tropas las traspasaran.

Estos confines eran dos cortinas verticales, que caían del cielo al suelo, de tono verde y azul, pasando al rosa intenso y al morado, según el viento las golpeaba, provocando ondas sutiles que se veían desde donde nos encontrábamos. Era el muro que dividía el mundo de la fantasía, los buenos de los malos, la sensatez de la discordia, y que impedía que los habitantes que residían tras ellas lo cruzaran.

Por lo menos, en teoría, porque al final los hombres de Arturo siempre lo conseguían.

Había pasado el tiempo sin que me diera cuenta, y el sol ya caía por detrás de las montañas, ofreciendo una estampa espectacular.

Ante mis ojos se levantaban castillos por doquier, cascadas de agua caían de algunas montañas, y lagos, ríos y riachuelos fluían con libertad. Me pareció ver una manada de unicornios pastando por las verdes praderas y dragones durmiendo al pie del monte que teníamos más cerca. Nubes grises ocultaban los terrenos más húmedos, donde los renegados habitaban, y algún que otro barco pirata navegaba por los mares del fondo. Otros estaban amarrados al puerto, donde había mucho movimiento de comerciantes, y las lonas de multitud de colores de ferias y carromatos se hallaban desperdigadas por las zonas más pacíficas, o que no recibían apenas saqueos, según la información que me había facilitado mi compañera.

Sirenas, piratas, brujas y magos habitaban esa parte del mundo. Junto a los gigantes que vivían por encima nuestra y que se podían visitar gracias a la planta que se alzaba en el este, cerca de una granja, cuyo origen era una habichuela. ¡Una habichuela mágica!

—Increíble… —musité.

—¿Ves por dónde entra el mar a la tierra? —me preguntó Vega, señalando la parte oeste.

—Aquella zona de allí. —Apunté con el dedo un edificio blanco, con varias torres, que se erguía cerca de un acantilado.

Ella asintió y me regaló una sonrisa.

—Son las tierras de tu familia.

La miré sorprendida.

—¿Donde se crio mi padre?

—Un día vamos para que las conozcas, ¿quieres?

No pude más que afirmar con la cabeza y me acerqué al telescopio que había en el centro de la torre. Uno pequeño con el que podía parecer que no alcanzaría a ver nada por su lente, pero no debía olvidar que estaba en un mundo mágico y lo imposible era posible aquí.

Observé el castillo blanco que me había indicado y que tenía varias torres circulares que se alzaban hasta el cielo con sus tejados rojizos. Aprecié que una escalinata entraba al agua salada y recordé lo que me había dicho Merlín: mi padre era familia de la princesa Ariel, la hija del rey Tritón, por la que llevaba mi nombre.

Sonreí sin evitarlo y, al sentir cómo una lágrima se escapaba de mis ojos, pensé que estaba ansiosa por visitar esas tierras. Pisar por los mismos lugares que esos personajes habían caminado o nadado, pero, sobre todo, recorrer los sitios por donde había jugado mi padre.

No muy lejos de esa zona, un brillo parpadeante atrajo mi atención. Moví el telescopio hacia el enjambre de luces que revoloteaban cerca de un bosque de altas copas y comenté:

—Allí hay algo que no logro identificar.

Vega se acercó al ocular, por donde podría ver mejor lo que le indicaba, y vi cómo sonreía al localizar lo que le había mencionado.

—Son las hadas —afirmó, y me encontré empujándola sin ningún cuidado para ocupar su lugar.

—¿Hay hadas?

La risa de Vega se escuchó por la azotea.

—Ariel, te acabamos de decir que puede que por tus venas corra la magia primigenia.

Yo la miré de lado y le ofrecí una tímida sonrisa.

—Vale..., sí... Tienes razón —suspiré—, pero comprenderás que todo esto es difícil de asimilar. —Moví las manos abarcando el espacio en el que nos encontrábamos—. Hace unas horas pensaba que el mundo en el que vivía podía ser destruido por el ser humano, por su propio egoísmo. El cambio climático, la contaminación, los excesos... Y, ahora, me entero de que el peligro más inminente no es ese, sino un chiflado que creía un héroe, que ocupa las páginas de miles de historias como el rey que salvó el mundo junto a sus caballeros de la mesa redonda.

—El rey Arturo siempre ha sido un mal bicho.

Sonreí por la forma de decirlo, e incluso me reí por sus gestos, y me dejé caer sobre el suelo sin apartar la vista del mágico paisaje.

—Era solo una estudiante que luchaba contra sus miedos, Vega —le confesé—. Una pesadilla muy real en la que me quedo sola de la noche a la mañana, salvo por mi abuela, y tengo que sobrevivir a base de becas y de las ayudas económicas que recibimos del Estado.

La chica atrapó mi mano tras acomodarse a mi lado y dejó que sus ojos se perdieran por los bosques encantados, donde vivían especies fantásticas y donde habían construido castillos para resguardar a los personajes de los cuentos de hadas.

—Ahora tienes que ayudarnos con otro tipo de pesadillas, Ariel. —Apretó con fuerza mi mano—. Te necesitamos aquí.

—Pero no sé si seré de gran ayuda —me sinceré, y la miré a los ojos.

—Por tu sangre corre...

—La magia —terminé por ella, y suspiré con fuerza—. Sí, lo sé. Me lo habéis contado, pero ninguno sabemos lo que eso quiere decir en realidad, ¿no?

Vega fue a contradecirme, pero en el último momento reculó. Sabía que tenía razón.

—Siempre podemos dejar que aparezca ella sola cuando crea conveniente.

—¿Como en la guarida de Caperucita?

Vega asintió, haciendo referencia a lo ocurrido con esos objetos que me ayudaron a conseguir la rosa. Ninguno entendíamos muy bien por qué había sucedido así. Ni siquiera el Conejo Blanco o Gruñón, que habían estado debatiendo largo y tendido sobre ello, por lo que al final todos llegamos a la misma conclusión: mis orígenes.

—O Merlín puede ayudarte a potenciarla y utilizarla —sugirió.

—¿Como hace contigo? —pregunté recordando la complicidad que había entre el mago y ella cuando nos encontrábamos en la sala de las reliquias—. Porque el profesor te ayuda con tu telepatía, ¿verdad?

Vega sonrió.

—Pensé que quizás no lo habías descubierto o que preferías ignorarlo. Reconozco que es mucha información de golpe y puede desbordar a alguien.

—No a alguien que proviene de la rama familiar primigenia —dije divertida, y ella se rio—. Además —la empujé con el hombro—, no es que sepas esconderlo muy bien —comenté, y se carcajeó.

—Mi empatía está a flor de piel —me explicó—, y gracias a eso puedo sentir los objetos mágicos que hay cerca. Soy como una brújula. —Se encogió de hombros—. Además, gracias a ella, puedo notar cuándo las personas poseen algún tipo de don.

—¿Como yo? —le pregunté.

Ella asintió.

—Fue fácil sentirte, Ariel. Tu mente habla a gritos. Tus pensamientos salen disparados de aquí —comentó lo mismo que había mencionado Merlín en nuestra primera reunión, golpeándome levemente la cabeza—. El profesor me ayuda a reconducir todo esto. —Se señaló el corazón y tomé su mano, transmitiéndole mi apoyo.

—Lo entiendo, pero...

—¿Pero?

—Intenta pedirme permiso antes, que no quiero sentirme invadida. —La miré divertida.

—Te lo prometo —me indicó, y me dio un beso en la mejilla, sellando nuestro acuerdo.

Asentí feliz y observé de nuevo el paisaje que había enfrente de nosotras. La luz del sol casi se había extinguido, siendo sustituida por una luna llena enorme y miles de pequeñas estrellas que comenzaban a titilar sobre nosotras.

—Es increíble —repetí—. ¿Qué son? —pregunté, señalando las luces que parpadeaban.

—Luciérnagas —me indicó—. Ayudan al viajero perdido, al alma desorientada y a todos aquellos que alguna vez necesitan de su compañía. —Me miró y posó la mano en mi mejilla—. No estás sola, Ariel. Aquí tienes más de un amigo.

Dejé que mi frente se apoyara en la de ella y respiré con profundidad.

—Tengo miedo, Vega.

—En algún momento, todos lo tenemos —afirmó, y enfrenté sus ojos azules—. Solo debemos encontrar ese valor que se esconde en nuestro interior para hacer lo que debemos; para avanzar salvando los obstáculos que nos encontramos a nuestro paso y así construirnos una vida que sea digna de devolvernos la mirada.

—Pero mi vida está llena de secretos —le recordé, y ella me sonrió.

—Pues habrá que desentrañarlos poco a poco, ¿no crees?

—¿Y mientras tanto? —Suspiré resignada.

Vega pasó su brazo por mis hombros.

—Siempre serás un secreto para descubrir.

—Soy un secreto guardado —afirmé, jugando con sus palabras, y Vega se rio.

La miré con curiosidad, arqueando una de mis cejas, y ella amplió la sonrisa.

—Ya verás cuando se entere Riku de todo esto.

Bufé con solo oír el nombre del chico.

—No quiero hablar de él.

—No es tan malo como parece.

Elevé mis cejas al mismo tiempo y la miré con gesto incrédulo.

—Como mínimo, como la Reina de Corazones.

Vega se rio, negando al mismo tiempo.

—No querrías conocer a esa mujer —me dijo bajando el tono de voz.

—¿Tan mala es?

Miró hacia atrás, por el hueco de la escalera por donde habíamos subido hasta allí, y regresó a mí cuando comprobó que seguíamos solas.

—Utilizó a Orejitas. Le engañó haciéndolo creer que era su gran amor y, cuando consiguió lo que quería, lo encarceló en una de sus torres más húmedas y solitarias.

—La llave —afirmé, recordando la conversación que habíamos mantenido mientras tomábamos el té, o el café en mi caso, y la tarta que habían preparado.

Vega asintió y se acercó todavía más a mí para contarme en apenas un susurro:

—Si no hubiera sido por Gruñón, seguiría allí. Aunque el Conejo Blanco nunca lo reconocerá, al principio no agradeció que lo salvaran. Preferiría haber muerto en esa cárcel y, todavía hoy, le afecta hablar de ello. Incluso creemos que sigue enamorado de la Reina de Corazones. Ya lo has visto…

Yo tardé en reaccionar. Solo de imaginarlo allí, triste y solo, desamparado, sentí cómo un escalofrío me recorría el cuerpo.

—La amaba y le rompió el corazón.

—Y se quedó con la llave —sentenció, y se levantó. Me ofreció una mano para ayudarme a incorporarme y no tardé en tomarla—. Mejor tener a esa mujer bien lejos.

Asentí y comenzamos a caminar hacia la escalera las dos juntas.

—Vega, ¿qué hace la llave?

La chica se detuvo y me miró. Yo hice lo mismo.

—Abre portales, sin necesidad de magia o hechizos, que conducen directamente a las reliquias perdidas. A esas que sabemos de su existencia, pero que nunca hemos podido localizar. Con ella y contigo —me miró—, podríamos terminar todo esto de una vez.

—Y, si Bestia tiene la llave, ¿no podría haber recuperado él mismo la rosa?

—Solo su dueño, Orejitas, o alguien que tenga la sangre de la familia primigenia puede utilizarla —me explicó—. Por eso, la Reina no supo sacarle provecho y la vendió a Adam. Está desesperado, y seguro que pensó que él sí podría conseguir su objetivo.

—¿Y no fue así?

Negó con la cabeza.

—Solo Orejitas puede y…

—¿Yo?

Se encogió de hombros y yo abrí la boca para decir algo, pero la cerré de inmediato. Ahora comprendía la necesidad de encontrarla y evitar que Arturo se hiciera con ella. Debía ser una de las reliquias más poderosas de ese mundo, si eras capaz de utilizarla.

—Perdonad... —La cabeza de Gruñón apareció por el hueco de la escalera de pronto—. Acaba de llegar un mensaje de parte de Riku. —Ambas nos miramos al escuchar ese nombre—. Es urgente que regreséis.

Aparecimos en el salón de la biblioteca donde se custodiaban las reliquias. Los caballos se habían quedado a cargo de Gruñón y del Conejo Blanco, porque no podían acompañarnos al utilizar uno de los portales mágicos que había cerca de la torre de vigilancia por la urgencia que transmitía el mensaje de Riku.

Por lo que me informó Vega, en cuanto pisamos la estancia, comprobamos que ya se encontraban la mayoría de los especialistas allí reunidos. También me había aclarado que, aunque cada vez eran menos los miembros de las brigadas —por pérdidas o deserciones—, seguía habiendo un gran número de personas que se alistaban para la causa cada poco tiempo y que eran suficientes para mantener a raya las tropas de Arturo. Por ahora.

—¿Estamos todos? —preguntó Merlín, descendiendo por la escalinata.

Llevaba un pantalón de cuadros, muy similar al que vestía la primera vez que le había visto, pero en esta ocasión eran de color verde y azul. No se había puesto la americana, y la camisa blanca destacaba. El pelo lo tenía recogido en una coleta y las gafas descansaban en la punta de su nariz. El libro, que era como la enciclopedia de las reliquias que existían en ese mundo, iba bajo su brazo derecho. Parece ser que era su fiel compañero, del que nunca se separaba.

—Enzo, Thiago y Elsa han salido —indicó un chico que estaba sentado en la mesa que había bajo la vidriera en la que se representaba un dragón luchando contra un caballero de armadura oxidada—. Les llegó información de que se iba a llevar a cabo un intercambio de una reliquia en el bosque de las almas perdidas por parte de uno de los hombres de Caperucita Roja, y acudieron para tratar de recuperarla.

—Es Rayan —me dijo Vega en el oído—. Forma parte de la brigada de Nahia. —Movió la cabeza hacia la chica de pelo rubio con la que se había besado en el almuerzo.

Esta, al sentir que la observábamos, nos miró y nos guiñó un ojo.

Vega le lanzó un beso y yo sonreí sonrojada.

—Todavía tienen ganas de trapichear después de la paliza que les dimos anoche —comentó Axel, atrayendo nuestra atención, y escuchamos cómo todos se rieron por el comentario.

—Caperucita nunca se rinde —indicó Riku con tono seco—. Es una luchadora.

—A la que le dimos una buena paliza —insistió Axel, y vi que el otro chico, que se encontraba al otro lado del salón, muy alejado de nosotras, tensaba la mandíbula por ese nuevo comentario, que invitó a que regresaran a la sala las carcajadas.

—Bueno, luego les informaré a ellos —indicó Merlín, interrumpiendo las risas. No había bajado del todo las escaleras, lo que le permitía, desde su posición, mirar a cada uno de los especialistas que se encontraban en la estancia—. Os he convocado para daros una gran noticia. —Todos estábamos pendientes de sus palabras—. Ya nos queda poco para conseguir una de las piezas que más ansiábamos...

—El espejo...

—El espejo…

Escuché cómo la gente susurraba, mirándose unos a otros.

—El espejo —afirmó Merlín sonriente—. Sé que no hay que lanzar las campanas al vuelo antes de lograr nuestro objetivo, lo que todos estamos deseando, pero… —se quitó las gafas con gesto cansado y se llevó los dedos hasta el puente de la nariz— también sé que llevamos mucho tiempo en esta batalla y estamos deseando lograr un gran golpe de efecto. —Se fijó en Riku y luego vagó su mirada por la sala hasta detenerse sobre mí—. Esta noche daremos un importante paso y solo quería compartirlo con todos vosotros.

Los especialistas comenzaron a aplaudir entusiasmados. Todos menos Vega, que no estaba conforme con el anuncio de Merlín, y Riku, que observaba al mago con gesto disgustado.

—¿Qué pasa? —le pregunté a la chica, acercándome a ella.

Vega negó con la cabeza y simuló que aplaudía, como el resto, pero se le notaba que no sentía la misma felicidad que reinaba por la sala.

—Vega… —la llamé, y busqué sus ojos azules.

Ella tensó la mandíbula y miró por encima de mi cabeza.

Me giré para ver qué observaba y vi cómo intercambiaba gestos con Riku.

Ninguno de los dos comprendía a qué venía el anuncio del mago.

—Vega… —me dirigí de nuevo a ella, y escuché cómo suspiraba con fuerza.

Se centró en mis ojos del color del caramelo.

—Es solo un mal presentimiento… —Arrugué el ceño sin comprender—. La experiencia nos dice que, cuando nos adelantamos, cuando celebramos algo y no vamos con más tiento, algo sucede. Algo malo.

La tomé las manos, que movía nerviosas, para detenerlas.

Ella miró nuestros dedos unidos y suspiró con tristeza.

—Ariel, la última vez que esto ocurrió, perdimos a un gran número de especialistas. —Observó a los presentes y vislumbré rastro de lágrimas en sus ojos—. Tengo miedo.

Siseé y la abracé, buscando tranquilizarla. Fui a decirle algo, pero apareció Nahia a nuestro lado y nos interrumpió:

—Ey..., chicas. ¿Lo habéis oído?

Las dos la miramos sin saber a qué se refería. Habíamos estado tan inmersas en nuestra conversación que habíamos dejado de escuchar lo que allí se hablaba.

Nahia se rio al ver nuestras caras y pasó un brazo por los hombros de Vega con confianza.

—Merlín quiere que descansemos antes de la «gran misión» —movió los dedos como si fueran comillas—, pero también nos ha dado permiso para festejarlo...

—Festejar..., ¿el qué? —preguntó Vega.

—La noticia —nos aclaró sonriente.

Vega y yo intercambiamos miradas, y luego observamos a Nahia.

—Hasta que no logremos nuestro objetivo, no creo que se deba celebrar nada —comenté, y la chica rubia puso los ojos en blanco.

—Mira que sois aguafiestas. —Elevó el rostro y movió la mano para hablar con alguien que había detrás de mí—. Nosotros nos vamos. ¿Os venís?

Vega negó con la cabeza.

—Prefiero descansar...

—Me quedo con ella —afirmé, y vimos cómo Nahia volvía a rodar los ojos, bufando indignada.

—Vosotras mismas —indicó, y soltó a Vega—. ¡Chicos, esperadme! —gritó, y fue tras un grupo de especialistas que subían la escalinata.

El salón cada vez se iba quedando más vacío, y el silencio se instalaba por la sala. Merlín hacía rato que había desaparecido.

Tomé la mano de Vega y la animé a moverse cuando me choqué con Riku.

—Eeeh…, perdona —me disculpé.

—¡¿Se ha vuelto loco?! —preguntó el chico, ignorando mis disculpas.

Vega se soltó de mi agarre y se pasó la mano por la cara.

—No sé lo que piensa últimamente…

—Pues, si tú no lo sabes, que pasas más tiempo con él, no sé lo que podemos deducir de lo ocurrido el resto —dijo hastiado, y pude notar que en su cara se mostraba ese mismo cansancio.

—Deberíamos descansar…

—Y tú deberías marcharte por donde has venido —me escupió sin más, y sentí cómo un gran peso se anidaba en mi estómago. Una gota de sudor frío resbaló por mi espalda y noté que mi labio superior comenzaba a temblar sin poder evitarlo.

No le había dicho nada del otro mundo. Todo lo contrario. Era una sugerencia por su bien. Por el de todos.

Solo un consejo…

Lo miré a la cara con la mandíbula firme y apreté los puños hasta dejar casi mis nudillos blancos.

—Mira, imbécil, no he dicho nada para que me trates como… —busqué la palabra exacta, hasta que solté la primera que me vino a la cabeza— basura. No sé qué tienes en contra de mí, y, la verdad, ya no me importa, pero estoy harta. No sé cuándo me vas a hablar como si fuera escoria o cuándo me vas a tratar como una persona civilizada.

»Pareces más un loco que se ha escapado del psiquiátrico que, dependiendo de cómo se levante ese día, me puede tratar a patadas o cuidarme como si fuera el bien más preciado. —Cerré los ojos y los abrí de inmediato, encontrándome con los verdes que me observaban fijos—. Pero ya me da igual todo porque estoy cansada, y, aunque podría decirse que se debe al *shock* de encontrarme en otro mundo, de entender que todo lo que creía que era inexistente o fantasioso, en realidad, existe... —Suspiré—. Una gran parte de mi agotamiento se debe a ti. —Le golpeé el pecho con el dedo índice—. A ti, imbécil. —Le golpeé de nuevo—. Llego aquí, a un mundo que desconozco y donde me necesitáis —miré a Vega y lo observé a él otra vez—, y me encuentro con tu antipatía y animadversión, sin saber qué he hecho para merecerla.

»Que no quieres tenerme cerca, que no quieres hablarme, que me odias... pues genial. —Alcé las manos al techo y las dejé caer a continuación—. Yo tampoco te soporto, pero, por el bien de todos —los señalé y luego moví el dedo hacia la puerta por la que habían salido el resto de los especialistas—, me aguanto y me resigno a tu compañía. —Enfrenté su mirada verde —. Creo que hay cosas ahí fuera mucho más importante que tu propio ego herido o tus obsesivos sentimientos en contra de mí, ¿no crees? —le solté, y esperé a que me dijera algo; pero, al ver que tardaba en hablar, me volví hacia Vega y le informé—: Me voy a mi dormitorio.

»Necesito un baño y dormir un poco. —La chica asintió y, aunque me extrañó que sonriera tras mi discurso, quizás algo desproporcionado, no dije nada—. Riku —me volví de nuevo hacia él—, tu cazadora. Gracias por nada —le indiqué con aspereza.

Y, sin más, subí por las escaleras sin mirar atrás, desapareciendo de la vista de la pareja.

CAPÍTULO 21

Escuché unos golpes en la puerta de la habitación justo cuando salía del cuarto de baño, con una toalla blanca enrollada alrededor del cuerpo. El cabello, aunque había tratado de secarlo, caía algo húmedo por mi espalda.

Pensé en ignorar a la persona que había en el pasillo, ya que no me encontraba con ánimos de atender a nadie —tampoco estaba decentemente vestida—, pero su insistencia hizo que terminara por ceder.

En cuanto tuve enfrente la cara de Riku, preferí haber seguido mi primer instinto y haberlo dejado fuera. De hecho, instintivamente traté de cerrar la puerta sin dirigirle la palabra, pero él posó la mano sobre la madera, impidiéndolo.

—No tengo ganas de seguir discutiendo, Riku —le dije sin ni siquiera mirarlo, y lo abandoné en la entrada de la habitación.

Me adentré por el dormitorio y abrí las puertas del armario con la intención de usarlas como si fueran una especie de biombo y así impedir que viera las pintas que llevaba.

—Solo venía a hablar...

Me asomé por una de las puertas con una de mis cejas arqueadas. No daba crédito a su anuncio.

Riku sonrió con resignación y yo bufé al ver su cara.

—No sabía que pudieras hacer eso —comenté, y me escondí de nuevo por el armario.

El chico debió entender que mis palabras eran una especie de invitación, porque escuché que cerraba la puerta tras él, dejándonos aislados.

—¿Hablar?

—Sin discutir —puntualicé, y pude oír una leve risa, que me sorprendió todavía más. Volví a asomarme por detrás de las puertas del armario mientras tiraba de la toalla hacia arriba, porque me daba la sensación de que se caería en cualquier momento, y le pregunté—: ¿Te has reído?

El chico, que estaba cerca de la cama, con los brazos cruzados, como si no supiera qué hacer, se encogió de hombros. Se notaba que no se encontraba en su elemento.

—Va a ser que al final no eres tan monstruo como quieres aparentar, y detrás de esas capas de hombre huraño con las que te recubres se esconde alguien... —Me llevé un dedo a la barbilla, pensando qué decir, cuando observé que sonreía con aire de superioridad, por lo que me arrepentí de inmediato de lo que iba a indicarle—. Nah... No me hagas caso. Sigues siendo tan ruin como el primer día.

—Sirenita, lo siento.

—No me gusta que me llamen así —le solté sin mirarlo. Y, aunque eso era cierto, también era verdad que, con él, casi había hecho una excepción desde que nos conocimos. Me sentía cómoda cuando lo hacía, y un sentimiento de protección me reconfortaba cada vez que lo escuchaba en sus labios.

Pero, en este instante, enfadada como estaba con él —furiosa—, no quería otorgarle ni ese íntimo espacio.

Comencé a vestirme, con cuidado de no perder la toalla por el camino, y me puse unas braguitas azules por debajo de la tela blanca, seguido de un vaquero negro de pata ancha que tenía un par de rajas en las rodillas, por lo que me facilitaba el movimiento.

Con cada acto, corto y seco, le dejaba claro que estaba molesta.

—Ariel... —me llamó, y creo que era la primera vez que utilizaba mi nombre para dirigirse a mí—, perdona. Me he comportado como un...

—Imbécil —terminé por él, sin dejarlo acabar.

Tomé el primer jersey que encontré en los cajones, sin detenerme a ver si me quedaría bien o si me gustaba el estilo, y me lo metí por la cabeza. Tiré de la toalla cuando me coloqué las mangas y, cuando me encontré más cómoda, porque estaba vestida, lo enfrenté.

—Sí, un imbécil —admitió, adelantándose a mí, y tuve que hacer un gran esfuerzo para no abrir la boca por la sorpresa—. Lo siento.

Me crucé de brazos. Los descrucé. Los coloqué en jarras. Los dejé caer. Metí las manos en los bolsillos, para sacarlas a continuación. No sabía cómo ponerme. No sabía cómo enfrentarlo tras su disculpa.

Cuando estábamos enfadados y nos lanzábamos dardos envenenados, estaba más cómoda. Ahora... no supe reaccionar.

—Vale —afirmé sin más.

Riku sonrió y ese gesto hizo estragos en mi interior.

Yo traté de poner morros, mostrarle que no era tan sencillo como parecía. No podía llegar aquí, pedir disculpas, y yo me rendiría sin más. Pero, al final, me estaba comportando como una de esas bebidas de gas que saltan con mucha fuerza para desinflarse al poco. Y, sobre todo, eso me pasaba con él. Con Riku.

Observé que comenzaba a moverse hacia mí, y mis nervios se acrecentaron. A cada paso, acortando el espacio que nos separaba, mi corazón cambiaba su ritmo de latido, hasta que, cuando apenas nos quedaban unos metros entre los dos, su bombeo podría escucharse en la misma habitación.

—¿Vale? —Yo asentí con la cabeza—. ¿Ya está? Antes estuviste más elocuente.

—Antes estaba enfadada.

Apoyó las manos en mis brazos, pasó las manos de arriba abajo varias veces, y buscó mi mirada, pero, al no tener el valor para enfrentarla, me tomó de la barbilla para alzarme la cara y fijar sus iris en los míos.

—Lo siento, Sirenita —me repitió, e hice un mohín con los labios—. He pagado todas mis preocupaciones contigo, y eso no es justo.

—No, no es justo —afirmé—. Si alguien no te cae bien, no tiene por qué sufrir tus cambios de humor.

—¿Quién te ha dicho que me caes mal? —me preguntó.

—¿No es cierto? —Él negó con la cabeza y yo me separé de golpe.

Necesitaba algo de espacio entre los dos. La temperatura de mi cuerpo ascendía y comenzaba a tener demasiado calor.

Me pasé la mano por la barbilla, por el mismo sitio donde él me había agarrado, mientras sentía arder la sangre en esa misma zona.

—Pues podrías haber sido algo más simpático, ¿no crees? —comenté cerca de la ventana. La luna estaba en lo más alto del cielo, como un faro que guía a los navegantes.

—Quizás, si nos hubiéramos encontrado en otro momento y lugar —sugirió Riku, y le miré por encima del hombro.

—Pero debemos adaptarnos a las circunstancias... —Me mordí el labio cuando sentí que me tocaba la espalda, acallando lo que le iba a decir.

—Perdona... —se disculpó con rapidez, apartando la mano de mi cuerpo, e incluso noté que estaba algo contrariado—. Tienes el jersey abierto por detrás... —me explicó con la mirada retraída.

Moví las manos hacia esa parte de mi espalda, pero me fue imposible tocarla, por lo que me acerqué al espejo que había en una de las puertas del armario y lo comprobé.

—No me había dado cuenta —afirmé, y vi el reflejo de Riku en el espejo.

—Si quieres...

Yo asentí y esperé que se aproximara más a mí, para poder subir la cremallera que cerraba la prenda.

Nuestras miradas se enlazaron de nuevo en el espejo justo cuando noté las yemas de sus dedos deslizándose por mi piel mientras atrapaba el cierre y subía poco a poco por los dientes metálicos.

Sentía que el aire que llenaba mis pulmones era cada vez más escaso, y comprobé que el calor que me abrasaba por dentro se había asentado en mis mofletes.

Llegó al cuello, donde había un pequeño botón, y dejó que su mano se posara con delicadeza en esa zona. Había terminado su tarea, pero sus dedos realizaban suaves caricias sobre mi piel mientras miles de escalofríos me recorrían de arriba abajo. Parecía que no tenían ninguna intención de detenerse, y yo tampoco lo deseaba.

—No quiero que te pase nada —confesó Riku de pronto, y vi en sus ojos que sus palabras eran ciertas.

Me volví hacia él y posó sus manos en mis mejillas.

—Pero ya no puedo irme —le dije en apenas un susurro—. No después de descubrir que aquí están mis raíces y que me necesitáis.

Riku suspiró y posó la frente sobre la mía. Sus dedos pasaban por mis mejillas con delicadeza mientras mi corazón latía desbocado.

—No es tu guerra —afirmó, pero supe que ni él mismo se creía lo que afirmaba.

Le agarré de la cintura y lo obligué a levantar el rostro para enfrentar sus ojos. Nuestras caras estaban muy cerca. Nuestras respiraciones se enredaban.

—Eso no es cierto, y lo sabes —indiqué—. Siempre lo ha sido, aunque esa información me ha llegado tarde. Demasiado tarde...

Riku apartó un mechón de pelo de mi cara y lo coló por detrás de mi oreja. Me regaló una sonrisa triste y se acabó separando de mí, para acercarse a la ventana.

No tardé en seguirlo.

Me coloqué al otro lado y observé el paisaje nocturno. La tranquilidad que se respiraba escondía todo un mundo por descubrir, y, aunque las circunstancias no lo propiciaban, estaba deseando aventurarme por él. Apenas había visto una escasa parte esa tarde, y, desde que Vega me había prometido llevarme a las tierras donde mi padre había crecido, era algo que esperaba con ilusión.

—¿No te has preguntado cómo acabaste allí esa noche? —me preguntó Riku, rompiendo el silencio cómplice que se había instalado entre los dos.

Lo miré con curiosidad.

—Un cúmulo de acontecimientos, supongo. La lluvia no ayudó y encontré un sitio donde refugiarme…

Se pasó la mano por el cabello, despeinándolo todavía más por el camino, y soltó:

—Merlín.

—¿Merlín? —Fruncí confusa el ceño al escuchar el nombre del mago.

El chico se volvió hacia mí y en su cara pude ver que lo que me iba a contar no me iba a gustar.

—Merlín te necesita… En realidad, todos te necesitamos para alcanzar nuestro objetivo, y lo organizó para que acabaras allí.

—Pero… —Dudé e instintivamente busqué la cama para sentarme—. ¿Cómo?

Riku fue tras de mí y se acuclilló delante de mis piernas, tomándome de las manos.

—Llevábamos días vigilándote, controlando tus movimientos porque te necesitábamos para encontrar las reliquias.

—Lo habéis hecho muy bien sin mí hasta ahora —le dije sin pensar.

Él asintió y apretó mis manos.

—Pero cada vez somos menos, y Arturo y los suyos son más fuertes. Van dos pasos por delante de nosotros —me indicó lo que llevaba escuchando desde que había aparecido en el cuartel de los especialistas—. Necesitábamos a la hija de Eric, la persona que desciende de la rama primigenia y de la que hablan los padres fundadores.

Mi ceño se arrugó todavía más mientras asimilaba esa información.

—Vega me contó todo eso, pero creía..., pensaba que...

—Ella no sabe nada —afirmó con seguridad—. Merlín la necesitaba para que le confirmara que eras tú y te atrajera hasta nosotros. Pero nunca le confesó que esos datos ya los sospechaba, porque había sido amigo de...

—De mi padre —terminé por él, y asintió—. Aunque Vega siempre ha pensado que yo era esa... —Callé unos segundos y suspiré. Me pasé la mano por el cabello y fijé mi mirada en su rostro—. Vega siempre ha creído que soy quien sale en ese libro que acompaña a Merlín a todos los sitios, pero él la contradijo. Lo vi. Ambos hablaron de ello delante de mí, e incluso se hizo el sorprendido cuando vio la foto en la que salía mi padre —le expliqué lo que había presenciado la primera noche que llegué a este mundo. Parecía que había pasado todo un año, o más tiempo, después de lo que había vivido. Después de lo descubierto.

Riku asintió y se dejó caer sobre la moqueta de la habitación.

—Vega es muy lista, aunque no sabe que el profesor la ha manipulado, en realidad.

Busqué su mirada y le pregunté:

—¿Y tú sí sabías todo eso? —En el momento en el que Riku asintió con la cabeza, traté de levantarme, apartarme de él, pero tiró de mis manos y me obligó a sentarme encima suya—. Suéltame... —le pedí sin alzar la voz, aunque mis movimientos y mis gestos le indicaban que estaba enfadada, indignada..., sorprendida. Me habían utilizado, y me había dejado manipular, siendo consciente de que eso sucedía. En el fondo, lo había sabido todo ese tiempo. No podía llevarme a engaños. Pero, en cuanto Merlín me habló de mi padre, de mis orígenes... Fui presa fácil.

—Sirenita, por favor... —me rogó, y vi pesar y tristeza en sus ojos, lo que me paralizó.

Pasó la mano por mi mejilla, apartó de nuevo el cabello que me había caído sobre los ojos y dejó que uno de sus dedos dibujara la curva de mi nariz hasta el comienzo de mis labios.

Instintivamente, abrí la boca cuando lo sentí y nuestras miradas se reencontraron.

—Merlín está desesperado y no encontró otra salida —declaró, dejando caer la mano que me había acariciado hasta posarla sobre mi pierna—. En realidad, yo tampoco hallé otra cuando me lo planteó.

—Pero él se lo prometió a mi padre —recordé—. Que me protegería y me impediría participar en todo esto...

Riku asintió y sentí cómo me abrazaba.

Sin darme cuenta, dejé caer el peso de mi cuerpo sobre él, buscando el calor que transmitía.

—Por eso ha tardado tanto en dar el paso —afirmó—. Hemos recuperado todas las reliquias que hemos podido, las que teníamos conocimiento de su existencia y eran más o menos accesibles. Nos hemos enfrentado a Arturo y hemos perdido... —Se calló un instante, para retomar el discurso a continuación—: Pero nos hemos levantado y en otras ocasiones hemos vencido, hasta que nos llegaron noticias de ti...

—Pero Merlín sabía que yo existía —le recordé.

Riku asintió.

—Pero no quiso que participaras hasta que no encontró otra salida. Hay reliquias a las que solo puedes llegar tú, Sirenita —me confesó—. Lo viste el otro día, en la guarida de Caperucita.

—Sabíais dónde se escondía —afirmé, al recordar como todos conocían el paradero exacto de la rosa.

—Lo habíamos intentado otras veces, pero no lográbamos alcanzarla.

—Pero, desde el principio, no quisiste que participara en la misión —lo acusé, y enfrenté su mirada—. Incluso me dejaste fuera, esperándoos...

Riku soltó el aire que retenía.

—Trataba de protegerte, de probar que podíamos conseguir la reliquia sin tu ayuda...

Arrugué el ceño.

—Si no hubiera aparecido para avisaros de la llegada de ese desconocido, no tendríamos la reliquia en este momento —le recordé.

Riku movió la cabeza de arriba abajo una vez más, rendido.

—Y te lo agradezco...

—Pero —dije, y me miró.

—Pero este no es tu sitio, Sirenita.

Bufé al escucharlo y me levanté de su regazo.

Él se giró para observarme y yo no quise mirarlo.

—Sirenita...

—No. ¡Déjalo ya! —le grité—. Eres... Me pones... —Su risa me enfadó todavía más, y emití un sonido de impotencia.

—Lo siento —se disculpó, pero sabía que esta vez no iba a ser tan fácil. No iba a dejar que me engañara con sus perdones o sus gestos de niño bonito que no ha roto un plato en su vida.

En cuanto lo sentí en mi espalda, me volví hecha una fiera hacia él para enfrentarlo, y lo que vi en sus verdes ojos hizo que callara los insultos que le iba a lanzar.

Había pesar en su mirada, tristeza y miedo.

Recordé las contradicciones de sus actos y su recelo en cada movimiento o nuevo plan. Las discusiones sin sentido que protagonizábamos, como los polos opuestos de dos imanes que se repelían, para luego buscarse. No queríamos estar en la misma sala que el otro, pero nuestras miradas se perseguían. Era como si Riku buscara ahuyentarme, hacerme huir de toda esa locura, aunque era muy consciente de que me necesitaban.

—No estabas de acuerdo con el plan. —No fue una pregunta, sino una afirmación.

Apoyé una de mis manos sobre su pecho. En el lugar exacto en el que su corazón latía, y me di cuenta de que este seguía el mismo ritmo que el mío.

—Creo que todo se está precipitando y que el otro día corriste mucho peligro cuando todavía no estabas preparada, Sirenita. —Me agarró la cara y enfrentó mi mirada—. Temí por ti.

Nuestras miradas se enlazaron de nuevo.

—Sé cuidarme sola...

Sonrió con pesar.

—Ya lo he visto, pero eso no evita que me preocupe.

—¿Por qué? —tanteé, y una parte de mí sintió miedo por la respuesta.

Riku me acarició de nuevo los labios.

—Porque me siento atraído por ti...

—¿Y eso es algo malo?

Cerró los ojos y los abrió a continuación. El color verde se había oscurecido.

—Nunca he tenido que preocuparme por otra persona que no sea yo mismo —me confesó—. La experiencia de mi familia, cuando bajamos nuestras barreras ante los sentimientos, nos lleva a precipitarnos en brazos de la traición.

Lo miré sin comprender muy bien a qué se refería.

—Yo no te traicionaría nunca...

—Nunca es mucho tiempo, Sirenita.

Subí la mano que tenía apoyada en su pecho hasta su nuca y acaricié los rizos oscuros de su cabello.

—Será porque no crees en los finales felices...

—Los finales felices no existen —me contradijo.

Sonreí con timidez.

—Siempre podemos quedarnos con el «continuará» —le propuse, recordando esos cuentos infantiles que esconden en su última página una segunda parte.

—Eso suena a esas frases hechas de que todo se puede lograr si lo puedes soñar.

Amplié mi sonrisa al observar su cara. Parecía que había sentido dolor con solo mencionar esas palabras.

—Pero ¿y si fuera cierto? —le pregunté, y pasé mis dedos por las marcas que había en su frente—. ¿Y si para llegar a ese «continuará» solo debemos soñar?

Él me miró con intensidad.

Yo le observé y sentí cómo me sonrojaba por su escrutinio.

Nuestras respiraciones se aceleraron todavía más.

—No sabes lo que estás pidiendo, Sirenita.

—Quizás eres tú el que lo desconoce o no lo entiende —le indiqué, y me acerqué a su rostro, dejando escasos centímetros de separación entre nuestras bocas.

—Entender... —Observó mis labios—: Sirenita, si sigues así, te voy a besar.

Yo sonreí al escucharlo.

—Creí que nunca te ibas a decidir...

No me dejó terminar.

Sus labios se posaron sobre mi boca, silenciándome, y yo solo pude emitir un gemido de satisfacción.

Primero atrapó mi labio inferior, para pasar a continuación al superior mientras nuestras lenguas se enredaban. Su mano, anclada en mi espalda, agarró la cremallera del jersey para bajarla, y, en cuanto esta no supuso un problema, coló sus dedos por el espacio que quedaba.

El contacto de su piel me sorprendió al principio, pero, en cuanto su mano comenzó a hacer dibujos inconexos, mi cuerpo no tardó en arder por las sensaciones que transmitía. Sus caricias me enloquecían, y mi interior demandaba un mayor acercamiento.

Lo empujé sobre la cama y me senté a horcajadas sobre él.

Riku interrumpió el beso y me miró.

Los dos teníamos la respiración entrecortada.

—Sirenita..., no soy la persona que crees.

Me alcé un poco, hasta que nuestras miradas estuvieron a la misma altura, y le besé la punta de la nariz. Luego acaricié sus cejas oscuras, pasé por sus párpados y me detuve en su boca. Esa que estaba deseando besar de nuevo.

—Aquí nadie es quien dice ser, Riku. O quien nos han contado que es —le señalé con una sonrisa confiada—. Los cuentos clásicos han hecho mucho mal en las mentes de los niños si pensamos que un villano es un héroe o que una niña indefensa, en realidad, dirige la mayor empresa de contrabando del mundo de la fantasía. —Aunque se rio, no vi alegría en sus ojos—. Tal vez los padres fundadores tenían una buena razón para hacer eso o, quizás, el mismo tiempo que ha pasado ha ido transformando a los personajes que crearon, pero yo no espero nada —confesé de golpe, y no sé muy bien por qué lo hice—. Solo somos tú y yo. Una pareja que, en verdad, no se soporta, pero que siente. —Le besé el mentón—. Que con cada beso o caricia o mirada —arqueé una de mis cejas— pueden arder.

Me acerqué a sus labios y noté que se abría sin mostrar resistencia. Su lengua salió a recibir a su gemela, y un sonido placentero se escuchó por la habitación.

CAPÍTULO 22

Riku y yo estábamos en la cama. Uno tumbado enfrente del otro, regalándonos sendas sonrisas cómplices, mientras su mano, anclada en mi espalda, realizaba movimientos hipnóticos.

No habíamos pasado de prodigarnos besos y caricias; de sentirnos mientras nuestros cuerpos demandaban una mayor intimidad, pero que no quisimos satisfacer. Solo deseábamos pasar tiempo juntos, conocernos mejor para, con el tiempo, dar ese paso que parecía que terminaríamos por alcanzar. La atracción que sentíamos era patente, y resistirnos a ella de seguro que iba a suponer una tortura.

—¿Estás bien? —se preocupó.

Me moví levemente hacia él y le di un beso en los labios.

—Mejor que bien —afirmé, y noté que se relajaba.

Me devolvió la caricia, con la que nos entretuvimos más tiempo del predecible, y acabó separándose de mí para levantarse de la cama.

Lo vi ponerse el vaquero y la camiseta con la que se había presentado en el dormitorio horas antes, para desaparecer a continuación por el cuarto de baño.

Yo me tumbé bocarriba, cerré los ojos y suspiré. No pude evitar mover las piernas y los brazos, feliz por lo que había sucedido entre Riku y yo. Estaba radiante. Me sentía en paz, y hacía mucho tiempo que ese sentimiento no formaba parte de mi vida. Casi desde que mis padres habían desaparecido de ella.

Cuando escuché cómo la puerta del servicio se abría, me volví hacia ella e intenté mostrar un gesto natural.

Creo que no lo conseguí por cómo Riku me miró.

Acabé sentándome de golpe sobre el colchón, tirando del nórdico para que me tapara un poco, ya que, aunque llevaba una camiseta de tirantes que me había puesto para estar más cómoda, sentía algo de timidez al estar con él.

—¿Puedo preguntarte algo?

Me observó con una sonrisa peculiar. De esas que adelantan que, aunque me dijera lo contrario, él sabía que al final haría lo que quisiera.

—Adelante...

Me recoloqué una vez más, sin perder la sonrisa.

—Cuando nos encontramos en aquel local...

—¿Te ha contado Vega ya que era un viejo lugar de reunión de los especialistas?

Fruncí el ceño y negué con la cabeza lentamente.

—No... De eso no hemos hablado, pero tiene sentido. —Riku se apoyó en la pared que había cerca de la ventana, sin apartar la mirada de mí—. Allí fue donde vi por primera vez las fotos de mi padre.

Él asintió de inmediato.

—Sí, formaban parte de la decoración —me informó—. Iban Merlín y tu padre en su época más joven, con el resto de sus compañeros. Celebraban las victorias y creo que más de una vez armaron unas buenas.

—¿Y qué pasó para que se abandonara? —pregunté con interés. Por el estado en el que se encontraba el establecimiento, tenía toda la pinta de que así era.

Riku se encogió de hombros.

—No lo sé con exactitud. Puede que decidieran cambiarlo porque lo descubrieron o porque dejaron de acudir... —Se calló unos segundos como si estuviera pensando la respuesta correcta—. Hace muchos años que no salimos a tu mundo, salvo para abastecernos de víveres que necesitamos o por causas mayores.

—Como yo.

Él asintió.

—Como tú —afirmó y sonrió—. Deberías hablarlo con Merlín. Él te podrá informar mejor.

—Sí, esa es mi intención, pero, desde que he llegado, no he parado ni un momento. —Sonreí, y él se rio.

—Quizás más adelante —sugirió, y me guiñó un ojo.

Yo afirmé con la cabeza, coincidiendo con él.

—¿La reliquia que recuperasteis para qué sirve? —Riku me miró sin comprender—. Frustrasteis un intercambio de una reliquia, ¿no? —Asintió—. La flor de Rapunzel...

—Aaah... Sí... Las *campanulas rapunculus,* dices.

—Eso —dije, pero sin intención de repetir la palabra en latín. Ya me había pasado con Axel en la sala de las reliquias, y sabía que era casi imposible decirlo—. ¿Qué poder tiene?

Riku se rio al ver mi cara, pero me aclaró mi duda:

—La inmortalidad.

—¿Como en la historia?

Él movió una de las manos de lado a lado.

—Más o menos —indicó—. Para que lo entiendas, de su pistilo y estambre se podría conseguir una sustancia que la industria cosmética de tu mundo estaría dispuesta a pagar millones.

—Pero no impediría que los años pasaran.

Negó con la cabeza.

—El tiempo avanza, pero tendrían una piel de bebé.

Abrí la boca, sorprendida, para cerrarla con rapidez cuando pensé en otra reliquia que había visto.

—¿Y el garfio o el sombrero de Peter Pan?

Riku debió notar mi entusiasmo porque no pudo evitar reír.

—Con el sombrero vuelas y con el garfio se consigue que te cuenten todos los secretos que escondes.

—Sí, vale. Lo del sombrero ya me lo dijo Vega, pero no me acordaba —admití, y fruncí el ceño—. Pero lo del garfio…, ¿cómo?

—Quieres saber mucho, Sirenita. ¿No será que quieres utilizarlo conmigo?

Mis mejillas enrojecieron con esa simple sugerencia, y Riku se me acercó de inmediato. Tomó mi barbilla, para mirarme a los ojos y me indicó:

—No escondo nada.

—¿Seguro? —pregunté algo cohibida.

Él asintió y me dio un beso en los labios.

—Soy como un libro abierto a descubrir por ti, Sirenita. Atrévete a leerme y averiguarás todo lo que se resguarda en mi corazón. —Tomó mi mano y la llevó hasta el sitio en el que ese músculo latía al mismo son que el mío.

—¿Qué quisiste decir con eso de que la traición siempre ronda tu familia?

Riku tardó en responder y, cuando lo hizo, soltó antes todo el aire que retenía en su interior.

—Mi familia desciende de Maléfica.

Tardé en reaccionar. Mucho. E incluso sentí cómo los engranajes de mi cerebro se movían poco a poco buscando el lugar exacto donde hicieran clic. Como un interruptor al pulsarse, ofreciendo la luz a un lugar oscuro.

Lo miré y observé cierto pesar en sus ojos verdes.

—¿De Maléfica? —pregunté por si no lo había escuchado bien.

Él asintió y esperó mi reacción.

—¡De Maléfica! —grité, y me levanté de la cama, alejándome de su lado. El nórdico se quedó con él, y comencé a caminar por el dormitorio con solo una camiseta que me cubría hasta por debajo del trasero.

—Sirenita…

Le chisté acallándolo al mismo tiempo que le señalaba con mi dedo índice.

—Un momento, por favor.

—Ariel…

—¡Riku, un momento! —le indiqué, alzando la voz, y me detuve de golpe.

Él hizo lo que le pedía mientras me pasaba las manos por mi cabello enredado y dejaba la vista anclada en un punto fijo de la pared color melocotón. De un suave y tierno tono que tranquilizaba. ¡Ni en sus mejores sueños lograría eso! Y, sobre todo, en mi estado actual.

Me volví hacia Riku, que me miraba con gesto temeroso, y casi estallé en carcajadas al verle en ese estado. No podría nunca imaginar que temía mi reacción.

—¿Sabes quién soy yo? —le pregunté, y asintió—. No, en serio. ¿Sabes los orígenes de mi familia? Porque yo me he enterado hace poco. Muy poco. —Me reí y reanudé mi caminar. Uno absurdo que me llevaba de la puerta a la ventana, y viceversa—. Mi rama, la primigenia —le señalé con la mano, remarcando lo que él ya sabía. Lo que yo sabía—, viene de Aurora y el príncipe Felipe.

—Sirenita…

—De la Bella Durmiente, Riku. —Me pasé la mano por la cara y bufé. Lo miré con los ojos desorbitados y, al notar su tranquilidad, gruñí con todavía más fuerza—. ¿Sabes lo que eso significa?

—Sí, que mi antepasada era enemiga de la tuya.

Mis hombros cayeron y solté el aire que retenía sin saberlo. Por un segundo, por un nanosegundo, tuve la esperanza de que esa historia, la de Maléfica y la Bella Durmiente, fuera otra de las variantes que nos habían contado de niños. Que la bruja malvada no hubiera sido tan mala y no hubiera querido acabar con la vida de Aurora.

Pero no. No podía tener esa suerte.

Caí sobre la moqueta como una muñeca que se desmorona al acabársele las pilas y miré al chico con el que me había besado, con el que había compartido caricias y abrazos.

—¿Y qué vamos a hacer? —pregunté rendida.

Riku se levantó y fue en mi busca. Se sentó delante de mí y posó sus manos en mis mejillas.

—Nada.

Yo lo miré ignorando lo que quería decir.

—¿Nada?

Me acarició la cara y sonrió con dulzura. Mi estómago dio un salto mortal ante su gesto. ¿Se podía ser tan guapo y tierno?

—Ellos forman parte del pasado. Nosotros somos el presente.

—Pero ese pasado rige nuestros caminos ahora mismo —le mencioné—. Si yo no fuera familia de Aurora, no estaría aquí.

Asintió y me dio un beso en la punta de la nariz.

—Pero eso no quiere decir que yo vaya a hacerte dormir de por vida —comentó, y recordé que fue él mismo quien había impedido que me pinchara con el huso de la rueca de su antepasada.

Sonreí, pero mi gesto no llegó a los ojos.

—Es verdad... —musité—. Tampoco es que ahora mismo seas malo...

Riku sonrió, de una forma que podría congelar hasta el mismísimo infierno, para sacarme la lengua a continuación.

—Me alisté a las filas de los especialistas siguiendo los pasos de mi padre, y este, al suyo, porque creía que era el único camino para que mi mundo y el tuyo no sufrieran —me explicó—. Cualquiera sabe lo que podría ocurrir si Arturo termina consiguiendo su objetivo.

Asentí, porque no podía estar más de acuerdo con él, aunque todavía había algo que rondaba por mi cabeza.

—Pero, Riku, lo de la traición y tu familia...

—Si recuerdas la historia de Maléfica y Aurora, cuando se conocieron. —Hice un movimiento afirmativo con la cabeza—. Ambas se querían, confiaban la una en la otra...

—Hasta que llegó el tercero en discordia —afirmé, y Riku suspiró.

—Desde entonces, lo de confiar en alguien ajeno a nuestra familia es complicado —admitió, y pude entenderlo—. La traición siempre sobrevuela nuestras cabezas...

Entrelacé nuestras manos sin apartar la mirada de su rostro.

—Pero estás aquí.

—Aquí estoy —indicó, y sonreímos.

—Tenemos el presente —mencioné, haciendo referencia a lo que me había dicho para detener mi ataque de pánico.

Riku asintió y me besó. Atrapó mi labio inferior, luego pasó por el superior, hasta profundizar la caricia. Me estaba levantando para colocarme encima de él, y así que no hubiera ningún espacio de separación entre los dos, cuando la puerta de mi habitación se abrió de golpe.

—¡Joder! Perdón... Esta manía de no llamar antes de entrar. —Escuchamos a Vega, que volvió a cerrar la puerta tras ella.

Al poco, unos golpes en la madera se repitieron varias veces.

Riku y yo estallamos en sendas carcajadas. Me dio un rápido beso y se levantó, llevándome con él. Me dejó sobre la cama, me tapó con el nórdico las piernas, lo que me hizo reír todavía más, y se acercó a la puerta para abrirla él mismo.

—Vega...

—Riku..., perdona... —dijo la chica, entrando en el cuarto, y juro que pude vislumbrar una rojez peculiar en sus mofletes oscuros.

—No pasa nada, Vega —le indiqué tratando de tranquilizarla.

Ella me miró, pasó la vista por Riku y, para sorpresa de los dos, soltó:

—Ya era hora. No sabéis lo necesario que era esto para que el equipo funcionara. Ahora el ambiente estará más relajado, ¿no?

—Bueno...

—Quizás...

Dijimos Riku y yo de manera cómplice.

Vega nos observó con cara incomprensible, hasta que su risa nos envolvió.

Nos vimos contagiados de inmediato por ella, lo que rompió la tensión que pudiera haber existido tras su entrada imprevista.

—¿Querías algo, Vega? —le preguntó Riku pasado el tiempo, cuando vio cómo se sentaba en la cama a mi lado y no nos informaba de la razón de su visita.

—Aaah..., sí... —Se golpeó la frente y se levantó de un salto—. Venía a buscaros porque Merlín ha decidido que debemos partir hacia el castillo de Adam.

—¿De la Bestia?

La chica asintió con la cabeza ante mi pregunta y miró a Riku.

—Parece ser que tiene programado un viaje y estará fuera varios días.

—Y, como no se sabe cuándo regresará, hay que hacer el intercambio cuanto antes —dijo Riku para sí, pero Vega movió la cabeza de forma afirmativa según lo escuchaba.

—Cuanto antes nos vayamos, mejor.

Riku asintió y me miró.

—¿Vienes?

Me levanté de la cama y sonreí ante la propuesta.

—¿Me necesitaréis?

—En realidad, no —afirmó Riku, y sentí algo de decepción al oír eso—. La reliquia ya la tenemos, la rosa, y solo queremos intercambiarla por la llave del Conejo Blanco que tiene en su poder Adam...

—Pues quizás sea mejor que me quede —indiqué desilusionada.

—Pero tal vez quieras ver los dominios de Bestia —comentó Riku, y vi la sonrisa traviesa que apareció en su rostro—. Además, ya formas parte del equipo, ¿no?

Nuestras miradas se encontraron y pude sentir la energía que me transmitían sus palabras, la confianza que parecía querer depositar en mí.

Vega silbó, rompiendo el momento.

—Oooh…, esto sí que no me lo esperaba.

Riku chascó con la lengua el paladar y yo me reí al ver cómo empujaba a su compañera fuera de la habitación mientras ella se resistía. Cerró la puerta, dejándola fuera, y se volvió hacia mí, que no andaba muy lejos.

Me agarró de la cintura y tiró de mí hacia su cuerpo.

—¿Vendrás?

Yo me reí al notar el interés que había en su voz.

—Solo tengo que cambiarme.

Me apartó levemente para pasar su mirada por mi cuerpo y se detuvo en mi rostro que, por el calor que sentía, debía estar ya colorado por su atención.

—Diez minutos.

—Diez minutos —repetí.

Me dio un beso en la boca y abrió la puerta para salir, pero no pudo hacerlo de inmediato porque Vega seguía apostada en la entrada.

—Vega… —dijimos su nombre a la vez, y ella sonrió como si no hubiera hecho nada malo.

Riku la empujó una vez más y yo cerré la puerta, quedándome sola en el dormitorio. En mi cara había una sonrisa que, de seguro, tardaría mucho en desaparecer.

CAPÍTULO 23

Llegué a la sala donde se custodiaban las reliquias mágicas pasados los diez minutos que me había indicado Riku. Entre la ducha, elegir ropa y decidirme por un determinado calzado, me entretuve demasiado. Pero es que, sin la ayuda de Vega, tampoco es que supiera a ciencia cierta qué era lo apropiado para acudir a una misión de este tipo. Nos íbamos a presentar ante el príncipe Adam, quien formaba parte de una de las historias que más había leído y visto a lo largo de mi vida. Me apasionaba su aventura y, si me obligaban a reconocerlo, estaba un pelín nerviosa. No todos los días una persona tenía la oportunidad de conocer a la Bestia... ¡La Bestia!

No cabía en mí de entusiasmo de que llegara ese momento, y tampoco es que me ayudara mucho para relajarme lo que había sucedido entre Riku y yo. Nuestra relación había cambiado, lo que provocaba que tuviera miles de dudas. No sabía cómo debía comportarme ante él. Esperaba algo por parte mía, debíamos hacerlo público o seguir como si no hubiera sucedido nada entre los dos. Disimular o dejar que todo corriera como si tal cosa...

Todo era demasiado... Aghh... Ni siquiera sabía cómo definirlo. Me superaba. Todo lo relacionado con ese mundo, y la presión que sentía sobre mis hombros después de descubrir lo que se esperaba de mi presencia, no ayudaba. Si siguiera en mi casa, junto a mi abuela, ignorante de la lucha que se llevaba produciendo en el mundo de los cuentos, viviría mucho más tranquila y relajada.

«Pero no habrías conocido a Riku...», me dijo una vocecita en mi cabeza en cuanto pisé la gran escalinata, y este se volvió, regalándome una sonrisa de bienvenida.

—No, no lo habría conocido —afirmé a media voz, al mismo tiempo que escuché a Vega cómo me llamaba.

—Ariel, ya era hora de que aparecieras. —Extendió su brazo derecho, que brillaba por el brazalete que le iba de la muñeca al codo, y descendí los escalones de dos en dos hasta llegar a su lado.

Le tomé la mano en cuanto estuve cerca y me fijé en las mallas negras y grises que se había puesto, y que conjuntaba con la blusa sin mangas azul claro, del mismo tono que sus ojos, que caía libre hasta las caderas. Cerraba su atuendo unos botines también azules, pero algo más oscuros que la camisa.

Me dio un beso en la mejilla a modo de recibimiento y me miró de arriba abajo, inspeccionando mi vestimenta.

—No está mal —afirmó, y yo me reí sin poder evitarlo, empujándola con el hombro.

Llevaba un pantalón marrón que se ajustaba a mis piernas, con bolsillos a lo largo de estas. Un cinturón negro daba un par de vueltas a mis caderas, y un chaleco del mismo color, que se cerraba con botones dorados, escondía una blusa blanca de mangas largas. Había tomado una especie de chal que se colocaba a la altura de los hombros, y que me protegería del frío, y que tenía una capucha de tela liviana. Unos guantes sin dedos coronaban el atuendo.

—Lo único... —comentó Vega, mirándome de nuevo—, yo me habría puesto esas botas que descansan al fondo de tu armario.

Moví los pies según hablaba y le indiqué:

—Con las deportivas, voy más cómoda.

La chica negó con la cabeza y apretó la mano que me sujetaba en un gesto cómplice.

—No me hagas caso. En realidad, estás perfecta. —Me guiñó un ojo.

Sonreí por el piropo y observé al resto de los que se encontraban en la sala. Parecía que nos habían congregado a las mismas personas que habíamos acudido a la guarida de Caperucita, porque no muy lejos de donde estábamos, Axel y Minerva charlaban entre ellos.

Hubo un momento en el que la chica le debió decir algo a su hermano, porque este se giró hacia mí para mirarme. Me regaló una sonrisa de esas que podrían deslumbrar si estuvieras muy cerca de él y se volvió hacia Minerva para continuar su conversación.

Ella ni me miró. Mantuvo la vista agachada mientras revisaba su látigo, del que no debía separarse nunca. Con la melena suelta y la túnica violeta que llevaba, parecía una princesa guerrera.

Todavía no sabía muy bien a qué era debido la animadversión que me profesaba, ya que apenas habíamos cruzado dos palabras, pero me apunté mentalmente preguntárselo a Vega en cuanto tuviéramos un hueco libre por si podía solucionarlo.

—Ah..., bien —dijo Merlín de pronto, atrayendo la atención de los que estábamos allí—. Ya estáis todos.

Miré a Riku, que estaba cerca del mago y que acababa de cerrar el libro de las reliquias con algo más de fuerza de la necesaria. Habían estado consultando algo, y, por su gesto, no debía estar muy contento de lo que habían hablado.

Fui a aproximarme a él, más por instinto de protección y preocupación que por otra cosa. Quería saber lo que le inquietaba, la razón de su estado, pero debió notar mis intenciones, porque negó con la cabeza y me guiñó un ojo. Trataba de tranquilizarme, pero lo que consiguió es que me preocupara todavía más. Algo sucedía.

—Bueno, va a ser fácil. —Escuché a Merlín que decía, obligándome a centrarme en la misión—. Solo debéis devolverle a Bestia lo que le pertenece, a cambio de la llave del Conejo Blanco.

Los dos hermanos asintieron tras escucharlo.

—¿Adam sabe que vamos? —le preguntó Vega.

El mago asintió y se subió las gafas por la nariz.

—Le he mandado un mensaje, que no ha tardado en responder. Din Don me confirma que estarán encantados de recibirnos —explicó—. Fue él mismo el que me comunicó que mañana tienen previsto salir de viaje, por lo que solo pueden atendernos hoy, a pesar de las horas.

—¿Y está de acuerdo con el intercambio? —me atreví a preguntar.

Riku me observó con gesto serio, contradiciendo el entusiasmo que mostraba Merlín.

—Sí, está feliz de saber que hemos recuperado la rosa y quiere que vuelva a su hogar.

—¿Esa reliquia tiene algún poder?

Minerva bufó y comenzó a enrollar y desenrollar el látigo de nuevo.

—Ariel desconoce nuestra historia —me defendió Vega, al notar la actitud de la joven.

Axel puso una mano sobre el hombro de su hermana y nos observó con una sonrisa de disculpa.

—Perdonadla, es solo que estamos cansados. No vemos el momento de terminar con esta misión, ¿verdad, hermanita?

—Sí, así es —indicó Minerva. Pero no la creí. Había algo más que no lograba adivinar.

—Ariel, si te acuerdas del cuento de *La Bella y la Bestia* —trató Merlín de reconducir la conversación—, la flor controlaba la vida del príncipe Adam.

Asentí al mismo tiempo que la imagen de la rosa me vino a la cabeza. La recordaba bajo una cúpula de cristal mientras sus pétalos se desprendían como un fiel recuerdo de la maldición que recaía sobre la Bestia y sus empleados. En realidad, sobre toda su propiedad.

—Si no hubiera aparecido Bella, él seguiría siendo una...

—Bestia —dijo Minerva por mí, y añadió—: Pues eso continúa siendo así.

—No es exactamente así —la contradijo Merlín, y la hermana de Axel bufó al escucharlo.

—¿Qué quiere decir? —los interrogué, dejando caer mi mirada sobre cada uno de ellos.

Riku se adelantó unos pasos, atrayendo mi atención, y me explicó:

—Sin esa rosa, la forma natural de Adam se revela y en cualquier momento puede convertirse en un monstruo.

—¿Su forma natural?

—Adam es una bestia, en realidad —me aclaró Vega.

Los miré sin dar crédito a lo que escuchaba.

—Entonces, la rosa hace que sea una persona normal.

—Bueno...

—¡¿Qué es normal?! —saltó Minerva levantándose de la silla, interrumpiendo a Vega, que me iba a explicar algo más. Tiró el látigo sobre la mesa y observé su enfado en el rostro—. Dinos, Ariel, ¿qué es normal para ti? ¿Quién dicta ese «normal»?

—Hermana, tranquilízate...

—No, Axel —le espetó, apartando la mano que había apoyado en su brazo para detenerla—. Es que me hace gracia que esta —me señaló y me miró con gesto altivo— venga ahora a decirnos lo que es normal o no. No tiene ni idea...

—No, no tengo ni idea —la corté, y la dejé con la boca abierta al darle la razón—. Por eso, quiero entenderlo. Quiero saber lo que ocurre para evitar meter la pata y aprender de todo lo que me rodea. De todo este mundo al que pertenezco y acabo de descubrirlo. Es por eso por lo que siento si mis palabras te han molestado u ofendido. No era mi intención.

Minerva me miró, pero no dijo nada más. Se sentó de nuevo en la silla que ocupaba con anterioridad y Axel apoyó la mano en su hombro.

—Ariel no ha querido…

La chica movió el hombro de forma despectiva, apartándose de su hermano, y acabó levantándose para acercarse a una de las ventanas.

Ninguno añadió nada más.

—Ariel —me llamó Merlín, pasado un tiempo prudencial—, es importante que Adam recupere esa rosa para controlar la bestia que vive dentro de él.

Moví la cabeza de forma afirmativa.

—Lo entiendo.

—Así, por lo menos, respirarán más tranquilos todos los que habitan sus tierras —comentó Vega.

—Eso es algo muy importante —indicó Merlín mirando a la chica, y ella sonrió.

—Cada vez tiene menos trabajadores que aguanten sus ataques de ira.

—¿Ataques de ira? —pregunté.

—Cuando se convierte en Bestia, no razona muy bien…

Minerva se rio al escuchar a Riku, y todos la observamos.

—Eso sería decir mucho, ¿no crees?

El chico moreno suspiró y se pasó una mano por el cabello.

—Solo Bella es capaz de tranquilizarlo —continuó—, pero desde que desapareció…

—Desde que lo abandonó —puntualizó Minerva de nuevo.

—Hermana…, ya vale.

Ella se encogió de hombros y se volvió hacia la ventana.

Yo miré a Riku y a Vega esperando que me aclararan lo sucedido, pero ninguno parecía estar por la labor.

—Por Dios… —dijo Minerva, al comprobar que ninguno hablaba—. No es tan complicado. —Se acercó a mí—. Bella estaba harta de aguantar sus cambios de humor por culpa de no tener la rosa. —Asentí cuando se detuvo un instante, comprobando que la seguía—.

Ella se fue, la rosa no estaba tampoco, y esos cambios de humor se acrecentaron. Sus trabajadores comenzaron a abandonar las tierras por los destrozos que ocasionaba su estado, y sus propiedades se han convertido en terreno vedado si quieres salir con vida de allí.

—¿Y vamos a ir a su castillo? —solo fui capaz de preguntar eso tras su explicación.

Minerva sonrió como si le alegrara haberme alterado con todos los datos y me palmeó la espalda.

—Así es. Algo fácil, como ha dicho Merlín.

Miré al mago y comprobé que se había sonrojado.

—Son solo detalles...

—Merlín —lo nombró Riku con voz queda, lo que me recordó su estado serio. Ahora lo comprendía—, si queremos que Ariel nos ayude, no habrá que engañarla.

El mago se pasó la mano por la nunca y suspiró.

—Tienes razón. Perdona, Ariel.

Me miró y, aunque asentí aceptando sus disculpas, debí hacerlo de forma no concluyente, porque enseguida escuché a Riku que me llamaba:

—Sirenita, no tienes que venir con nosotros si no quieres.

Tardé en negar con la cabeza, pero lo hice. Quería ir, quería acompañarlos.

—Sí, voy. Estoy bien —afirmé, y él me retuvo la mirada unos segundos, hasta que estuvo convencido del todo.

—Pues perfecto —indicó el mago, y tomó la mochila negra que había cerca del libro—. ¿Quién lleva la reliquia?

Axel la agarró, se la colocó a la espalda y me comentó:

—Ariel, piensa que esto será mucho más fácil que lo de la guarida de Caperucita.

—Eso es verdad —dijo Vega, y buscó mi mirada—. No estarás sola —me repitió lo que ya me había dicho en la casa de Gruñón y el Conejo Blanco.

Asentí con la cabeza y vi cómo todos se ponían en movimiento.

No tardé en seguirlos.

Riku esperó a tenerme a su altura para preguntarme:

—¿Estás segura? —Afirmé sin apartar la mirada de sus ojos rasgados—. No tienes que...

Le agarré la mano, interrumpiéndolo, y me alcé sobre mis pies hasta que nuestros labios se tocaron.

—Estoy segura.

Él me devolvió el beso y asintió, tirando de mí hacia el portal que abría Merlín en ese momento.

Si hubiera estado más pendiente, me habría dado cuenta de que nuestro beso no había pasado desapercibido para uno de los que allí se encontraba; y, si hubiera estado más atenta, habría sabido que no le había hecho ninguna gracia.

CAPÍTULO 24

El portal mágico era diferente a los que ya había visto, incluso cruzado. Este también era circular, pero el color de la circunferencia era rojo. De un rojo brillante que podría recordar con facilidad a la sangre.

Lo traspasamos tras escuchar a Merlín desearnos suerte y salimos a un terreno baldío. La luna coronaba el cielo, lo que nos permitía avanzar sin necesidad de iluminación artificial, y no tardaron en rodearnos miles de luciérnagas, que me arrancaron más de una carcajada cuando se acercaron a mi cara.

—Parece que necesitas que te guíen —comentó Vega, que caminaba muy cerca de mí.

Riku se había adelantado, dirigiendo al grupo, y a su espalda iban Minerva y Axel. Por detrás de todos ellos, estábamos Vega y yo.

—Quizás notan que ando un poco perdida con todo lo que estoy viviendo últimamente —confesé, y me tomó la mano con cariño.

—No le hagas caso a Minerva —susurró, y señaló con la cabeza a la chica que iba por delante nuestra—. Se ha debido de enterar de lo de Riku y tú, y estará molesta.

La miré con el ceño fruncido.

—¿Y cómo se ha enterado? —Puso cara de no haber roto un plato—. Vega...

—Tarde o temprano, lo iba a saber...

—Pero quizás era mejor tarde, ¿no crees?

Ella se encogió de hombros.

—Los problemas hay que enfrentarlos de cara para que se resuelvan lo antes posible y así poder seguir avanzando.

—Pero, si hubiera sabido que sentía algo por Riku, tal vez...

—¿Qué? —preguntó cortándome—. Desde el primer momento en el que los dos coincidisteis, se veía venir que había algo entre vosotros dos. —No pude evitar sonreír por ese comentario—. Era lógico pensar que ibais a acabar juntos.

—Yo no lo veía tan claro —comenté, recordando nuestros enfrentamientos.

Vega bufó, evidenciando lo que pensaba de eso.

—Además, Riku no le pertenecía —continuó—. Aunque se hayan liado un par de veces, eso no quiere decir que sea de su propiedad.

Me detuve de golpe. Ahora entendía el comportamiento de Minerva, sus gestos y comentarios malintencionados.

—¿Riku y Minerva están juntos?

Vega se acercó a mí y tomó mi cara entre sus manos.

—Han estado juntos. Dos o tres veces —puntualizó—. Nada más. ¿Me entiendes? —Asentí, aunque esa información no terminaba de agradarme—. Y ahora está contigo... ¿De acuerdo? —preguntó al ver que no decía ni hacía nada ante eso.

—Pero... ¿eso qué quiere decir? —musité más para mí que para que ella lo escuchara.

Vega elevó mi cara para que quedaran sus ojos a la misma altura que los míos y me interrogó:

—¿No lo habéis hablado Riku y tú?

Negué con la cabeza.

—Creo que... —dudé— no hemos tenido tiempo...

Vega miró por encima de su hombro para comprobar dónde estaba el resto del grupo y comentó:

—Pues, cuando regresemos, lo habláis, ¿de acuerdo? —insistió, y yo asentí—. Quizás no queráis poner etiquetas a lo que hay entre vosotros —comentó reanudando la marcha, y no tardé en ir tras ella—. Quizás solo os estáis divirtiendo o quizás es algo más... —Me miró de reojo—. Pero es importante que lo aclaréis, porque creo que no eres una chica que sea de compartir, ¿no?

—Hablaré con él —afirmé a modo de respuesta, al mismo tiempo que pensaba que tampoco era una chica que me liara con alguien nada más conocerlo, como me había sucedido con Riku.

Elevé la vista y vislumbré la cabeza de este. Se encontraba mucho más adelante que nosotras, pero eso no le impidió girarse levemente, ya que debió notar que lo observaba. Una de sus negras cejas estaba arqueada, y en silencio me preguntaba si todo iba bien.

No dudé en asentir con la cabeza de inmediato, aunque mis pensamientos iban por otros derroteros. Y es que, aunque parecía que todo iba bien, que todo lo descubierto lo iba asimilando mejor de lo esperado, en realidad mi vida había cambiado tanto que hasta en lo más mínimo, en lo concerniente a mis principios personales, me había transformado.

Vega debió sentir algo extraño en mí, porque atrapó mi mano y el resto del viaje lo hicimos sin soltarnos. En silencio, cada una sumida en sus propias inquietudes, pero la una al lado de la otra.

Poco a poco, según nos acercábamos a nuestro destino, comenzamos a ver rosas desperdigadas por donde caminábamos. Hasta que un manto rojo, fucsia e incluso morado se extendió por delante de nosotras. Cubrían todo el paseo por el que andábamos y emitían una luz misteriosa que nos envolvía. Su aroma era inexistente, lo que llamó mi atención, porque las flores cubrían todo el espacio que alcanzaban nuestros ojos. Eran como si fueran de plástico, pero, cuando me atreví a tocarlas, noté que no eran artificiales. La suavidad de sus pétalos era increíble, y se deshacían entre mis dedos con un simple roce.

Llegamos hasta un enrejado de metal negro, invadido también por las rosas. Estas se enrollaban por toda la superficie, haciendo que pareciera un muro natural lo que había ante nosotros. Lo seguimos en paralelo varios metros hasta alcanzar la gran puerta, y la cruzamos sin informar a nadie de nuestra presencia.

Avanzamos por unos jardines descuidados, oscuros y solitarios, que, si no fuera porque iba acompañada, quizás no me habría atrevido a cruzar nunca. Tal vez era por las horas intempestivas o porque parecía que hacía siglos que nadie se preocupaba de su cuidado, pero no era el sitio idílico que me había imaginado.

Noté que Riku había desenvainado la espada que llevaba y Minerva echó mano del látigo. Axel, que iba cerca de su hermana, sujetó con más fuerza las cinchas de la mochila, donde transportaba la reliquia, y movía la cabeza de lado a lado cada poco, como si buscara algo.

—Vega...

Ella llevó uno de los dedos a su boca, invitándome a estar callada, y no lo dudé ni por un segundo. Asentí y, aunque no portaba ningún arma para defenderme —cosa que debía mencionar a nuestro regreso— ni sabía qué podía depararnos la misión, también centré mi mirada en lo que nos rodeaba por si localizaba alguna cosa extraña.

«Pero ¿qué se considera fuera de lugar en este mundo?», me pregunté, y vi cómo Vega movía el arco hacia delante para tenerlo más a mano.

Avanzamos hasta una escalinata con solo cuatro escalones, que conducía hacia una construcción que simulaba más un invernadero que un castillo.

Era muy diferente a lo que los cuentos describían.

De gran altura, con cuatro torres verticales, estrechas y de ladrillo oscuro que salían de la parte central, parecían los tubos que tenían las fábricas industriales, por donde expulsaban todo ese humo que sobrevolaba las poblaciones. El hierro forjado formaba parte del resto del edificio, realizando bóvedas imposibles que cubrían las dos naves más pequeñas, además de levantarse una cúpula en todo el centro de la estructura, similar a la que coronaba el Vaticano.

Las rosas habían conquistado casi toda la construcción. Tanto que, si no la observabas bien, no te percatarías de las gárgolas que decoraban los canalones por donde se expulsaba el agua de las tormentas.

—Esto es... diferente —comenté a media voz sin darme cuenta.

—Muy diferente a los cuentos, ¿verdad? —dijo Vega, y oímos cómo Riku nos chistaba desde su posición.

—Estad atentas.

Las dos asentimos con la cabeza a la vez y compartimos sonrisas cómplices justo cuando la puerta de ese... castillo se irguió delante de nosotros.

Riku fue a llamar, pero, cuando alzaba la mano para agarrar la aldaba con forma de león, se dio cuenta de que esta ya estaba abierta. Nos miró un segundo, el tiempo necesario para que todos se colocaran en posición de defensa, y empujó la madera maciza, que chirrió por el movimiento.

El sonido se extendió por todo el edificio y un frío helador nos traspasó.

Esto no pintaba nada bien.

Miré a Vega preocupada, que sostenía ya el arco con una flecha por delante, y negó con la cabeza.

—Ten cuidado. —Asentí con rapidez y me acerqué a ella.

No había apenas luz en el interior. La luna no lograba traspasar la vegetación y había escasos huecos por los que se colaba.

Vi cómo Axel pulsaba un interruptor para encender las lámparas, pero las bombillas no llegaron a encenderse del todo. Parpadeaban cada poco, ofreciendo un ambiente trémulo.

El polvo que reposaba sobre los muebles y el olor a humedad no ayudaba a mejorar el ambiente. Todo era demasiado tenebroso, muy diferente a esas historias que Disney había descrito.

Riku movió la cabeza hacia la izquierda y Minerva no tardó en ir hacia la sala que se abría en ese lado. Tomó el látigo del mango y dejó que cayera sin hacer ningún sonido por el suelo. Parecía una serpiente zigzagueando, dejando su huella.

Su hermano se dirigió al otro lado cuando Riku se lo indicó, desapareciendo por una pequeña puerta.

El resto esperamos en el gran *hall*, desde el que nacía una escalera de gran tamaño por la que se ascendía hasta el primer piso. Una alfombra roja, del mismo tono que la rosa que portaba Axel a su espalda, escondía cada peldaño, y a ambos lados, una barandilla dorada simulaba enredaderas naturales.

Minerva no tardó en aparecer, negando con la cabeza.

—No hay nadie.

—Por aquí tampoco —dijo Axel, regresando por el mismo sitio por el que había desaparecido.

Riku los observó a ambos y tensó la mandíbula ante las noticias.

—Subamos...

—¿Seguro? —tanteó Vega, aunque en su voz no se notaba miedo, sino más bien precaución.

El chico la miró y luego me observó a mí. Yo, instintivamente, hice un movimiento afirmativo con la cabeza para indicarle que estaba bien y que no se preocupara por mí. No era el momento.

—Debemos descubrir lo que ha pasado —indicó tras mis gestos, y comenzó a ascender por las escaleras sin comprobar si lo seguíamos.

Minerva y Axel compartieron miradas cómplices y no tardaron en ir tras él.

Vega me observó y le repetí el mismo gesto que le había hecho a Riku.

—Estoy bien.

Ella asintió y comenzó a caminar.

—Es de lo más extraño. —La escuché rumiar, y enseguida me puse a su altura.

—¿Qué ocurre?

Vega miró a nuestro alrededor sin separarse de su arco y luego me observó.

—Una cosa es que Adam sea imprevisible por su carácter y que algunos hayan decidido abandonarlo, pero ni Din Don ni Lumiere se habrían marchado —me explicó—. Quieren demasiado a ese demente.

—¿Y la señora Potts?

—Se fue con Bella —me aclaró—. Están pasando por una fase... —dudó— complicada.

—Que dura ya unos siglos —dijo Axel, reteniendo sus pasos para intervenir en la conversación cuando llegamos al primer piso.

Si no fuera por la situación en la que nos encontrábamos, podría estar riéndome a carcajadas en ese instante. Jamás habría pensado que la Bella y la Bestia pasaban por una fase complicada como cualquier otra pareja. Era de lo más «inusual».

Al fondo del pasillo, con otra alfombra roja que amortiguaba nuestros pasos, me pareció detectar que salía algo de luz de por debajo de la puerta de la única habitación de esa ala de la casa y traté de avisarlos:

—Riku...

Este levantó su brazo derecho, acallándome, y todos nos detuvimos alrededor de él. Esperábamos las siguientes órdenes.

—Minerva, Vega y yo avanzaremos —susurró—. Axel, irás por detrás, junto con Ariel.

Involuntariamente puse los ojos en blanco, y Axel se dio cuenta, porque me pasó un brazo por los hombros y se acercó a mi oído.

—Venga, preciosa, que esta vez no te abandonaré.

—Pues el otro día no te faltó tiempo —lo acusé.

Él sonrió, con esa dentadura que recordaba al príncipe azul, y me explicó:

—Seguía órdenes —señaló a Riku con la cabeza, quien continuaba hablando con las chicas—. Éramos dos y podíamos repartirnos la vigilancia. Uno a cada lado del edificio —especificó—. Así les guardaba las espaldas por si era necesario un plan de escape, como ya comprobaste que necesitamos. —Me guiñó un ojo con arrogancia.

Yo fruncí el ceño según lo explicaba, ya que había algo que no me encajaba del todo. Si eso era así, tal como lo planteaba, ¿por qué su hermana se había preocupado tanto por él al no verlo conmigo cuando aparecí ante ellos?

Era demasiado extraño… A no ser que no quisieran contarme su verdadero plan porque no confiaban todavía en mí.

Mi entrecejo se arrugó todavía más, y Axel pasó uno de sus dedos por él, provocando que me apartara de golpe por su contacto.

—Ey…, Ariel, no pasa nada. Soy de los buenos, ¿recuerdas? —Se señaló a sí mismo y volvió a sonreírme, pero ese gesto comenzaba a ponerme la piel de gallina.

No, definitivamente, había una pieza del puzle que no encajaba, pero no quise decírselo. No era ni el momento ni el lugar. Había que recuperar la llave, y luego ya podría exponerle a Riku mis dudas para que me las despejara.

—¿Preparados? —nos preguntó Riku, como si lo hubiera invocado con mis pensamientos. Y, aunque titubeé un segundo, al final asentí con la cabeza.

Este miró a Axel, esperando el mismo movimiento, y que el chico no tardó en mostrarle.

Riku también asintió, conforme, y se colocó a la cabeza del grupo de nuevo. Comenzó a caminar, sujetando en alto la espada, mientras Minerva y Vega, como les había indicado, le protegían la espalda.

Más atrás íbamos Axel y yo, junto a la reliquia.

Las imágenes de los cuadros que había colgados en las paredes que teníamos a ambos lados nos seguían con la mirada. Mujeres y hombres vestidos con ropajes de una época antigua que posaban con rictus serio, pero que estaban muy atentos a cada movimiento que realizábamos.

Llegamos hasta la puerta por la que la luz se colaba por las rendijas de la madera. Riku posó la mano sobre el picaporte y lo bajó hasta que escuchamos el clic de la cerradura. La abrió con la mano izquierda sin bajar la espada y, con cuidado, traspasó el umbral.

La chimenea estaba encendida y dos sillones orejeros de grandes dimensiones estaban situados enfrente de ella. En el suelo había una alfombra con motivos vegetales, y, salvo una estantería que había en una de las paredes, repleta de libros, no había nada más.

No había ni rastro de los habitantes de ese castillo.

—Vega, ¿sientes algo? —preguntó Riku tras pasarse la mano por la cabeza, mientras soltaba el aire que retenía sin saberlo, y la punta de su espada caía hasta el suelo.

—Nada... —Se acercó hasta la chimenea y posó la mano sobre la piedra que amparaba el fuego. Cerró los ojos y comenzó a respirar con más lentitud.

Mientras tanto, Axel se había acercado a la librería para leer los títulos de los volúmenes que la conformaban.

—Hay algo muy sutil —comentó Vega de pronto, atrayendo toda nuestra atención.

—¿El qué? —la interrogó Minerva.

La otra chica negó con la cabeza.

—No lo sé muy bien, pero... —Se movió hacia la pared que no tenía ninguna decoración y posó la mano en ella.

—Vega, ¿qué sucede?

Esta chistó mirándome y luego comenzó a deslizar los dedos por los ladrillos, hasta que se detuvo. Nos miró con cierta picardía y apoyó la palma de la mano con fuerza en el mismo lugar donde se había parado.

De inmediato, una puerta secreta se abrió ante nuestros ojos.

—Hay una escalera —anunció Riku, que no había tardado en comprobar lo que escondía ese hueco.

—¿Arriba o abajo? —se interesó Axel.

—Abajo —respondió el chico moreno, y desapareció por ellas.

—Pues bajemos —dijo el hermano de Minerva, y fue tras su compañero.

Las tres chicas nos miramos, no muy convencidas con lo que estaba sucediendo, pero no tardamos en seguirlos.

CAPÍTULO 25

Descendimos por la escalera con mucho cuidado, ya que tenía forma de caracol y los giros eran demasiado estrechos, por lo que los escalones terminaban siendo muy pequeños y, en cualquier momento, podíamos resbalar.

Riku y Minerva nos iluminaban gracias a una pequeña llama con la que jugaban entre los dedos. Habían necesitado de un solo chasquido del índice contra el pulgar y se había hecho la luz por arte de magia.

Un hechizo de lo más sencillo, según Vega, y que nos ayudaba a seguir descendiendo hasta los infiernos.

Justo cuando materialicé ese pensamiento, llegamos a lo que parecía un sótano. Era enorme, casi abarcaba toda la base del castillo que descansaba sobre nuestras cabezas, donde hacía demasiado frío. La temperatura había descendido bastantes grados y en el aire reinaba cierta humedad.

—¿Hay algún río cerca o lago? —pregunté sin dirigirme a nadie en concreto.

—Sí, el Lago de los Cisnes —me aclaró Minerva, tras encender una antorcha que había en el suelo y apagar los dedos.

Riku la imitó, pero, en vez de quedarse con la antorcha, se la pasó a Axel e inspeccionó la zona.

—No veo nada —anunció, y miró a Vega.

Esta tocó una de las paredes, de piedra maciza, y comenzó a caminar hacia delante.

Nosotros íbamos tras ella, muy pendientes de lo que nos rodeaba.

Llegamos hasta un agujero en la pared que se abría al lado derecho y Vega se detuvo.

—Ahí hay algo. —Señaló el camino oscuro que se abría ante nosotros.

Riku levantó su espada e hizo un movimiento para que Axel le pasara la antorcha.

—Vega, detrás con Ariel —la ordenó, e hizo lo que le pedía con rapidez.

Minerva se colocó a su lado y vimos desde nuestra posición cómo avanzaban despacio. La llama de las antorchas creaba sombras extrañas según se alejaban.

—Axel, ¿tú no vas? —le preguntó Vega, sin apartar la atención de la pareja.

—Es más seguro que me quede aquí —dijo, y movió la mochila que llevaba.

Yo miré a la chica con gesto sospechoso y negué con la cabeza.

—Creo que será mejor que vayas, Axel —insistió Vega—. Deja la reliquia con nosotras.

El hermano de Minerva dudó unos segundos, pero al final hizo lo que le indicaba.

Dejó la mochila en el suelo y, cuando se incorporaba de nuevo, sacó una daga del interior de la bota y la acercó a mi cuello.

No pude evitar gritar en cuanto el frío metal se pegó a mi piel y su brazo se enrolló alrededor de mi cintura, apresándome con fuerza.

—¡Axel, no! —grité.

—Quieta, Vega —le ordenó a la chica, mientras tiraba de mí hacia atrás.

—Axel, ¿qué haces? —preguntó extrañada esta, dando la espalda al túnel por el que se habían adentrado Riku y Minerva.

No se les veía por ningún sitio y la luz de las antorchas había desaparecido.

—Esperar —dijo Axel sin más.

—Esperar…, ¿a qué?

—A nosotros —anunció una voz grave, y nos vimos rodeados por unos veinte soldados.

Vestían con uniforme oscuro y casco, y portaban espadas, con las que nos apuntaban. Eran grandes, mucho de ellos con sobrepeso, y cuando sonreían mostraban huecos negros por los dientes que les faltaba. Tenían cicatrices en cara y brazos, que eran las partes del cuerpo que veíamos, pero podíamos suponer que en el resto también poseían marcas de las batallas en las que habían participado.

—Ya era hora —escupió Axel, y me empujó hacia Vega.

Trastabillé sin control hasta que la chica me acogió entre sus brazos.

Las dos nos volvimos enseguida hacia los recién llegados, dudando sobre lo que estaba sucediendo.

—¿El principito tenía prisa? —preguntó el que parecía que mandaba, con un retintín que hizo rechinar los dientes de Axel.

—Habéis llegado tarde, lerdo. No es lo que acordé con Arturo.

Vega y yo intercambiamos miradas al escuchar la acusación de Axel. Se había aliado con el enemigo.

—Axel… —lo llamó Vega sin dar crédito a lo que presenciaba—, ¿qué haces?

—Pensar en mi propio porvenir —confesó, y pudimos ver en su cara el egoísmo que le carcomía—. Esta guerra está durando demasiado y quiero estar en el bando ganador.

Vega frunció el ceño al escucharlo.

—¡Eres un traidor! —lo acusó, y fue hacia él, pero la daga del chico, pegada a su pecho, la detuvo.

—Me encanta tu ingenuidad, Vega —comentó con arrogancia.

Yo agarré la mano de Vega, reteniéndola a mi lado. No quería que la hirieran.

—Te mataré —siseó. Y la carcajada que emitió Axel me puso la carne de gallina.

—Axel, ¿y Minerva? —le pregunté—. ¿También está contigo?

Este miró por encima de nuestras cabezas tratando de localizar a su hermana, pero no se veía nada.

—No sabe nada, pero no hay problema —respondió—. En cuanto entienda que he hecho un trato provechoso para los dos, lo comprenderá.

Vega emitió un sonido de desagrado y vimos cómo los soldados se movían nerviosos.

—¿Dónde están los otros, principito? —le interrogó el que tenía la voz cantante.

Axel elevó la daga, señalando el túnel que había detrás de nosotras, y lo miró.

—Ahí dentro. Habrán encontrado a un viejo amigo y no sabrán cómo reaccionar.

Fruncí el ceño al escucharlo.

—Axel, ¿qué has hecho?

El chico nos observó con cara de demente. ¿Quién era y dónde se escondía la dulzura que siempre transmitía?

—Deshacerme de alguien a quien no se echará de menos...

—Axel, no habrás sido capaz —comentó Vega, y apretó los puños con fuerza solo de imaginar lo ocurrido.

—Mirad, el principito ha matado a la Bestia —indicó el que mandaba a sus hombres, y esto hicieron sonidos y gestos de admiración.

Axel sonrió y se volvió hacia los soldados. Hizo un par de reverencias, que estaban de más, cuando sin previo aviso se encontró con una daga clavada en el abdomen.

—¡Quietos! —ordenó Vega, para sorpresa de todos. Había aprovechado que los soldados estaban más pendientes de Axel y que este nos daba la espalda para acercarse a él e inmovilizarlo.

—Vega, ¿qué haces? Suéltame ahora mismo —le exigió el chico, pero en su voz se notaba el miedo que sentía. Lo había pillado por sorpresa.

Esta comenzó a caminar hacia atrás, sin liberar al hermano de Minerva y sin perder de vista a los hombres, que nos observaban con odio y ganas de venganza.

—¡Quietos ahí! —les ordenó de nuevo, mientras se metía en el túnel, no sin hacerme antes un gesto con la cabeza para que me dirigiera hacia el lugar por donde había desaparecido Riku.

No dudé en hacer lo que me indicaba, no sin antes atrapar la mochila que Axel se había quitado y escondía la reliquia.

Al mismo tiempo, los soldados comenzaron a avanzar hacia nosotras, sin importarles que tuviéramos a Axel atrapado.

—¡He dicho que no os mováis! —les gritó Vega, pero estos proseguían haciendo oídos sordos—. ¡Lo mataré! —amenazó, y Axel emitió un sonido de dolor al notar la daga en su cuerpo.

Los hombres detuvieron un instante sus pasos, como si no supieran bien qué hacer, pero, a un gesto del que daba las órdenes, prosiguieron caminando sin importarles el rehén.

Vega y yo intercambiamos miradas, alarmadas, y, cuando supimos que no teníamos ninguna escapatoria, empujó a Axel hacia ellos y corrimos hacia la oscuridad.

Oímos por detrás nuestro un grito ahogado que murió en el mismo instante en el que se produjo y, sin que nadie nos lo dijera, supimos que Axel había fallecido.

Lo habían matado.

Si los mismos a los que se había unido para traicionarnos lo habían asesinado sin contemplaciones, no podíamos esperar menos hacia nosotras.

Nuestras vidas corrían peligro, y ese conocimiento nos impulsó a acelerar nuestra huida hasta que un par de manos tiraron de nosotras, sumergiéndonos en una mayor oscuridad.

Sentí cómo una mano se posaba sobre mi boca, acallando mi grito de sorpresa, y la otra mano me abrazaba, llevándome hacia su calor. Mi cuerpo se amoldó al suyo con rapidez, como si supiera que regresaba al hogar, y no tardé en reconocer su olor, su tacto... Era Riku, y Minerva estaba al lado de Vega.

Nos quedamos quietos, observando el túnel que cruzaba en vertical al nuestro y no tardamos en ver cómo los soldados pasaban por delante nuestra, ignorando el escondite en el que nos encontrábamos.

Cuando escuchamos que se alejaban, nos relajamos.

—Riku, Axel... —le dije en cuanto me vi libre.

—Minerva, lo siento —le indicó Vega, y sentí cómo la abrazaba.

Solo pude escuchar un leve sollozo, que se evaporó de igual forma como llegó, seguido de un suspiro pausado que nos envolvió.

—Tranquilas... Algo sospechaba —reconoció, para nuestra sorpresa—. Hacía comentarios hirientes y se le notaba que estaba decepcionado con el giro que estaban llevando las cosas.

—Minerva... —Apoyé mi mano en su brazo y ella la atrapó.

—Solo necesito tiempo —indicó.

—El que quieras...

—Pero cuando lleguemos a La Fundación —me interrumpió Riku, y me tomó de la mano—. Tenemos que salir de aquí, pero, antes, debemos enseñaros algo.

—Antes de que vuelvan los soldados, ¿no? —comentó Vega, mientras nos introducíamos a oscuras por el nuevo pasadizo en el que nos encontrábamos.

—Hay una salida, pero...

—¿Pero? —le instó Vega a que continuara.

—Tenemos equipaje de más —terminó Minerva. Yo miré a Vega sin entender a qué se podía referir cuando llegábamos a una zona donde la luz de la luna se colaba por encima de nuestras cabezas.

Estábamos en lo que parecía un pozo seco, y, por encima nuestra, las rosas caían sin llegar al suelo pedregoso. A un lado, escondido en lo que parecía la entrada a otro pasadizo, había un gran bulto.

—Adam... —dijo Vega, y Riku asintió, confirmándoselo.

Vi cómo se acercaba al príncipe junto a Minerva.

—¿Está bien? —pregunté.

—Por los pelos, pero respira —me dijo un hombre de pequeña estatura que salió de detrás de Bestia. Tenía grandes mejillas y un bigote en forma de agujas de reloj.

Cerca de él había otro mucho más delgado y un pelín alto que llevaba una especie de boina en su cabeza que emitía una pequeña llama de luz.

Los dos estaban desmejorados. Con el rostro magullado y las ropas destrozadas, pero, a pesar de eso, seguían muy pendientes de su señor.

—Necesita ayuda —indicó el más delgado de los dos.

—Podríamos abrir un portal aquí —comentó Vega, y miró a nuestro alrededor.

—¿Se puede? —pregunté extrañada, porque, aunque desconocía las condiciones favorables para crear una puerta mágica, me parecía que el espacio en el que nos encontrábamos era muy estrecho.

—No será un portal como tal, porque solo existen en sitios concretos —indicó Minerva—. Vega habla de una salida trasera que pueda llevarnos lo más cerca posible de nuestra vía de escape.

—Pero todos juntos no podemos traspasarlo —apuntó Riku, y lo miré—. Se podría romper la conexión y llamar la atención de los de allí. —Señaló el corredor por el que habíamos escapado.

Vega asintió y comenzó a tocar la pared del pozo. Parecía que buscaba algo concreto.

—Y no sé si, después de que salgan los primeros, puedan los otros reutilizarlo —comentó, sin detenerse a mirarnos.

—Eso no es lo importante —indicó Riku—. Lo primero es encontrar esa puerta y luego ya pensaremos cómo hacerlo...

—¡Aquí! —dijo Vega cortándolo de golpe.

El chico se acercó a donde se encontraba y palpó la misma zona que señalaba.

—Puede que no resista mucho —comentó.

Vega miró hacia atrás, donde se encontraba el príncipe herido y sus dos sirvientes, y luego observó a su amigo.

—Hay que intentarlo. No sobrevivirá si tardamos más.

Riku asintió ante sus palabras y dio dos pasos hacia atrás, separándose de ella.

—Hazlo —le ordenó—. Minerva, ayuda a Din Don y a Lumiere.

Esta se agachó y agarró uno de los brazos del príncipe para pasárselo por sus hombros. La Bestia emitió un quejido por el movimiento, y pude vislumbrar un par de cuernos que salían de su cabeza. Dos colmillos asomaban por su boca, y las zarpas que tenía por manos caían inertes.

Din Don y Lumiere se colocaron a ambos lados de su señor y trataron, desde su pequeña estatura, sostenerlo.

Fui a acercarme a ellos en un impulso de echarles una mano, pero Riku me retuvo a su lado.

—Ariel, tú te quedas conmigo.

—Podría ayudarlos —indiqué, señalándolos.

Negó con la cabeza.

—Saldrán ellos primero y luego iremos nosotros. —Atrapó mi mano y me acarició el dorso—. ¿Confías en mí?

Asentí sin dudarlo y le apreté la mano con la que me sujetaba.

—No tienes que preguntarlo.

Él me sonrió, me dio un beso en el dorso de la misma mano y se volvió hacia Vega.

—¿Preparada?

—Preparada —afirmó, y comenzó a mover las manos haciendo círculos.

Al principio eran pequeños, que iban creciendo en tamaño, al mismo tiempo que su velocidad. Circunferencias exactas que se dibujaban en el aire hasta que unas chispas amarillas aparecieron ante nuestros ojos.

Esas luces aumentaron y un agujero se materializó en la pared del pozo que había delante de Vega.

Sentí un pequeño temblor bajo mis pies, y Riku me apretó la mano que mantenía entre la suya.

—Tranquila —me dijo, y asentí, devolviendo la vista a los movimientos que realizaba Vega, y al agujero que iba creciendo en el pozo. Delante de ella iba apareciendo una escalera de raíces que se elevaba hacia la tierra que había por encima nuestra y que estaba iluminada por miles de luciérnagas.

Cuando Riku creyó que había espacio suficiente para que Adam cupiera por el agujero, se acercó a Minerva y la ayudó a llevarlo hasta él.

Con cuidado, y sin que Vega dejara de mover los brazos, lograron que cruzara al otro lado. Cayó al suelo acompañado de un sonido hueco, que se escuchó por las grutas, y que hizo temblar con mayor fuerza el terreno que había bajo nuestros pies.

Din Don fue tras él.

Minerva no tardó en seguirlo para poder ayudarlos y, cuando estaba a punto de pasar Lumiere, la arena y piedras que formaban el pozo comenzaron a desprenderse.

—Lumiere, deprisa —le ordenó Riku, agarrándolo del brazo.

—Un momento, Riku —le dijo.

—No hay tiempo —le indicó con alarma, al mismo tiempo que una piedra caía cerca de nosotros.

Yo salté del susto, pero Vega ni se inmutó. Estaba hipnotizada.

—Lumiere, sal ahora mismo o te quedarás aquí —le soltó Riku con apremio.

El hombre asintió, pero antes de cruzar al otro lado, sacó algo del bolsillo de su chaqueta.

—Será mejor que tengas tú esto —le dijo, y el chico miró el objeto, sorprendido.

—¿Es la llave del Conejo Blanco?

Lumiere asintió y miró a su señor, que se sostenía a duras penas erguido gracias al apoyo de Minerva.

—Al saber de vuestra visita, Adam quiso tener la llave a mano para no retrasar mucho el intercambio —le explicó—. Me hizo ir a buscarla antes de que ese tipo apareciera.

—Axel... —dije, y Lumiere me miró, asintiendo con la cabeza.

—No esperaba que se abalanzara sobre él y le apuñalara... —Se le cortó la voz—. Era un amigo...

Riku posó una de sus manos sobre su hombro, tratando de reconfortarle con su apoyo.

—Se pondrá bien...

—Riku, la puerta —indicó Vega, alzando la voz.

Este miró a su compañera y vio cómo gotas de sudor resbalaban por su rostro. Las arrugas de su cara estaban más pronunciadas, lo que mostraba el gran esfuerzo que estaba realizando.

Con rapidez, se giró hacia Lumiere y tomó la llave que le ofrecía.

—Gracias...

—Riku —lo llamé, y le mostré la mochila que tenía en una de las manos.

El chico asintió y la agarró sin dudarlo.

—Aquí está lo que desea tanto tu señor —le dijo al sirviente.

Este, tras mirar la bolsa en la que se escondía la rosa, se la colocó a la espalda y, sin dudarlo ni un segundo más, cruzó hacia donde las luciérnagas parpadeaban.

Un nuevo temblor se repitió, provocando que más piedras cayeran sin control a nuestro alrededor.

Di un salto hacia un lado, evitando que una de estas me golpeara, y vi cómo Vega se desestabilizaba. Si no hubiera sido por Riku, habría acabado en el suelo.

Se notaba que estaba sin aire por el esfuerzo realizado. Agachada, con las manos apoyadas en sus rodillas, respiraba de forma agitada mientras miraba a su compañero como si supiera lo que iba a suceder a continuación.

Riku sonrió, le guiñó un ojo cómplice y le dijo:

—Cuida de ellos. —Posó la mano en su espalda y, de improviso, la empujó por el hueco que se cerraba justo en ese momento.

Nos quedamos los dos solos. En ese círculo que se desmoronaba sobre nuestras cabezas, sin saber lo que iba a ocurrir a partir de ahora.

CAPÍTULO 26

—Hay que salir de aquí —me indicó Riku, y agarró mi mano para llevarnos hacia uno de los túneles que había a nuestra espalda.

Dejamos el pozo atrás, justo cuando una gran piedra bloqueaba parte de las grutas, y nos adentramos por el interior de la tierra sin saber muy bien hacia dónde nos dirigíamos. Por lo menos yo, que me dejaba guiar por Riku entre la oscuridad, la humedad y sonidos extraños que no me apetecía identificar.

—¿Estás bien? —me preguntó una de las veces, sin detenerse.

—Sí… —musité, y algo debió notar en mi voz porque se paró de pronto. Chasqueó sus dedos y una pequeña llama apareció ante nuestros ojos.

—Sirenita, ¿estás bien? —me repitió, pero esta vez buscó mi mirada.

Aunque asentí con la cabeza, me vi arrastrada hacia su cuerpo, cobijándome en su calor. Rodeé su cintura y posé la cabeza sobre su firme pecho, sintiendo que su fuerza me protegía.

Escuché que un suspiro se le escapó de entre los labios y el latido de su corazón, algo acelerado, se fue apaciguando.

—Sé que es difícil, pero debemos proseguir si no queremos que nos atrapen —comentó en voz baja, y solo pude asentir una vez más.

Aun así, no nos separamos. No podía. Necesitaba sentir su fuerza, necesitaba saber que estaba a mi lado.

—Axel…

Riku se apartó ligeramente y atrapó mi mentón en cuanto mencioné al hermano de Minerva.

—Él fue quien tomó esa decisión —me dijo—. Nadie le obligó a cambiar de bando.

—Pero lo han matado —afirmé, y noté que las lágrimas luchaban por escapar de la prisión que suponían mis párpados.

—No se puede negociar con esa gente —me indicó, y acarició mi mejilla—. No son personas en las que se pueda confiar.

—Lo sé..., pero Riku, yo...

Este siseó y me abrazó de nuevo, mitigando el temblor que comenzaba a recorrerme el cuerpo. No sé si era por el frío que tenía o porque comenzaba a ser consciente de la situación en la que nos encontrábamos.

—No dejaré que te ocurra nada malo.

—Lo sé —le indiqué.

Nuestras miradas se reencontraron y, como si un hilo tirara de mí, me alcé sobre las puntas de mis pies para besarlo. Posé mi boca sobre la de él con timidez, pero, en cuanto entramos en contacto, la caricia aumentó.

Fue breve pero intenso. Nuestro pequeño refugio que, por unos segundos, nos alejó de la realidad que vivíamos.

—Sirenita, yo... He estado pensando que... —titubeó, y esta vez fui yo la que siseó para acallarlo.

Le regalé una sonrisa y le tomé de la mano.

—Ya hablaremos cuando regresemos, ¿de acuerdo?

Riku, aunque tardó en asentir con la cabeza, acabó haciéndolo justo cuando escuchamos ruido por detrás de nosotros. Parecían voces y maldiciones, por lo que supusimos que los hombres de Arturo nos habían localizado.

—Debemos continuar —indicó, y me sujetó de nuevo.

Nos pusimos en marcha de inmediato, no sin antes deshacernos de la llamita que había creado.

No fuimos muy lejos.

Varios metros por delante de nosotros, nos encontramos con una pared vertical que nos impidió avanzar.

—¿Qué haremos ahora? —lo interrogué en cuanto me soltó y observé que se acercaba a la piedra.

Posó una mano sobre la roca y dejó que esta se deslizara por la superficie húmeda. Buscaba algo, pero desconocía lo que podía ser. Allí no había nada. Ningún sitio al que huir o donde esconderse, solo piedra y agua que se deslizaba por el muro.

Un nuevo ruido, esta vez más próximo a nosotros, nos alertó de que no teníamos tiempo. Los soldados estaban más cerca. Nos estaban acorralando.

—Riku... —lo llamé, pero no me hizo caso. Solo palpaba el muro sin prestar atención a lo que nos rodeaba—. Riku, ¿qué hacemos? —le pregunté, pero seguía sin responder.

Desesperada, busqué por el suelo algo que pudiera utilizar como arma, hasta que hallé una piedra y un tronco medio podrido. Los tomé en cada mano y me coloqué delante de Riku al ver que no reaccionaba. Si él no iba a hacer nada por defenderse o contraatacar, ya lo haría yo por los dos.

Miré el túnel por el que habíamos llegado y observé que una luz se acercaba. Debían llevar antorchas o algún tipo de iluminación que utilizaban para no perderse por el laberinto.

—Riku...

—Sirenita —me llamó con urgencia—, aquí.

Me volví hacia él sin saber lo que quería que viera.

—Riku, no hay tiempo para esto. Debemos prepararnos —le indiqué, y señalé el túnel.

El chico golpeó con más fuerza de la necesaria el mismo sitio que me había señalado.

—Ven aquí y ábrelo —me ordenó.

Yo me acerqué a él con gesto incomprensible y observé el lugar que me indicaba.

—Ahí no hay nada, Riku. Solo piedra y tierra.

Sacó la llave que le había dado Lumiere y me la enseñó. Era muy similar a cualquiera que te pudieras imaginar. Dorada, con algunas filigranas en su empuñadura y unas pocas muescas, no demasiado marcadas, en su paleta. Nada podía indicar que poseyera el poder que me habían descrito.

—Utilízala.

Dejé caer la piedra y la rama que llevaba, y atrapé la reliquia mágica.

—Pero no sé...

Riku posó las manos sobre mis hombros y me movió hasta situarme enfrente del muro.

—Confío en ti... —Le miré escéptica y me empujó hacia la pared—. Ariel, puedes.

Observé la llave y, luego, el muro de piedra, y la acerqué sin saber muy bien lo que hacía. En cuanto la punta de metal tocó la pared, pensé que saltarían chispas o un agujero se abriría ante nosotros, pero no ocurrió nada.

—Riku, no sé lo que hago —espeté aterrada.

Él tenía su espada agarrada de una mano y en la otra lo que parecía una daga. Miraba hacia el túnel, donde la luz se acercaba y los ruidos de los soldados comenzaban a escucharse más cerca.

—Sirenita, creo en ti. Solo necesitas confiar más en que todo es posible.

—Pero...

—Todo se puede lograr si lo puedes soñar. —Me guiñó un ojo y observé que se acercaba más a la salida del túnel.

Sentí miedo por él, por si pudiera sucederle algo que...

No, mejor no pensarlo.

—Ariel, céntrate —me dije, y me volví hacia la pared. En el punto exacto donde Riku me había dicho que debía abrir algo.

Cerré los ojos, di un par de pasos hacia el muro con la mano derecha extendida, donde portaba la reliquia mágica, y recé.

Abrí uno de los ojos cuando la llave tocó la piedra, pero nada.

—¡No ocurre nada! —grité frustrada, y busqué a Riku, pero este se había adentrado por el túnel.

El entrechocar de metales me llegó a los oídos. Debía estar luchando por... nosotros.

Fruncí el ceño en cuanto materialicé ese pensamiento y, con mayor convencimiento, volví a mi posición: delante del muro, con la llave en la mano derecha y tratando de que mi respiración, y mi corazón, se ralentizara.

Conté hasta tres... hasta diez... Era como si buscara sentir algo de pronto recorrerme el cuerpo que pudiera llamar magia y que consiguiera lo que necesitábamos: abrir un agujero o un portal en esa pared.

Pero nada, y los sonidos de espadas aumentaban.

Tenía miedo, pavor, pero debía ayudar a Riku. Él creía en mí, en lo que podía conseguir, aunque ni yo misma supiera lo que podía ser eso.

Respiré con profundidad, posé la mano izquierda sobre mi corazón y comencé a mover el dedo índice al mismo ritmo que mis latidos.

Respiré una vez más y cerré los ojos, dejando que mi rostro se relajara.

Alargué el brazo derecho, sujeté con fuerza la llave y, cuando pensé que volvería a chocarme con la piedra, me tambaleé por no hallar ningún obstáculo a mis intenciones.

Delante de mí se habían abierto un par de puertas y una escalera de piedra se adentraba por lo que parecía un nuevo túnel. Pero, en esta ocasión, a cada lado de esos escalones lo que había era agua.

Una inmensa masa líquida que no mojaba la escalinata, pero sí la protegía. Estaba formada por todas las tonalidades del color azul que pudieras imaginar, imponía con su presencia.

—Riku… —lo llamé, pero no apareció—. ¡Riku! —grité, pero, al ver que seguía sin venir, acabé acercándome al lugar por donde había desaparecido.

Tomé la piedra que había recogido con anterioridad y me asomé por la abertura oscura cuando Riku se protegía de una estocada que podría haber sido mortal.

Instintivamente, lancé la piedra a la cabeza de su contrincante, dándole en la sien.

No fue suficiente para herirle o para infligirle un mayor daño, pero sí que ayudó a Riku a recuperar su posición. Aprovechó la desorientación de su contrincante y le clavó la hoja de metal en el estómago.

—¡Riku! —lo llamé de nuevo, y me miró—. Ya está. Vamos.

Asintió y salió corriendo hacia mí justo cuando uno de los hombres de Arturo lanzaba una flecha, que por suerte rebotó contra las paredes.

Riku atrapó mi mano y nos dirigimos hacia la puerta que había abierto gracias a la llave del Conejo Blanco.

Escuchamos que los soldados nos seguían, pero no quisimos mirar atrás.

Avanzamos con rapidez por la escalinata y, cuando llevábamos bastantes metros, el sonido del agua nos detuvo.

Los dos nos giramos y vimos cómo las puertas se cerraban y los hombres que habían ido tras nosotros comenzaron a caer por la fuerza de las paredes al desmoronarse. El túnel se derrumbaba y, con él, todos los que allí nos encontrábamos.

Miré a Riku y este debió notar algo en mis ojos, porque sujetó todavía con más fuerza mi mano y comenzó a tirar de mí hacia arriba. Debíamos llegar al final de la escalera, hallar un lugar seguro e impedir que el agua nos llevara hasta las profundidades de esa gruta.

Mi cabello estaba húmedo; mis ropas, empapadas; y vi que Riku no estaba lejos de encontrarse en el mismo estado.

Me faltaba el aire, mis pulmones ardían y mis piernas estaban agotadas.

—Riku...

Él se detuvo, miró el camino por el que nos habíamos adentrado y luego se centró en mí.

—Sirenita... —Quise volverme, mirar lo que él había visto, pero me lo impidió. Atrapó mi cara con ambas manos y me besó con fiereza—. Eres muy especial, y me alegro de haberte conocido.

—Riku...

Un golpe de agua me desestabilizó, interrumpiendo lo que fuera a decirle.

Riku me sostuvo de la mano, intercambiamos miradas y, a un nuevo golpe, los dos nos precipitamos al vacío.

El agua nos envolvió, nos balanceaba sin ningún control, llevándonos de lado a lado sin que pudiéramos hacer nada. Nuestras manos se separaron, nuestros cuerpos se alejaron y, cuando quise darme cuenta, ya no lo veía.

No lograba localizarlo y comenzaba a faltarme el oxígeno.

Comencé a dar brazadas cada vez más grandes mientras me impulsaba con las piernas hacia delante. Iba hacia una luz amarilla que parpadeaba y una sonata, que se escuchaba más clara en mis oídos según me acercaba al faro.

Un poco más... Un empujón más.

Los pulmones me ardían y notaba el cuerpo cansado, pero me parecía que estaba cerca... Más cerca...

Una ola me golpeó, provocando que girara sobre mí misma, hasta que mis fuerzas se desvanecieron y me sumí en la oscuridad.

CAPÍTULO 27

—Ariel, despierta...

Una voz me llegó entre sueños. Los mismos en los que me había dejado mecer, creando un mundo de fantasía donde los personajes de los cuentos clásicos existían.

—Sirenita, por favor...

Cada vez estaba más cerca. Cada vez la escuchaba con más claridad, pero sabía que no era real. Era la voz de Riku, pero este solo era un personaje que mi mente había creado.

Sentí cómo me levantaba del suelo y sus labios se posaban sobre mi boca.

Me besaba... Su sabor... Su olor...

Era Riku.

—Riku...

—Por fin, Sirenita —exclamó—. ¡Qué susto me has dado!

Parpadeé confundida, tratando de ubicar la imagen, pero me estaba costando. Me pesaban todos los músculos y tenía dolor en partes de mi cuerpo que creía que no existían.

—¿Dónde estamos?

—En una especie de cueva...

—¿Otra cueva? —pregunté emitiendo un sonido desganado que le hizo reír.

—Venga, Sirenita, levántate, que creo que hemos llegado.

Abrí los ojos de golpe tras su anuncio y comprobé que estaba empapado. Al igual que yo.

Ambos teníamos toda la ropa mojada y el cabello se nos había pegado a la cabeza.

—¿A casa?

Él me acarició la mejilla y sonrió mientras negaba.

—Mejor.

Fruncí el ceño mientras trataba de incorporarme, pero me estaba costando horrores.

—No hay nada mejor que estar en mi cama, arropaditos.

—¿Los dos? —preguntó, arqueando una de sus cejas.

—Los dos —afirmé, y me dio otro beso mientras me ayudaba a levantarme.

Riku coló un brazo por mi espalda y yo me apoyé sobre su cuerpo. Cuando ya estuve en una posición más o menos decente, confirmé que nos encontrábamos todavía bajo tierra... o, mejor dicho, bajo el agua, porque por encima nuestras cabezas había una capa inmensa de líquido azul. Las paredes volvían a estar formadas también por esta sustancia, la misma que nos había acompañado por la escalinata que habíamos cruzado, y que se había acabado derrumbando.

—Más agua, no... —musité, y Riku sonrió.

¿Cómo podía sonreír cuando estábamos en lo que parecía una tumba submarina?

—Pero mira bien —me dijo, e hice lo que me pedía.

Fijé mi mirada en la parte superior, que era la que más me había llamado la atención en un primer vistazo, y comprobé que su tonalidad era más clara. Parecía que había algo sobre nuestras cabezas...

—¿Qué es eso? —Señalé lo que se movía.

—Son cisnes —me aclaró Riku, acercándose a mi oído.

Lo miré sorprendida y devolví la atención a las aves. Eran un grupo pequeño, de no más de diez ánades, que iban de un lado al otro del lago. También había plantas acuáticas por toda la extensión y algunas algas golpeaban cada poco el techo que nos protegía de otra posible inundación.

—Es el Lago de los Cisnes...

—Así es —corroboró, y me agarró la mano—. Donde pasó mucho tiempo Odette.

—Hemos llegado —afirmé con una gran sonrisa, y él asintió tirando de mí hacia el interior de la gruta.

Era una gran cueva que se había excavado en la roca submarina, con estalactitas y estalagmitas que crecían de la humedad que reinaba por el ambiente. Una gran burbuja de oxígeno nos permitía caminar por ella sin problemas mientras algunas plantas relucían, amparadas por la semioscuridad que había por la zona.

—¿Adónde me llevas? —le pregunté a Riku, que seguía adentrándose por la cueva sin soltar mi mano.

—Ya lo verás —dijo, y me miró sobre su hombro.

Me contagió la ilusión que reflejaba su rostro y aceleré el paso hasta quedar a su altura. Tenía muchas ganas de descubrir lo que me quería mostrar mientras mis ojos observaban el espectáculo natural que algunos organismos bioluminiscentes creaban jugando con la luz verde o azul que emitían. Incluso me pareció ver tonos rojos, pero, por la rapidez de nuestros pasos, no pude detenerme a comprobarlo.

Cuanto más adentro de la cueva nos sumergíamos, más luces poblaban los rincones oscuros. Zonas que convivían con el agua que debía escaparse de la prisión de la burbuja y que se mezclaban realizando formas mágicas.

—Esto es precioso —susurré, y Riku tiró de mi mano para darme un beso en la palma.

Detuvo su caminar, obligándome a imitarlo, y me miró a los ojos.

—Eso sí que es precioso.

Seguí la mano que tenía extendida hasta que delante de mí apareció un pequeño altar de piedra que nacía del suelo. Era una mesa natural, con base circular, donde descansaba un espejo.

Pasé mi vista del objeto a Riku y devolví mi atención a la reliquia cuando este asintió con la cabeza, confirmando lo que pensaba, pero no había formulado en voz alta.

—Lo hemos conseguido...

Me solté de su mano y avancé hacia el altar sin despegar los ojos del espejo que tantos quebraderos de cabeza nos había acarreado. Era ovalado, de gran tamaño y tenía un grueso marco que protegía su superficie más delicada. En el cerco, que parecía de plata, había grabados un sinfín de caballitos de mar. También destacaban dos grandes volutas en la parte de superior, a ambos lados, y en el centro había un corazón partido coronando la reliquia.

Era precioso y enigmático.

—Riku, ¿para qué sirve? ¿Qué poder tiene? —le pregunté sin volverme hacia él. Acababa de darme cuenta de que, aunque me habían informado de su gran valor y de la necesidad de conseguirlo antes que el enemigo, en ningún momento me habían indicado qué clase de poder tenía.

—Se adelanta a los acontecimientos y así puedes prever tus posibles movimientos.

«Esa no es la voz de Riku», pensé, y me giré con velocidad hacia quien había hablado.

Delante de mí había un hombre alto, de anchas espaldas, con el rubio cabello algo largo, pero sin llegar a estar descuidado. Tenía unos ojos azules que me miraban a la expectativa y, salvo la nariz, que estaba torcida, se podría decir que poseía un rostro atractivo.

Vestía con un abrigo negro que parecía de piel y que le llegaba hasta el suelo. La camisa y el pantalón eran del mismo color, y se le ajustaban al cuerpo a la perfección. Uno que se notaba que ejercitaba, porque a simple vista no parecía que le sobrara un gramo de grasa.

—Hola, Ariel —me dijo cuando terminé mi examen, lo que me irritó sobremanera al darme cuenta de que era muy consciente de lo que acababa de hacer.

Tensé la mandíbula y busqué a Riku, que no se encontraba muy lejos del recién llegado. Tenía la cabeza agachada, como si no pudiera enfrentar mi mirada, y su actitud no era la de alguien que estuviera preso.

«¿Qué está pasando?».

—Riku... —lo llamé, pero, aunque me miró brevemente, hubo algo que noté en sus ojos que no me gustó.

—Muchas gracias por conducirnos hasta el espejo —habló el desconocido, atrayendo mi atención de nuevo.

—¿Conducirnos? ¿A quién?

Fue realizar esas preguntas cuando de pronto nos vimos rodeados por un grupo de soldados que habían salido de la oscuridad.

Yo caminé hacia atrás un par de pasos cuando aparecieron, pero noté que Riku ni se había inmutado por su presencia.

—¿Quién eres? —pregunté al hombre, cuando mis talones golpearon la base del altar en el que se encontraba la reliquia.

Este chascó la lengua contra el paladar y negó con la cabeza.

—Ariel, te creía más lista...

—Arturo —dije, interrumpiéndolo, y la sonrisa que me regaló me puso la carne de gallina.

—¿Ves?, sí que eres lista. Los genes de tu madre, porque tu padre... —Movió la cabeza de lado a lado.

—¿Conoció a mis padres?

—Fuimos amigos, ¿no lo sabías? —Negué con la cabeza—. Merlín y sus medias verdades. Nunca cambiará —comentó.

—¿De qué los conocías? —le insté a hablar, mientras miraba alrededor por si encontraba alguna salida u observaba extrañada a Riku por su comportamiento.

—Eric y yo fuimos inseparables durante mucho tiempo —me dijo Arturo—. Los dos estudiamos junto a Merlín, quien nos enseñó todos los trucos de magia que conocía y, cuando llegó hasta sus propias limitaciones, nos embarcamos para descubrir otro tipo de magia.

—Magia oscura —indiqué sin rastro de dudas.

El hombre asintió como si estuviera orgulloso de mi acierto.

—Riku, no me habías dicho nada de que fuera tan lista.

El chico lo miró y luego dejó caer sus ojos sobre mí.

—Esconde mucho más de lo que a primera vista parece.

—Ya veo, ya veo... —siseó Arturo, complacido.

Observé a Riku con desconfianza y le pregunté:

—¿Qué ocurre? ¿Qué está pasando, Riku?

Arturo se carcajeó y vi cómo pasaba un brazo por encima de los hombros del chico.

—¿Se lo cuentas tú o lo hago yo?

Riku se desprendió de su agarre e incluso dio un par de pasos distanciándose de él sin decir nada.

El hombre, que no dio importancia a sus gestos, me miró para continuar hablando donde lo había dejado antes:

—Como te decía, Ariel, tu padre y yo comenzamos a... —dudó— jugar con la magia negra. —Movió las manos y una bola oscura de energía se materializó entre ellas—. Es muy poderosa si no sabes cómo manejarla, ¿sabes?

Retrocedí un poco más según hablaba, lo que me obligó a subir los escalones que me conducían hasta el altar.

—No veo a mi padre jugando con eso —le dije, señalándolo.

Arturo me miró con gesto de desagrado y cerró una de las manos al mismo tiempo, haciendo que esa bola de energía se estrellara contra la pared que había tras de mí.

Un estruendo se escuchó por toda la cueva.

—No, tienes razón —afirmó, y sentí cómo mi sonrisa, una que le indicaba que conocía muy bien a mi progenitor, le molestó—. Al principio me acompañó, probando y experimentando, pero al final Merlín logró que me abandonara. Lo convenció para que volviera al redil de la bondad —lo dijo con retintín, como si le doliera recordarlo.

—Hizo lo que era correcto...

—¿Correcto? —repitió emitiendo un sonido despectivo—. No sabía lo que hacía y, cuando comenzó a enfrentarse a mí, en contra de lo que siempre habíamos soñado...

—¿A qué se refiere?

Su mirada fue la de un maniaco.

—Los dos íbamos a gobernar ambos mundos juntos.

—No creo que mi padre quisiera hacer eso —comenté, no sin ciertas dudas.

—Más de una vez me lo prometió en el lecho —susurró, y mis ojos se agrandaron por la sorpresa.

—¿Mi padre y usted? No puedo creerlo...

Arturo avanzó hacia mí y asintió con gesto malévolo.

—Pues créelo, preciosa. Eric era un gran amante.

—No... No... —repetí, incapaz de decir nada más.

—Pero, en fin, llegó Merlín y le comió la cabeza. —Se señaló la sien y guiñó un ojo, seguido de un encogimiento de hombros—. Se equivocó de bando. Luego conoció a tu madre y el resto es historia. —Movió una de las manos en el aire como si esa parte de la vida de mi padre no fuera importante.

—Se lo está inventando todo —lo acusé, pero, por la cara con la que me miraba, supe que me equivocaba.

Observé a Riku y este asintió con la cabeza.

—¡¿Y ahora qué quiere?! —le grité, incapaz de retener mi malestar. Tenía miedo, estaba aterrada y, encima, la información que acababa de descubrir de mi padre me hacía comprender que nunca había sabido quién era en realidad.

Se trataba de un desconocido.

—Es sencillo —dijo Arturo, y avanzó un poco más hacia mí—, que te unas a nosotros. —Señaló a Riku y, luego, a él—. Este mundo no tardará en caer en mis manos y, a partir de ese momento, el tuyo... —Sonrió con suficiencia—. Bueno, será cuestión de horas.

—No entiendo para qué me necesita. No soy especial...

—Todo lo contrario, bonita. Por tus venas corre la sangre primigenia y, junto a las reliquias, la conquista de los dos mundos será más rápida —me explicó.

Yo apreté los puños con fuerza, consiguiendo que los nudillos se me pusieran blancos, y tensé la mandíbula.

—Jamás.

Arturo sonrió como si esperara esa respuesta.

—Podemos convencerte...

Negué con la cabeza.

—Nunca me uniré a usted. —Posé la mirada sobre Riku—. A vosotros.

El chico rechinó los dientes y noté que tenía todo el cuerpo en tensión.

La carcajada que emitió Arturo me heló la sangre.

—Tendrás tiempo para cambiar de opinión —afirmó, e hizo una señal a los hombres que había más cerca de mí, que no tardaron en ponerse en movimiento.

—¡No! —gritó Riku de pronto, sorprendiéndonos—. Ya lo hago yo.

Arturo lo miró unos segundos dudando, pero al final asintió convencido.

Los soldados regresaron a su posición inicial y Riku se acercó a mí.

Yo apoyé la mano en la base del altar, tratando de evitar que me tocara.

—No te acerques a mí, traidor —le escupí, y pude ver que le dolieron mis palabras. Fue un leve gesto, que desapareció tan rápido como había aparecido por su cara.

Elevó su mano derecha, que acabó atrapando mi brazo, y se acercó a mi oído.

—Cuando te diga, huye. —Lo miré sin comprender—. Sirenita, hazme caso y no mires atrás. Nunca mires atrás —me susurró.

—Riku, ¿todo bien? —preguntó Arturo, y el chico apretó mi brazo con fuerza, haciendo que me retorciera de dolor.

—Muy bien —confirmó y lo miró—. Solo quería que supiera quién manda aquí.

El hombre asintió con esa sonrisa malvada que parecía que lo acompañaba siempre.

—Cuando llamaste a mi puerta, supe que no me arrepentiría —comentó, y miré a Riku extrañada al escucharlo.

El chico no hizo ningún gesto que contradijera las palabras del que sabía ahora que era su jefe.

—Yo tampoco —afirmó, y sentí cómo mi corazón se resquebrajaba.

—Oooh..., la niña está triste —indicó Arturo, y noté que Riku se tensaba—. Quizás no sea tan lista como pensábamos... El mundo es muy traicionero, Ariel. Nunca sabes cuándo te encontrarás el siguiente puñal en la espalda. Tu padre me traicionó, la familia de Riku sabe mucho de traiciones y ahora... —lo miré sin poder evitar que se reflejaran en mis ojos la tristeza que me inundaba— tú sabrás también cómo sabe la traición.

Me mordí el labio por no gritarle a ese ser despreciable lo que pensaba de él cuando Riku preguntó:

—¿Qué es eso?

—¿El qué? —dijo Arturo, girándose sobre sus pies, dándonos la espalda.

—Eso de ahí. —Señaló la oscuridad que se perdía enfrente nuestra—. Me ha parecido ver a alguien.

Arturo lo miró brevemente e hizo un movimiento para que algunos de sus hombres se adentraran por donde indicaba Riku.

—¿Estás seguro?

Este asintió sin dudar ni un segundo.

—Sí, hay alguien ahí.

Arturo volvió a darnos la espalda y Riku aprovechó para mirarme.

—Huye, Sirenita. Huye de mí —me dijo con voz triste, y yo, aunque titubeé al principio, una fuerza que nació de mi interior me obligó a hacer lo que me pedía.

Tomé el espejo, que tenía cerca, y salí corriendo en dirección contraria hacia donde miraban los hombres que había reunidos allí.

Corrí como alma que llevaba el diablo.

Corrí como si la vida me fuera en ello, tratando de que la reliquia que portaba, y que pesaba demasiado, no me impidiera alejarme de Arturo y sus hombres.

CAPÍTULO 28

No sabía dónde iba. Solo corría sin mirar atrás y con solo un objetivo claro: alejarme lo máximo posible de mis enemigos.

Me adentré por el interior de la cueva guiándome solo por la claridad que me llegaba del techo. El sol comenzaba a salir, lo que me impediría mantenerme escondida durante mucho más tiempo. Tenía que idear algún plan, encontrar una salida.

Escuché voces por detrás de mí, junto a pisadas y ruidos que me indicaban que cada vez estaban más cerca y que mi tiempo se acababa.

Las estalactitas y estalagmitas se sucedían. Los recodos se repetían, y cada vez me sentía más perdida.

Estaba desesperada...

De pronto, una pared apareció en mitad de mi camino, impidiéndome el paso. No había escapatoria.

Me giré hacia las voces, que cada vez estaban más cerca, mientras miraba alrededor de mí, tratando de localizar un hueco, algún resquicio donde pudiera esconderme y así evitar que me atraparan.

Pero no había nada.

No encontraba nada que sirviera.

Miré al techo, donde la actividad de los habitantes del lago cada vez era mayor según avanzaban las horas, y me volví hacia la pared que tenía a mi espalda.

Por puro instinto, posé la mano sobre ella y comencé a imitar los movimientos que tanto habían repetido Riku y Vega delante mía desde que me había embarcado en esta locura.

Dibujé cada resquicio de las piedras, palpé la rugosidad de su superficie y, cuando pensaba que era una mala idea, noté algo de calor en la mano. Moví un poco más esta hacia la derecha, donde la temperatura aumentaba, hasta que sentí que podría arder por el calor que notaba.

Busqué desesperada la llave del Conejo Blanco, que había guardado en uno de los bolsillos de mi pantalón, y la acerqué hasta esa zona.

—Por favor, por favor... —recé, al mismo tiempo que cerraba los ojos y aproximaba la llave a la pared sin soltar el espejo—. Por favor...

Un ruido se escuchó en la cueva. Uno que se fue repitiendo poco a poco, hasta que estalló en mis oídos, obligándome a llevar mis manos hacia ellos para taparlos.

Si no me había quedado sorda, poco había faltado.

Sentí cómo una gota de agua caía sobre mi cabeza justo cuando abría los ojos y miré hacia arriba, temiendo lo que podría encontrarme. Una gran grieta se había extendido por el techo y el agua comenzaba a caer sin control por el interior de la cueva.

Agarré con más fuerza el espejo por temor a perderlo y me percaté de que delante de mí se había abierto una nueva puerta, similar a la que nos había llevado hasta allí. La única diferencia que había es que el fuego cubría sus paredes en esta ocasión, pero las llamas no llegaban a rozar los escalones.

Miré hacia atrás, donde apareció de pronto Arturo y sus hombres, y tomé una decisión que podía ser precipitada, pero nada podía ser peor de lo que me depararía caer en manos de ese rey desequilibrado o acabar ahogada.

Respiré con profundidad y me precipité escaleras arriba sin mirar atrás. Tal como me había pedido Riku y que, si me paraba un momento a pensar, no había vuelto a ver desde que me había dejado escapar.

«Huye, Sirenita. Huye de mí», recordé que me había dicho, y esas mismas palabras fueron las que me dieron fuerzas para seguir avanzando mientras el calor que rodeaba mi ruta de escape comenzaba a quemarme.

Escuché gritos a mi espalda, pero no me giré.

Seguí corriendo, rezando por llegar a algún sitio donde estuviera a salvo.

Si eso era posible…

Sentí cómo alguien me movía y que me levantaba en el aire hasta subirme a lo que parecía que era un carromato.

Abrí los ojos, pero la luz del sol me cegó y un quejido de dolor se me escapó de entre los labios.

Noté que acercaban un recipiente a mis labios que no supe identificar, pero, en cuanto salió agua de él, comencé a beber con desesperación.

Estaba sedienta. El calor que había sufrido en la ruta mágica que había utilizado para escapar de Arturo fue insoportable.

Llegué a la salida con las mínimas fuerzas y, cuando tuve delante el agujero que se había excavado en la tierra, una pequeña madriguera por la que mi cuerpo era imposible que entrara, no dudé en escarbar con las manos hasta hacerla más grande.

Era mi única opción.

No podía regresar por donde había venido, más porque la escalera comenzaba a derretirse y no había otro camino.

No sé el tiempo que estuve trabajando, obligándome a no mirar atrás, mientras sentía que mi piel comenzaba a quemarse, pero, en cuanto el aire del exterior me golpeó la cara, me arrastré como pude y acabé desmayándome sobre el campo.

No podía más.

Me daba igual si aparecía de la nada Arturo y me llevaba con él, o si me mataban en ese mismo momento.

Mi cuerpo había cedido, y mi corazón hacía tiempo que se había roto, cuando descubrí que Riku nos había traicionado.

Me había traicionado…

Alguien me mojó la cara, y sentí cómo pasaban un trapo húmedo por mi rostro.

—¿Está bien? —Escuché que preguntaban al mismo tiempo que nos poníamos en movimiento.

—Necesita a Merlín —dijo una voz femenina, que debía pertenecer a la misma que no paraba de limpiarme con el trapo mojado.

—El espejo… —indiqué yo, en apenas un susurro.

—Tranquila. Está aquí. Contigo. —La chica tomó mi mano y la acercó hasta la reliquia por la que había preguntado y, cuando la toqué, un suspiro de cansancio se me escapó de entre los labios.

Lo había conseguido.

Había escapado.

Sin Riku.

EPÍLOGO

El frío se me calaba en los huesos. No lograba calentarme ni acercándome a la única ventana que había en esa cárcel, por donde buscaban colarse los rayos del sol.

Observé el paisaje que se vislumbraba desde la torre más alta del castillo y vi que los campos estaban secos. No había cultivos ni naturaleza que los cubriera. Solo extensiones yermas hasta donde alcanzaban mis ojos y que ningún ser vivo se atrevería a cruzar.

Me llevé las manos a la boca y expulsé el aire que retenía mi cuerpo, golpeé el suelo con las botas y traté de aumentar un poco mi calor corporal, pero era una tarea imposible. Desde que me habían encerrado tras las rejas, mis poderes habían desaparecido, y solo me quedaba esperar a mi destino.

El que Arturo quisiera para mí.

Ya no había opciones.

Mi vida había terminado en el momento en el que decidí ayudar a Ariel.

—Sirenita…

Todo habría merecido la pena si ella se había salvado.

Todo por ella…

Escuché el sonido de los cerrojos quejarse y las puertas abrirse, dando paso a la única visita que tenía desde que me habían llevado allí.

—Buenos días…

—Arturo —dije sin más, y el hombre me regaló una sonrisa mordaz.

—Ya veo que no estamos muy animados hoy.

Me giré, dándole la espalda, y centré mi mirada en los áridos campos.

—No estoy de humor.

—Pues quizás, cuando te dé la noticia que traigo, tu ánimo cambie.

Lo miré con interés, y escuché la carcajada que mi curiosidad lo provocó.

—Ya veo que todavía esperas saber algo de tu… —dudó— sirenita.

Tensé la mandíbula en cuanto escuché ese nombre salir de su boca.

—Venga, suéltalo y vete —le escupí, y apreté los puños al mismo tiempo.

Arturo me miró de arriba abajo, dejando patente lo que pensaba de mí, y amplió su sonrisa cuando terminó su examen.

—Es una lástima, pero… —Se pasó la mano por el cabello y la dejó caer a continuación.

—Arturo…

Este puso los ojos en blanco en cuanto me escuchó instarlo a que prosiguiera.

—Está bien. No seas impaciente, parece que tengas mucho que hacer —dijo, y noté que mi situación lo divertía.

—Si has venido a burlarte, será mejor que te vayas.

—¿Y perderme tu cara cuando te enteres…? Jamás —comentó, y un escalofrío me recorrió el cuerpo.

Tenía un mal presentimiento.

—¿Qué ocurre?

El hombre se acercó a las rejas con gesto compungido. Si no fuera porque lo conocía muy bien, podría creer que la noticia que me iba a dar le afectaba.

Pero era todo teatro.

Arturo no tenía sentimientos.

—Lo siento mucho, Riku...

—Arturo, ¿qué sucede? —le exigí saber, y agarré las rejas con fuerza. Mis nudillos se pusieron blancos mientras mi corazón latía acelerado.

Agachó la cabeza, incluso sorbió por la nariz realizando la mejor actuación que jamás le habría visto nadie, y, cuando creía que ya no podría ser más depravado, enfrentó mi mirada y me soltó:

—Ariel ha muerto.

—¡Mentira! ¡Eres un mentiroso! —le grité.

Él se carcajeó y pasó un dedo por una de mis manos.

—Es una lástima, pero... —se encogió de hombros— ya no se puede hacer nada.

—Arturo...

El hombre se alejó, dándome la espalda, y repitió:

—Una lástima.

Me quedé solo.

Mi cuerpo acabó en el suelo y sentí cómo las lágrimas fluían con libertad por mi rostro.

—Sirenita...

El grito de impotencia que salió mi interior se pudo escuchar por todo el castillo.

FIN

AGRADECIMIENTOS

Esta novela no habría visto la luz si no fuera por el deseo de mi pequeño ángel, quien reclamaba una historia para él.

Siempre será tuya.

Gracias a mi familia, por su apoyo y su paciencia.

Gracias al Grupo Ediciones Kiwi, por apostar por ella. Ni en mis mejores sueños me lo habría imaginado o quizás… sí. Soñar siempre es bonito.

Gracias a los lectores que os habéis atrevido a descubrir que ni todo es bueno ni todo es malo. Todo se esconde tras un «Érase una vez…».

Redes de Naomi Muhn:
Instagram: @naomimuhn
Twitter: @NaomiMuhn